W0186174

s.mo verlag

Besuchen Sie uns im Internet:
www.verlag-smo.de

Johanna Kirchen

Das Erbe des Zitronenkrämers

Die Autorin bedankt sich bei allen, die bei der Verwirklichung dieses Romans geholfen haben.

Gestaltung Buchumschlag: Stephan Moll
Lektorat: Kerstin Maass
Redaktion: Büro für historische Forschung www.bfhf.de
Prof. Dr. Wolfgang Schmid
Druck: Druckerei Ensch, Trier

ISBN 978-3-940760-27-2

© 2011 Verlag S.MO, Burg Ramstein, 54306 Kordel

Bibliographische Information der Deutschen Bibliothek:

Die Deutsche Bibliothek verzeichnet diese Publikation in der Deutschen Nationalbibliographie; detaillierte bibliographische Daten sind im Internet über http://dnb.ddb.de abrufbar.

Alle Rechte vorbehalten, insbesondere die des Nachdrucks und der Übersetzung. Ohne schriftliche Genehmigung des Verlags ist es nicht gestattet, dieses urheberrechtlich geschützte Werk oder Teile daraus in einem photomechanischen, audiovisuellen oder sonstigen Verfahren zu vervielfältigen und zu verbreiten. Dies gilt ebenso für die Speicherung, Verarbeitung, Vervielfältigung oder Verbreitung durch Datenverarbeitungsanlagen und elektronische Kommunikationssysteme.

Für meinen Vater Johann Pauls

Prolog

Teilchenbeschleuniger.

Dieser Anblick ließ ihn unwillkürlich an eine wissenschaftliche Fernsehsendung denken. Elektronenmikroskopische Aufnahmen vom Aufprall der Ionen auf ein Atom. Die dadurch freigesetzte Kraft und das nach genauen Gesetzmäßigkeiten ablaufende Davonschießen der Teilchen hatten ihn regelrecht fasziniert.

Jetzt hatte er etwas Vergleichbares erschaffen.

Er stellte es sich vor wie bei einem physikalischen Experiment. Ob die Flugbahn der einzelnen Teilchen auch hier durch feststehende Gesetze der Natur bestimmt wurde? Hatten Größe und Masse einen Einfluss? Spielte das spezifische Gewicht eine Rolle? Sicher verhielt es sich bei diesen Teilchen ähnlich: Körperteilchen. Der Mann musste bei seinem eigenen Wortspiel grinsen.

Seine Kugel hatte zunächst Haare und Haut dieses Jägers durchdrungen. Dann die Kopfschwarte, dann erst den Schädelknochen und das Hirn, nein, zuerst noch dessen drei Häute, wie er wusste. Dann den ganzen Weg nochmals hinaus. Natürlich in umgekehrter Reihenfolge.

Auf jeden Fall hatte es gespritzt wie eine Fontäne, als der Kopf zerbarst. Wie eine Fontäne.

Ein knackendes Geräusch brachte den Mann zurück in die Wirklichkeit. Er beobachtete, wie die drei Wildschweine in einer Dickung verschwanden. Sie waren dem Tod entronnen. Er hatte ihnen das Leben gerettet, indem er ihren Henker mitsamt angelegtem Gewehr zuvor dahingestreckt hatte. Es war das erste Mal, dass er getötet hatte. Es war ganz leicht.

Stolz erfüllte ihn. Sicher würde diese ganze abscheuliche Jagd nun abgebrochen werden.

Dieser Gedanke ließ ihn mit einem Mal panisch werden. Jetzt nur nicht alles verderben. Er musste weg von hier.

Er riskierte einen letzten Blick auf den still daliegenden Jäger ohne Gesicht. Dann wandte er sich um und verschwand zwischen den Bäumen.

In der bereits einsetzenden Dämmerung war er kaum wahrzunehmen. Wie ein schemenhafter Schatten jagte er den holperigen Waldweg hinunter. Quer über Äste und Gestrüpp, sein Mountainbike dabei fest im Griff. Noch immer hörte er Geschrei und Schüsse, die Jagd war somit noch in vollem Gange, seine Tat also noch unentdeckt.

Er schleuderte die Waffe mit großem Schwung einen Abhang hinab und hörte sie raschelnd in dichtem Gebüsch aufschlagen.

Bald sprang er vom Rad, versteckte es sorgfältig. Er rannte bis zu seiner Position, fast atemlos. Endlich stand er wieder dort, von wo er vorhin aufgebrochen war, unbemerkt und ungesehenen. Er atmete tief durch. Füllte seinen Lungen mit frischem Sauerstoff. Unbändige Freude durchströmte jede Faser seines Herzens.
Es war geschafft: *Hannes Harenberg ist weg vom Fenster!*

Kapitel 1

In Anne kochte die Wut. Gegen ihren vorherrschenden Säuregrad würde Zitronensaftkonzentrat glatt als süßes Parfait durchgehen.
Wütend wie ein Stier während der Hetzjagd durch die Gassen Pamplonas blies sie die Kerzenstummel aus. Dabei spritzte flüssiges Wachs auf die Damasttischdecke.
„Na toll!", dachte sie verärgert. Am liebsten würde sie Hannes mit den Hörnern des Stiers eine Gartenmauer hochjagen.
Hannes hatte sich nicht geändert. Keinen Deut. Aber was hatte sie auch erwartet? *Er wird sich nie ändern!*
Anne räumte die unbenutzten Teller zurück in den Schrank. Sie öffnete die Ofentür und entnahm der

noch lauwarmen Höhle die ehemals zartrosa Barbarie-Entenbrust. Im jetzigen Zustand wäre sie perfekt als Holzkohleersatz für den Grill zu gebrauchen, dachte sie.
Anne feuerte die schwarzen Teile gemeinsam mit der dazugehörigen Rotweinsauce in den Abfalleimer. Zusammen mit den Babybirnen und dem Anisstern bildete die Komposition ein wundervolles Stillleben in der Mülltüte.
Anne ging zurück zum Esstisch und trank Gran Reserva direkt aus der Flasche. War sowieso nur noch halbvoll, sinnierte sie bitter.
Hannes.
Sie hatte ja Verständnis dafür, dass er jetzt im Herbst viel zur Jagd ging. Auch hatte sie verstehen können, dass er als Jagdaufseher an der heutigen Treibjagd teilnehmen musste.
Anne schaute auf ihre Wohnzimmeruhr. 21.10 Uhr. Frustriert setzte sie noch einmal die Flasche an.
Vor der Treibjagd hatte Hannes sich nicht drücken können. Aber diese sollte um 19.00 Uhr zu Ende sein. Er hatte versprochen zu kommen. Er wusste, dass sie kochen wollte.
Hannes wusste, dass sie heute Geburtstag hatte.
Vermutlich ergießt er sich gerade im Bürgerhaus zu Bekond mit seinen Jagdkollegen bei Kasseler, Kartoffel-

püree und Bier über seine Heldentaten während der heutigen Sauabknallerei.

Er hatte ihr versprochen, direkt nach der Jagd zu kommen, er hätte eine Überraschung für sie.

Aber Hannes würde sich nie ändern. Hannes blieb Hannes. Anne lachte laut auf in ihrer stillen Wohnung. Sie prostete sich mit der Flasche zu: „Alles Gute zum Geburtstag!"

Sie war froh, ihre Wohnung in der Trierer Innenstadt behalten zu haben und nicht zu ihm nach Bekond gezogen zu sein. Auch wenn er beharrlich darauf drängte. Er ist doch eh nie zuhause, dachte sie verbittert.

Seit vier Monaten waren sie beide nun wieder ein Paar. Seit dieser schrecklichen Geschichte im Frühsommer dieses Jahres.

Zuerst der Mord an dem Düsseldorfer Schmuckhändler Bernd Steinmetz. Dann Hannes' Inhaftierung, weil er zur falschen Zeit am falschen Ort gewesen war. Am Schleicher Zitronenkreuz hatte Hannes die Leiche am frühen Morgen entdeckt und war daraufhin gleich als Tatverdächtiger für eine Woche in Untersuchungshaft gesteckt worden. Dann die Entführungsgeschichte von Andreas Steinmetz, dem Bruder des Mordopfers.

Anne wurde immer noch ganz schaurig bei dem Gedanken daran. Sie selbst war ins Fadenkreuz des Mörders und Entführers geraten. Und Hannes hatte sie gerettet. Und er hatte Andreas gerettet. Seitdem waren sie befreundet mit ihm und Claire, seiner Ehefrau.

Na ja, mit Andreas ist es eben schwierig. Claire sagt, er sei nicht mehr der Alte.

Psychisches Trauma. Kein Wunder. Wochenlang war er in einer dunklen Höhle eingesperrt gewesen, in einem vergessenen Seitenstollen der alten Erzgrube Morgenstern bei Schweich.

Außerdem machte ihm die Sache mit seinem Arm zu schaffen. Der Entführer hatte ihm einen Finger abgeschnitten. Durch die darauffolgende Infektion war sein linker Arm trotz mehrfacher Operationen nicht mehr zu retten gewesen; schlussendlich hatte sein Unterarm amputiert werden müssen.

Anne spülte ihre Gedanken mit einem weiteren Schluck Rotwein herunter. Eigentlich wollte sie an all das nicht mehr erinnert werden. Immer noch liefen ihr eiskalte Schauer dabei über den Rücken.

Ihr Blick fiel auf das alte Steinwappen über ihrem Kamin. Das Carove-Wappen. Anne lebte im Haus Venedig. Jenes Haus, das der italienische Zitronenkrämer Ambrosius Carove im Jahre 1656 in Trier hatte erbauen lassen. Hinter dem Wappen hatte er Besitzurkunden über einen sehr umfangreichen römischen Schmuckschatz versteckt. Und

genau wegen dieser Urkunden war in ihre Wohnung eingebrochen worden. Diese Urkunden hatten sie in die Fänge des Entführers geraten lassen.
Der Schmuck selbst war damals von dem Steinmetzgehilfen Jacob während der Bauarbeiten gefunden worden.
Dennoch hatte das Trierer Schöffengericht nicht ihm, sondern Ambrosius den Schatz zugesprochen. Jacob war daraufhin Ambrosius' Diener und Vertrauter geworden.
1687 jedoch habe er Ambrosius umgebracht. Auf dem Weg zurück nach Lenno am Comer See. Ambrosius hatte beabsichtigt, den Schmuck in seine Heimat zu bringen. Oben, am Moselhöhenweg, habe Jacob ihn dann erschlagen und sich mit dem Schmuck abgesetzt. Heute stand an genau dieser Stelle das Zitronenkrämerkreuz.
Dies alles wusste Anne von Anton Schönemann höchstpersönlich. Er hatte ihr alles erzählt. Damals, in jener grauenvollen Höhle, hatte er sich ihr zu erklären, sich zu rechtfertigen versucht.
Anton Schönemann, letzter lebende Nachfahre von Ambrosius, hatte einen uralten Schwur erfüllen wollen: den Mord an seinem Vorfahren rächen und den Familienschmuck zurück-gewinnen.

Der Schmuck befand sich heute im Besitz der Juweliersfamilie Steinmetz aus Düsseldorf, Nachkommen von Jacob. Bernd Steinmetz musste für diesen Schmuck sein Leben lassen. Andreas Steinmetz war entführt worden und hatte seinen linken Arm eingebüßt. Auch Anne wäre in dieser Geschichte fast ein Opfer geworden.

Anton Schönemann **war** jetzt Insasse der Nervenklinik, Abteilung: geschlossene Psychiatrie.

Hoffentlich kommt er nie wieder raus, dachte Anne bei sich.

Das Mysteriöseste aber war: Der geheimnisvolle Schmuck blieb verschwunden. Weg. Wie in Luft aufgelöst oder aber vom Erdboden verschluckt. Claire hatte alles unternommen, ihn zu finden. Keine Spur.

„Wenn du mich fragst, besser so. Dieser verdammte Schmuck ist verflucht, Ambrosius", erklärte Anne dem Wappen über dem Kamin.

Bevor Ambrosius „antworten" konnte, klopfte es an der Tür.

Hannes!

Annes Wut war über ihre Gedanken an die Ereignisse des letzten Jahres fast verraucht. Jetzt brodelte sie wieder hoch an die Oberfläche; wie ihre selbst gemachten Käseklöße im Salzwasser vor zwei Stunden.

Anne riss die Tür auf und wollte gerade lospoltern, als … „Das ist ja nun jetzt die Höhe! Paula!“, rief Anne aus. Sie liebte Hannes‘ Jagdhündin über alles. Der Hund konnte ja auch nichts dafür. Fassungslos über so viel Unverfrorenheit starrte Anne den braunen Matschpfoten nach, die eine Spur über ihren weißen Teppich bis zum hellbeigen Ledersofa zogen, auf welchem die als Lehmskulptur getarnte Paula sich nun genüsslich hin und her wälzte.
„Sag mal, bist du von allen guten Geistern verlassen?“ Anne stockte, als sie in Hannes‘ Gesicht blickte. Er stand da in matschbespritzten Stiefeln und Jagdklamotten. Sein geliebter Hut auf dem Kopf tropfte den Regen der letzten Stunden in ihren Wohnungsflur.
Sein Gesicht weiß wie die Haut der Entenbrust vor ihrem Aufenthalt im Backofen.
„Anne“, platzte er heraus, „stell dir vor: Martin Krischel ist tot! Erschossen bei der Treibjagd.“
Hannes schluckte laut. Er blieb immer noch bewegungslos im Türeingang stehen.
„Ich dachte, all diese Albträume wären vorbei.“ Er schien ihr nicht in die Augen blicken zu können. Reglos fixierte er nur den Fußboden.

Kapitel 2

Andreas Steinmetz ließ sich den Arm einreiben. Claire war behutsam. Claire sprach kein Wort. Er konnte ihre feuchten Augen sehen.

Sie war so tapfer.

Er war es nicht.

Sie lächelte.

Andreas brachte es nicht fertig.

Er konnte nicht umhin. Er musste einfach daran riechen. Derselbe Fischgestank. Die gleiche Salbe, mit der *er* ihn eingerieben hatte. Damals war seine Hand noch dran gewesen. Ein paar lächerliche Schürfwunden von den Handschellen, weil er seine Hände nicht hatte ruhig halten können. Sie nicht aus dem Dreck raushalten konnte, so wie *er* es ihm befohlen hatte. Ebenso sanft wie Claire hatte der Mann ihn damals behandelt. Diese Gedanken kamen unwillkürlich in ihm hoch.

Er roch erneut und würgte.

„Das ist Lebertran", sagte Claire. „Damit wird die Narbe geschmeidig."

Sie sprach mit ihm wie mit einem Kind.

Er sprang auf. Er hatte das Gefühl, sich übergeben zu müssen. Nicht wegen des Lebertrans. Wegen des Stumpfes.

Andreas konnte den Anblick seines Arms nicht ertragen.
Ein Stumpf.
Eine rote, raue Narbe über den zusammengeschlagenen Hautlappen. Keine Hand. Keine Finger.
Aber er spürte sie dennoch. Jeden einzelnen Finger.
Schmerzen.
Phantomschmerzen nannte es der Arzt. Der Körper hatte ein anderes Gefühl von sich selbst. Der Körper verlangte nach der Hand. Er schrie nach den Fingern, die nicht mehr da waren. Die Nerven rebellierten und schlugen Alarm: „Mann über Bord".
Andreas wurde schwindelig. Jetzt war er wieder in der Höhle, sah die Geflügelschere. Er roch das Desinfektionsmittel und sah den Mann in der Klinsmann-Maske. Anton Schönemann, wie er nun wusste.
Für ihn immer noch der Bundestrainer. So hatte er ihn damals genannt.
Das Desinfektionsmittel hatte versagt. Seine Wunde war zu einem Festessen für Milliarden Bakterien geworden. Seine Hand war aufgefressen. Weg. Sie existierte nicht mehr.
„Morgen haben wir einen Termin", versuchte Claire ihn von seinen Gedanken abzulenken. „Bei diesem orthopädischen Fachhändler. Dann wird end-

lich deine Prothese angepasst. Deine Prothese … du erinnerst dich?"
Claire wirkte so hilflos, so verletzlich auf ihn.
Aber spürt sie meinen Schmerz?, fragte er sich. Mein Leid?
Prothese. Dieses Wort hallte in seinem Kopf nach.
Bin ich Captain Ahab? Habe ich einen Moby Dick, den ich jagen und an dem ich mich rächen kann?
„Ich habe eine myoelektrische Prothese der neuesten Generation bestellt. Du wirst üben müssen. Die Muskeltätigkeit deines … deines … Stumpfes wird über eine wiederaufladbare Batterie in die Mechanik der Prothese übertragen. Du wirst sogar jeden einzelnen Finger bewegen können. Ist das nicht toll?"
Toll.
Wie soll Claire wissen, wie ich mich fühle? Wie kann Claire ahnen, wie es ist, ein Krüppel zu sein.
„Ich weiß, was du durchmachst!"
Pah! Dummes Geschwätz. Gar nichts weißt du, schrie es in ihm.
„Hilf mir in meine Jacke", befahl Andreas. Claire gehorchte. Tränen füllten ihre Augen.
„Was weißt du schon?", schleuderte er ihr entgegen, der Claire, die so schön und perfekt und heil und ganz wie eh und je war.
„Zieh mir den Handschuh über das Ding!"

Claire tat es. Sie rutschte ab. Der Stumpf war glitschig von der ekelhaften Salbe.
„Wo gehst du hin?", heulte sie ihn an.
„Ich muss noch mal weg", erwiderte Andreas knapp, als der Handschuh endlich unter seinem Jackenärmel hin und her wedelte.

Kapitel 3

Das stete Tropfen im Nebenzimmer versuchte dem Rhythmus seines eigenen Herzschlags hinterherzujagen. Plop. Plop. Plop. Hannes' nasse Klamotten entließen die Wassermassen unablässig in Annes Badewanne. Sein Herz gewann das Rennen. Hannes saß da in seiner Unterwäsche, eingehüllt in eine weiche Decke, die Anne fürsorglich um ihn gelegt hatte.
So langsam schien sich seine Pulsgeschwindigkeit wieder in Sphären zu begeben, die keinen Überwachungsmonitor zum Schlagen der „Alarmtrommeln" bewegt hätten.
Auch das Tropfen im Bad wurde langsam ruhiger.
Anne betrachtete Hannes, als sähe sie Eisbär Knut nach dem ersten Fellwechsel. Entsetzt, fassungslos, sprachlos. Wie konnte der vorher nur so süß gewesen sein?, wunderte sie sich.

„Du machst bei so was nicht mehr mit!", herrschte sie ihn plötzlich an. „Spinnst du?", pfefferte Hannes zurück, „du kannst die Jagd nicht ausstehen, ich weiß ... aber so was ist bei uns noch nie passiert, ich werde nicht ..." Er besann sich und fasste Anne sanft bei den Schultern, um ihr einen Kuss auf die Stirn zu geben. „Anne, das war ein Unfall", beruhigte er sie. Unfälle können immer und überall passieren!"

Anne erhob sich mit einem Ruck und machte sich auf den Weg zum Weinregal. Wortlos reichte sie ihrem Freund die Flasche und einen Öffner.

„Und was wird jetzt aus seiner Mutter?"

„Welcher Mutter?", wollte Hannes wissen.

„Krischels Mutter. Er hat sie doch zuhause gepflegt." Das ist typisch Anne, schoss es ihm durch den Kopf. Sofort denkt sie wieder einen Schritt weiter. Hannes füllte die Rotweingläser.

Seine Gedanken blieben in der Warteschleife hängen. Immer wieder hatte er die Leiche von Martin vor Augen. Von dessen Kopf war nicht viel übrig geblieben.

Außerdem hatte Hannes seine alten Freunde Lenz und Pelzer von der Trierer Mordkommission wiedergesehen. Na ja, ein freudiges Zusammentreffen alter Kameraden war es nun nicht gerade, dachte er sich, aber immerhin hatten sie ihn diesmal nicht

zum Verdächtigen auserkoren und zu einem weiteren Urlaub in die Strafvollzugsanstalt eingeladen. Hannes war weit genug entfernt gewesen zum Zeitpunkt des Unfalls.
Alle waren sich einig, dass es nur ein Unfall gewesen sein konnte. Wer von den Jägern den Schuss abgefeuert hatte, war noch nicht geklärt.
Zu diesem Zweck war Martin Krischel nun sauber verpackt in einem Sack mit Reißverschluss und passendem Blechsarg unterwegs zu einem kalten Aufenthalt in der Gerichtsmedizin. Hannes' Waffe und auch all die seiner Jagdkollegen waren ebenfalls auf Reisen. Sie würden Bekanntschaft mit ein paar Ballistikern machen.
„Irgendwie komisch …", Hannes' Hirnzellen schienen die Warteschlange verlassen zu haben und ihn zu weiteren Überlegungen überreden zu wollen. „Was?" Anne sah ihn fragend an. „Na, jetzt wo du das sagst … seine Mutter … ist schon irgendwie unheimlich."
„Wieso ist die Mutter unheimlich?"
„Nicht die Mutter … nur, Martin ist vielleicht wegen ihr gestorben." Hannes wurde ganz mulmig zumute, als er den Gedanken weiterspann.
Annes Gesichtsausdruck wirkte nun derart zerknirscht, dass sie wohl den Mund nicht mehr öff-

nen konnte. Jedenfalls sagte sie kein Wort. Muskelstarre.

„Martin stand in der Pferdeschneise, beim Damensitz. Ich hatte meine Position im Kauten-bachtal."

„Ja … und?" Annes Erstarrung schien sich verabschiedet zu haben.

Sollte ich ihr das jetzt wirklich sagen?, überlegte er kurz. Aber Hannes war es selbst ganz seltsam zumute. Alles drängte in ihm, es loszuwerden. *Wie der Magen eine ziemlich verdorbene Fischsuppe.*

„Nun …", stammelte Hannes zaghaft, „eigentlich hätte ich … also, Martin wollte unbedingt den Standort mit mir tauschen, eigentlich sollte er im Kautenbachtal und ich … aber er wollte näher bei Bekond sein. Seiner Mutter ging's nicht gut …"

Anne sprang vom Sofa auf wie vom wilden Kapuzineraffen gebissen. „Dann hat's dir gegolten!", rief sie atemlos.

Paula erschreckte sich derart, dass sie die Flucht ins Badezimmer ergriff und die Gesellschaft von Hannes' nassen Klamotten den beiden Streithähnen vorzog. Eine Sekunde lang war Hannes versucht, es ihr gleichzutun; Anne lief auf und ab wie ein aufgezogenes Duracellhäschen mit frischer Batterie. Nur lauter.

Hannes schmiss die Decke von sich und fing sie wieder auf. Und stand da in weißer Unterhose und

Hemd mit Feinripp. Dazu braune Wollsocken, die kurz unterhalb seiner Knie endeten. Ein echt sexy Anblick, dachte Anne spöttisch, aber im Moment war ihr eh nicht *danach* zumute. Diesen Abend hatte Hannes sich auch anders vorgestellt; nach der Treibjagd duschen, den neuen Anzug anziehen, Annes Geschenk verpacken … eben ein romantisches Abendessen zu zweit. Dass Martin „dazwischenfunken" würde, hatte keiner ahnen können. Es hatte gewiss nicht in seiner Absicht gelegen, aber nüchtern be-trachtet hatten Anne und Hannes schon genug durchgemacht in diesem Jahr.

„Anne, nun bleib doch mal stehen!" Hannes zog sie an sich. Sie heulte. Er drückte sie fester.

„Mir hat gar nichts gegolten, es war ein schlimmer Unfall. Und ich war weit weg. Da oben will mich noch niemand, wie du siehst." Tolle Ansprache, dachte Anne und konnte nur den Kopf schütteln.

„Ein Unfall?" Sie sah Hannes mit tränenüberströmtem, fassungslosem Gesicht an. „Das hast du mir bei Bernd Steinmetz auch erzählt."

„Das war doch was völlig anderes!" Hannes riss die Arme in die Luft und ließ sie gleich darauf wieder sinken. „Wer sollte mich denn umbringen wollen?", fragte er mehr sich selbst. Anne wandte sich ab und lief zum Telefon. Sie warf den Hörer in Hannes' Richtung. „Du wirst jetzt sofort die Polizei anrufen und fragen, ob Anton Schönemann noch hinter Schloss und Riegel sitzt!"

Kapitel 4

Sein Gesicht im Spiegel war alt. Alt, zerfurcht und grau. Viel zu alt für das, was er noch vorhatte.

Er sah sich selbst in die Augen. Graue Augen, trüb und leer. Seine Haut gelblich, wächsern. So würde er aussehen als Figur im Wachsfigurenkabinett. Dort sollte er auch hingehören. In die Abteilung der klügsten Verbrecher aller Zeiten. Davon war er überzeugt. *Ach was. Was für ein schlimmes Wort.* Ich bin kein Verbrecher, er fand dieses Wort fehl am Platz. Aber sollte ihn die Welt so sehen, wie sie wollte. Er wusste es besser. *Oh ja, ich habe noch viel zu tun.* Noch einmal sah er in sein altes Gesicht. *Oh nein, ich bin noch nicht fertig.* Einen Teil des Eides, das wusste er, galt es noch zu erfüllen.

Noch hatte er zwei Eisen im Feuer.

Der Schein trügt, dachte Anton Schönemann. Schuld war das milchige Licht der schwachen Glühbirne, der schmierige und blinde Spiegel des kleinen Badezimmers, so winzig, dass man sich kaum darin drehen konnte. Verschmutzt und abgegriffen von so vielen Benutzern vor ihm.

Draußen vor der Tür hörte er den Wärter ungeduldig hüsteln. So, als müsse dieser ihn daran erinnern, anwesend zu sein; dass er wartete vor der Tür und nicht Wärter sondern Pfleger genannt werden wollte.

Er hüstelte nochmals. Als hätte Schönemann vergessen, dass er da stand in seiner Zelle, die die anderen Krankenzimmer nannten, um ihn abzuholen, ihn zu begleiten. Als hätte er vergessen, dass man ihn keinen Schritt allein tun ließ, als wäre er ein dummes Kind.

„Komme gleich", rief Anton Schönemann durch die geschlossene Tür. Noch einmal betrachtete er sein Gesicht im Spiegel. Er übte das Lächeln. Zufrieden sah er sich lächeln, freundlich, sanft, fast gutmütig. Er war ein guter Schauspieler. Ein guter Lächler. Das hatte er in seiner Karriere als Verkäufer gelernt. Lernen *müssen.*

Oh, wie ich mich auf diese Besuche freue! Egal von welchem der beiden. Einer war ihm so lieb wie der andere.

Er hatte noch keine Ahnung, wer ihn heute beehren würde. So konnte er sich nicht auf das Gespräch einstellen. Er würde spontan sein müssen. Aber das beherrschte er meisterlich. Er würde, ohne zu zögern, in genau die Rolle schlüpfen, die von ihm erwartet wurde.

Er ließ das Lächeln auf seinem Gesicht einfrieren, ganz so, als würde er eine Maske tragen, und öffnete die Tür.

„Gehen wir", sagte er fröhlich und hakte sich bei dem Pfleger unter, damit dieser ihn in das Besucherzimmer der Klinik leiten konnte.

In eine Klinik hatte man ihn gebracht. *Als wäre ich krank!* Bei seiner Ankunft hatte er das Schild gelesen. Forensische Psychiatrie. *Als wäre ich verrückt! Nicht mehr ganz richtig im Kopf. Unverschämtheit!* Er würde es allen beweisen.

„Wie nett, dass Sie mich begleiten", lächelte er den jungen Mann an seiner Seite an.

Die Wände, gestrichen in hellgrün. Türen in Fichteoptik. Natürlich furniert.

Nichts hier ist echt, dachte er, alles Schall und Rauch.

Nummern an jeder Tür. Verrückte hinter jeder Tür.

Und ich mittendrin.

Frechheit.

„Das Grün beruhigt die Nerven … es macht das Gemüt, wie soll ich sagen … so sanft! Ja, sanft, das ist da richtige Wort", strahlte er den Wärter an.

Er lachte und fasste ihn behutsam am Arm. *Wie doof dieser Pfleger ist! Wie dumm!* Wie einfach es ist, ihn zu verarschen!, freute er sich.

Schönemann konnte so viel Dummheit um ihn herum kaum ertragen. Aber er musste sich in Geduld üben. Der Gedanke befeuerte Schönmann; *ja, ich muss dieses beschissene Spiel mitspielen. Eine Figur sein, mich so benehmen, wie diese Psychofritzen es von mir erwarten. Nur dann komme ich hier raus.* Morgen hatte er wieder Therapie.
Er war gut. So reumütig. So verständnislos ob seiner eigenen Aktion. Er zeigte sich über die Maßen einsichtig und schuldbewusst. Der Professor war begeistert, er würde das Gutachten schreiben.
Aber jetzt hatte er seinen Besucher zu erfreuen; unbedingt musste er in Erfahrung bringen, ob es endlich Neuigkeiten gäbe.
Konzentration.
Mutter, hilf mir, betete er still, und hilf ihm!
„So, und da wären wir auch schon", lächelte der Wärter am Ende des Ganges und riss Schönemann aus seinen Gedanken.
Schönemann strahlte.
Der Wärter klimperte mit seinem Schlüsselbund, stolz wie eine geschmückte Kuh mit Glocke beim Almabtrieb.
„Besucherzimmer", las Schönemann auf dem Türschildchen, als er eintrat.

„Oh, mein lieber Freund ..." Glücklich umarmte er den Mann, der aufgesprungen war, um ihn zu begrüßen. *Er ist es also.* Das war gut.

Nervös spielte sein Besucher mit einem Papierkügelchen zwischen Daumen und Zeigefinger der rechten Hand.
Schönemann beobachtete jede Bewegung. Nicht das kleinste Detail entging ihm; die Finger seines Gegenübers waren manikürt, die Haut gepflegt und zart. Noch nie etwas Richtiges damit geschafft, dachte Schönemann verächtlich.
Er lächelte seinen Besuch an und wünschte sich, dass dieser nicht versagt hatte. Er musste ihm nun klarmachen, wie er weiter vorzugehen hatte. *Aber dieser blöde Wärter ist viel zu nah!* Kein sinnvolles Wort konnte gesprochen werden. Nun halt doch mal die Griffel ruhig, spottete Schönemann ungehört. Die Brille in seinem roten Gesicht rutscht diesem „Schwachmat" von den vielen Schweißtropfen noch von der Nase, fürchtete er. Kein Wunder, dass der Pfleger sie nicht aus den Augen ließ! Sieht doch ein Blinder mit Krückstock, dass hier was im Busch ist!
„Und was macht die werte Gattin?", fragte Schönemann betont freundlich. „Oh, nun, meine liebe

Frau, nun ja, sie ist wirklich ganz wunderbar ...", antwortete sein Besucher stotternd.

„Sagen Sie, junger Mann", wandte sich Schönemann an den gelangweilt wirkenden Wärter, „kennen Sie die Gattin meines … ach nein, sie hat mich bislang noch nicht mit ihrem Besuch beehrt ..." Er räusperte sich kurz. „Hören Sie, mir ist so heiß, und mein Hals fühlt sich ganz trocken an, richtig kratzig. Wenn Sie wohl so gut sein wollen und mir ein Glas Wasser bringen möchten?" Schönemann sah den Pfleger hoffnungsfroh an und rieb sich wie zur Bestätigung seiner Worte mehrfach die Kehle. Er sah dem Pfleger an, wie unangenehm die Situation für ihn war. Unruhig verlagerte er sein Gewicht von einem Bein aufs andere. „Aber Sie wissen, ich darf Sie eigentlich nicht ..." „Allein lassen?", vollendete Schönemann den Satz. Er lachte herzlich und wies mit der Hand auf seinen Besucher. Fast unmerklich ließ er dabei seine Hand zittern, wirkte alt und gebrechlich. „Sie passen doch so lang auf mich auf! Nicht wahr, mein lieber Freund?"

„Na gut", stammelte der Pfleger endlich. „Bin sofort zurück." Eilig verließ er den Raum.

Mit dem Schließen der Tür fiel das Lachen von Schönemanns Gesicht wie das Fallbeil einer Guillotine. Er beugte seinen Kopf so nah an die Augen des anderen Mannes, dass dieser nur noch dunkle Flecken vor sich sah. „Wir haben höchstens drei Minuten." Die Stimme von Schönemann klang dunkel und hart. Mitleidlos und ehrlich. Seine echte Stimme war ihm selbst fremd geworden. Wie lang habe ich die nicht mehr benutzt?, fragte er sich. Nicht mehr, seit man mich in diese Irrenanstalt gesteckt hat.

„Also, waren Sie erfolgreich?", kam er ohne Umschweife auf den Punkt.

„Nun ja", stammelte der Mann, „noch nicht so ganz ..."

„Jetzt rede endlich!", schrie Schönemann und hielt sich sogleich erschrocken die Hand vor den Mund.

Sein Besucher schluckte. „Ich kenne nun den Termin. Ich denke, die haben mir meine Geschichte abgekauft und vertrauen mir." Er nahm die Brille ab und kratzte sich die Stirn. „Ja, ich denke, sie glauben mir ... aber auch wenn nicht, ich habe noch eine andere Idee, allerdings sehr gewagt ..."

Schönemann stöhnte innerlich. *Also heißt es, schon wieder warten. Wieder hoffen. Immer noch kein Ende, keine Erlösung. Immer weiter warten und hoffen, dass dieser Idiot es auch richtig anstellen möge.* Er atmete tief aus. Nun gut, resümierte er, dann ist es eben so. Schönemann wusste, er konnte warten. Er hatte

Geduld. Er fühlte, dass seine Zeit noch kommen würde.
„Und wann soll dieser Termin sein?", fragte er schließlich leise.
„Ende Oktober", antwortete der Mann. Schönemann packte sein Gegenüber am teuren Hemdskragen. „Ich wünsche sofort über das Ergebnis informiert zu ..." Abrupt stoppte er, als sich die Tür öffnete.
Gierig trank er das ihm gereichte Wasserglas in großen Schlucken leer und versabberte dabei absichtlich eine paar Tropfen auf den Tisch.
„Schön, mein treuer Freund", wandte er sich an seinen Besucher, „ich bin nun müde und erschöpft. Vielen Dank für den lieben Besuch."
Langsam rappelte Schönemann sich hoch. „Ich möchte zurück in mein Zimmer, ich muss mich ausruhen", lächelte er den Pfleger an. Schönemann konnte genau sehen, wie dieser mit den Augen rollte. *Blöder Schwachkopf.* Hilfesuchend hakte er sich bei ihm unter.
Seinem Besucher warf er hinter dem Rücken des Pflegers einen durchdringenden Blick zu. „Wir sehen uns dann, denke ich, so Ende Oktober wieder, nicht wahr?"
Immer weiter lächelnd ließ er sich mit schlurfenden Schritten aus dem Zimmer führen.

Kapitel 5

„Herr Harenberg, bitte setzen Sie sich doch."

Unsicher ließ Hannes sich darauf ein. Der Stuhl knarzte laut seinen Protest heraus, als er Bekanntschaft mit den 98 Kilogramm Lebendgewicht schloss.

Hannes hatte den Eindruck, der Stuhl spreizte leicht seine Stempel, ähnlich den Füßen eines Gewichthebers beim Reißen.

Mit einem Anflug von Unwohlsein schaute Hannes sich um. Es war, als hätte er ein Déjà-vu. Alles war genau wie vor einem halben Jahr; dasselbe Büro, ungemütlich, kahl, rein praktisch. Derselbe Schreibtisch. Dahinter derselbe Lenz, Hauptmann der Trierer Mordkommission.

Nur eines war anders. Hannes hatte eine Tasse Kaffee vor sich. Das ließ ihn hoffen.

Als Zeuge und nicht als Hauptverdächtiger hier platziert zu sein schien also einige Vorteile zu haben und stimmte das Gemüt doch um Längen milder.

Eine Frage blieb aber: Was wollte die Polizei von ihm?

Er hatte seine Aussage gemacht und war ohnehin nicht in der Nähe des Tatorts gewesen.

Hannes sollte bald erfahren, warum Lenz ihn herbestellt hatte. Und das, was Lenz ihm zu berichten hatte, ließ Hannes jedes Nackenhaar einzeln zu Berge stehen.
„Nun, He-, Herr Harenberg", begann der Hauptkommissar stotternd. Er hätte als Kind mal zum Logopäden gehen sollen, schoss es Hannes durch den Kopf. Das unaufhörliche Stottern ließ Hannes' Gedankensprünge kurz vor dem nächsten Hindernis in der Luft stehen bleiben.
„… Sie, Sie wissen, bis-, bislang sind wir von einem … äh …", er räusperte sich, „äh, Unfall mit Todesfolge zum Nachteil des, w-, wie hieß er noch … ach ja, Martin Krischel ausgegangen."
Er kratzte sich am Kopf.
Mann, komm doch mal zum Punkt!
„Also … mitt-, mittlerweile … stellt sich die Sachlage für uns ganz anders dar."
Was hat das wieder zu bedeuten?
„Aufgrund der von uns gewonnenen Erkenntnisse müssen wir leider von vorsätzlichem Mord ausgehen!"
Die beiden Männer starrten sich gegenseitig an.
Bitte nicht! Nicht noch mal!
Aber was sollte ich eigentlich damit zu tun haben?

„Sie haben das gewusst!", riss Lenz ihn nach einer Schweigeminute aus seinen wirren Gedanken, „woher?"
Rumms. Wie kam er denn da drauf?
„Aber wieso …", jetzt stammelte Hannes ebenso, „nichts habe ich gewusst … wie kommen Sie …"
Lenz kramte lautstark in den Akten, die vor ihm den Schreibtisch dekorierten.
„Aus keiner der untersuchten Waffen wurde der tödliche Schuss abgegeben, weder aus ihrer, noch aus der einer ihrer Jagdkollegen." Mittlerweile redete Lenz sauber und fließend wie ein Wasserfall. „Der Schuss war gezielt. Präziser Kopfschuss."
Martins weggeblasener Schädel tauchte vor Hannes' geistigem Auge auf und tanzte einen wilden Boogie-Woogie auf seiner Stirn.
„Und Sie haben von Anfang an gewusst, oder zumindest vermutet, dass es sich um eine vorsätzliche Tat gehandelt hat!" Lenz wies mit seinem dicken Zeigefinger auf Hannes. Dieser war so nah, dass Hannes glaubte, er würde ihm gleich in die Brust piksen.
Unweigerlich spürte Hannes, wie sein Körper auf dem wackeligen Stuhl weiter nach hinten rutschte. Die Lehne bedankte sich dafür mit einem zarten Quietschen.

„Aber wie sollte ich … wie kommen Sie überhaupt darauf?", rief er aus, doch Lenz unterbrach Hannes mit einer Handbewegung. Dann wühlte er erneut in seinen Akten.

„Hier", triumphierte er schließlich und wedelte mit einem unscheinbaren grauen Zettel vor Hannes' Nase herum. „Hier steht's: Am Mordtag, um genau 23.12 Uhr. Ein Telefonat. Sie müssen wissen, wir registrieren alles. Sie selbst haben das Telefonat geführt."

Er hoffte auf eine Reaktion von Hannes, die allerdings auf sich warten ließ. Krampfhaft überlegte Hannes, seine grauen Zellen rotierten. Er hatte nicht die leiseste Ahnung, worauf der Kommissar hinauswollte.

„Warum wollten Sie wissen, ob Anton Schönemann noch sicher gewickelt und gepudert in der Kinderkrippe nuckelt?"

Endlich war die Katze aus dem Sack. Hannes lachte erleichtert.

„Was gibt's da zu lachen?", zerstörte Lenz abrupt seine gute Laune. „Sie wussten also, dass da was nicht stimmt und es möglicherweise einen Zusammenhang mit dem Steinmetzfall gibt!"

„Was?"

„Nein … nein … meine Freundin. Meine Freundin hat mich zu diesem Anruf gedrängt. Sie war pa-

nisch, hatte Angst. Kein Wunder nach der Steinmetzgeschichte vom Frühjahr."
Lenz sah Hannes mit durchdringendem Blick an. Diesmal sprach er langsam und ruhig. „Aha, Frau Seifert ist also auch wieder mit im Boot."
Nun spürte Hannes Lenz' Finger wirklich in seiner Brust. „Herr Harenberg, ich bitte Sie eindringlich! Sagen Sie uns diesmal, was Sie wissen! Einen Alleingang ihrerseits wird es diesmal nicht geben!"
Hannes nickte mechanisch. Er hatte ganz sicher nicht vor, wieder Privatdetektiv zu spielen und Annes und sein eigenes Leben zu riskieren.
„Diesmal werden Sie mit uns zusammenarbeiten", zerstörte Lenz Hannes' gerade gesponnene Illusion. „Hören Sie sich unauffällig um, beobachten Sie ihr Umfeld, schnüffeln Sie ein bisschen im Sumpf. Aber teilen Sie uns mit, wenn Ihnen was außergewöhnlich erscheint!"
Alles in Hannes protestierte. „Aber ich habe gar kein Interesse ...!", platzte er heraus. „Oh doch, das haben Sie. Glauben Sie mir, ich fürchte, mehr, als ihnen lieb sein dürfte", erwiderte Lenz ungerührt.
Was meint der damit?
Hannes spürte, wie sein Herzschlag sich auf einen Hundertmeterlauf vorbereitete.
„Wir gehen stark davon aus, dass der Mord an Martin Krischel in Zusammenhang mit dem

Steinmetzfall steht. Auch Sie gehen davon aus, sonst hätten sie sich nicht nach dem Aufenthaltsort von Anton Schönemann erkundigt", schloss er messerscharf und wartete auf eine Antwort, auf irgendeine Bestätigung. Doch Hannes konnte ihm keine geben.

Lenz seufzte. „Herr Harenberg, ich bitte Sie dringend um Ihre Unterstützung und Offenheit. Verschweigen Sie nichts. Wie gesagt: in Ihrem eigenen Interesse."

Jetzt wurde sein Blick sanft, fast mitleidig.

Hannes wurde ganz mulmig. „Ich verstehe immer noch nicht ..."

Lenz wandte seinen Blick ab und kramte erneut in den Akten. Er zog einen Plastikbeutel unter dem Stapel hervor. Darin konnte Hannes einen Wanderführer erkennen. Das gleiche Exemplar, das die Beamten aus der Tasche von Bernd Steinmetz' Leiche gezogen hatten. Die Polizei tippte wohl deshalb auf eine Verbindung der beiden Mordfälle.

Hannes spürte die Schweißtropfen auf seiner Stirn, bereit für die Vereinigung zu einem tropfenden Rinnsal.

Langsam wickelte Lenz den Wanderführer aus seiner durchsichtigen Weihnachtsverpackung und schlug eine markierte Seite auf: das Gebiet des Reviers. Jenes Gebiet, in dem die Treibjagd stattgefunden hatte. Jemand hatte akribisch Linien und Kringel auf der Karte verteilt.

Mit zitternden Fingern nahm Hannes die Karte, die Lenz vor ihm ausgebreitet hatte.

Neben jedem Kringel stand der Name des Jägers, der diese Position während der Treibjagd besetzt hatte.

Hier hatte sich jemand wohl ziemlich gut informiert. Jetzt verstand Hannes auch, warum Lenz wollte, dass er sich als Insider mal umhören sollte.

Er studierte die Karte weiter. Was er dann sah, ließ die Angst wie einen überkochenden Topf Milch in ihm heraufbrodeln.

Die aktuellsten Planänderungen waren dem Zeichner dieser Karte wohl nicht mehr zugänglich gewesen.

Hannes starrte wie gebannt auf das Gebiet der Pferdeschneise. Diese Position war nicht mit einem Kringel markiert. Hier war ein Kreuz aufgemalt. Ein fettes, schwarzes Kreuz. Daneben stand nicht der Name Martin Krischel. Neben dem Kreuz stand der Name Hannes Harenberg.

Vor lauter Gedankenwust in seinem Kopf hatte Hannes vollkommen vergessen, dass er vom Polizeipräsidium aus noch zu Annes Wohnung fahren wollte. Mittlerweile drehte er die dritte Runde um

den Verkehrskreisel am Nells Park. Schon wieder hatte er die Abfahrt Richtung Autobahn nach Schweich verpasst.
„Verdammter Mist!“, fluchte er.
Wahrscheinlich ist es sowieso besser, Anne gar nichts von dem Besuch bei Lenz zu erzählen. Was bringt es, sie auch noch aufzuregen!, dachte er.
Hannes hörte ihre Worte in seinem Kopf. Ihre Worte am Abend nach dem Mord: „Dann hat's dir gegolten!“
Wie recht sie hatte. Verdammter Mist!
Wer sollte es nur auf mich abgesehen haben? Schönemann vielleicht, ja. Aber der sitzt hinter Schloss und Riegel. „Hinter die ich ihn schließlich gebracht habe!“, erläuterte Hannes seinem Rückspiegel. Endlich hatte er es auf die Autobahn geschafft.
Der gleiche Wanderführer ist schon seltsam. Im Straßengraben hat ihn die Polizei gefunden. Neben dem Wirtschaftweg Richtung Golfplatz. Ob Schöne-mann einen Komplizen hier draußen hatte?, fragte er sich.
Lenz hatte Hannes eben Polizeischutz angeboten. *Aber wie soll ich mich dann unauffällig umsehen? Dann kriegen die den Kerl wahrscheinlich nie! Dann hört diese Scheiße ja nie auf! Nein.*
Hannes hatte abgelehnt.
Ja. Er würde sich umhören und, wie Lenz es ausgedrückt hatte, im Sumpf stochern. *Aber wo soll ich*

anfangen? Ich soll auf mich aufpassen, hatte Lenz ihm empfohlen. Immer wachsam sein. Toll. Wie soll ich das anstellen?

Als Hannes an Kenn vorbeifuhr, hatten sich seine Nerven etwas beruhigt. *Vielleicht versucht der Mörder es nicht wieder. Der erste Versuch ist ja schiefgegangen. Wahrscheinlich hat er jetzt die Hosen voll.*

Und wird es nicht noch einmal riskieren.

Hannes atmete tief durch und fuhr bei Schweich von der Autobahn ab. „Da oben will mich noch keiner", rief er wie zum Trotz zum offenen Fenster hinaus. Hannes sollte sich irren.

Kapitel 6

Leise schlich Andreas durch die dunkle Bildergalerie. Wie ein Einbrecher. So kam er sich auch vor. Wie ein Einbrecher, der in Sachen wühlte, die ihn nichts angingen. Der Dinge an sich nahm, die ihm nicht gehörten, der Wahrheiten erfuhr, von denen er nie hatte wissen wollen.

Andreas betrachtete sich eingehend das Porträt von Jacob Steinmetz, dem Begründer seiner Familie. Wie er nun erfahren hatte, war es der französische Maler Nicolas de Largillière, der dieses Ab-

bild seines Urahns im Jahre 1696 auf diese Leinwand gebannt hatte.
Das Porträt eines Mörders.
Daneben hing das Bild von Jacobs Sohn Johann Steinmetz. Ihm hatte Andreas zu verdanken, dass er nun über all diese Dinge Bescheid wusste. Über Jacob.
Denn Johann Steinmetz hatte damit begonnen, die Geschichte seines Vaters niederzuschreiben und war somit der erste Chronist der Steinmetz-Dynastie gewesen.
Doch Andreas wünschte sich, er hätte diese Aufzeichnungen nie entdeckt. Langsam löste er den Blick von den alten Gemälden und schlich weiter.
Bernds Haus war ihm unheimlich. Genauso wie die Erinnerung an Bernd selbst. Wie lange hat mein Bruder dieses Geheimnis schon gehütet?, fragte er sich, und seit wann hatte er Bescheid gewusst? Wie lang schon hatte er geahnt, dass der verrückte Anrufer im Recht war?
Andreas blieb vor dem Porträt seines Bruders stehen. Bernd in Öl auf Leinwand. Bernd mit gewinnendem Lächeln. Erfolgreich, selbstbewusst. Arrogant, dachte Andreas. Überheblich. Er stellte die schwere Aktenasche auf den Marmorfliesen ab, um mit den Fingern die Linien von Bernds Gesicht nachzufahren. Die Linien waren klar und hart.

Unveränderlich. Das Bild des Bruders in Andreas‘ Herz blieb dagegen verschwommen und fremd. Andreas zog mit dem Mund den Handschuh vom Stumpf seines linken Arms. Er hielt das narbige rote Gebilde vor das Ölgesicht. „Sag, Bruder, habe ich das hier dir zu verdanken?"
Er streichelte die Wangenknochen seines Bruders mit dem Stumpf und spürte bei dieser Berührung sogleich den stechenden Schmerz, der seine abgeschnittenen Nervenbahnen immer durchzuckte, sobald er in Berührung mit nur irgendetwas kam. Andreas hielt dem Schmerz stand, lieferte sich der Berührung aus. Scharf sog er die Luft ein. „Sag, Bruder, warum hast du ihm nicht einfach gegeben, was ihm gehört hat? Habgier? Stolz?"
Andreas nahm den Stumpf langsam herunter. „Dann wäre das alles nicht passiert“, flüsterte er und griff nach seiner Aktentasche.
Er würde Claire alles zeigen, was er in Bernds Keller gefunden hatte. Sie würden es besprechen müssen. Mit einem letzten Blick auf das Lächeln des Bruders schlich sich Andreas zurück zur Haustür. Den Handschuh ließ er auf dem Boden liegen.

*

„Wir müssen über Bernd reden." Andreas kauerte sich tief in den weißen Ledersessel und schloss die Augen. „Wir müssen über Klinsmann, ich meine Schönemann, sprechen."

Claire trat zögerlich auf ihn zu. Sie traute sich nicht, ihn zu berühren, ihn anzufassen. Sie wollte es so gern. Ihn in den Arm nehmen, ihn an sich drücken wie ein Kind. Aber er war so verschlossen, war so abwehrend. Claire stockte. Sie sah ein in sich zusammengesunkenes Häufchen Elend. *Wo ist mein Mann geblieben?*

Was hat dieser verdammte Schönemann bloß aus ihm gemacht?

Augenblicklich durchströmte Claire eine unsagbare Wut. Nicht nur Bernd war von diesem Verbrecher getötet worden, er hatte auch Andreas getötet und auch ihr eigenes Leben damit zerstört. Nichts war mehr wie früher, nichts würde mehr so sein, wie es einst gewesen war.

Schönemann, dieses Arschloch, dieser Dreckskerl, dieser Ausbund der Hölle.

Er saß in der Klinik. Er war das Opfer, er bekam Hilfe, Therapie, Verständnis, Entgegenkommen und Zuwendung. Andreas und sie, sie waren allein!

„Schönemann war im Recht."

„Bitte was?" Claires Atem setzte aus, alles in ihrem Körper rebellierte. *Was?*

Hatte Andreas diese Worte wirklich von sich gegeben?
„Was hast du gesagt?“, flüsterte Claire kaum hörbar.
Andreas sah zu ihr auf. Endlich sah er ihr in die Augen. Lange hatte er das nicht mehr getan. Mit fester Stimme sprach Andreas Steinmetz, einer Stimme, die Claire in den letzten sechs Monaten nicht mehr gehört hatte. „Bernd war im Unrecht. Ihm habe ich diesen Stummel zu verdanken.“ Er hielt Claire den Armstumpf vors Gesicht. „Dieser alte Schmuck gehörte ihm. Alles, worauf unsere Dynastie aufgebaut ist, gehörte ihm. Seinem Vorfahr natürlich, aber damit eben auch letztlich ihm.“
Claire traute ihren Ohren kaum. *Was faselt An-dreas da?*
Jetzt ist er wohl vollkommen durchgeknallt. Vielleicht seine Art, mit all dem fertigzuwerden. Sprachlos stierte sie ihn an, nicht fähig, auch nur einen Mucks von sich zu geben.
Beherzt erhob sich Andreas aus seinem bequemen Sessel und stellte sich vor ihr auf. „Wir müssen diesen verfluchten alten Schmuck finden, bitte kontaktiere gleich morgen unsere Anwälte. Ich will ... Bernds Erbe nun doch. Und dann werde ich Schönemann zurückgeben, was ihm gehört.“

Mit einem Mal sah Andreas hoffnungsfroh in die Augen seiner Frau. „Vielleicht kann ich ja dann meinen Frieden finden.“

Kapitel 7

Zumindest einmal während des Herbstes war die Pilzsuche einfach Pflicht. Auch in diesem Jahr, trotz allem. Auch wenn die fortgeschrittene Jahreszeit auf keine gute Beute hoffen ließ.
Dabei wurde sogar in Anne ein gewisses Jagdfieber lebendig.
Bewaffnet mit Korb und Taschenmesser streifte sie also zusammen mit Hannes durch dessen Revier.
Im letzten Jahr waren sie auf der kleinen Waldlichtung, direkt am Rand des Weges, der zum Sauerbrunnen hinabführte, fündig geworden.
Anne hatte es nur auf eine Sorte abgesehen: Steinpilze.
Hannes hingegen verschmähte nichts; als absoluter Naturmensch mochte er so gut wie alles von dem, was der Wald hergab. Er hatte schon einige Schopftintlinge in seinem Korb verstaut und wusste, dass Steinpilze häufig in deren Nachbarschaft zu finden waren.
Maronen, Fette Henne, Pfifferlinge, Parasole waren für ihn Delikatessen.

Die meisten dieser Früchte der Heimat fand Anne allerdings für ihren Geschmack eindeutig zu schleimig.
Außerdem gedachte sie, etwas richtig Gutes zu kochen.
Schließlich hatten sie Claire und Andreas schon seit geraumer Zeit nicht gesehen. Die beiden hatten sich für den heutigen Abend sozusagen selbst eingeladen.
Anne war gespannt, wie es Andreas ging und was das Düsseldorfer Millionärspärchen alles zu erzählen hatte. Hannes freute sich besonders auf Claire.
Also hatte Anne sich für Rehfilet in Steinpilzsoße entschieden. *Alles frisch, direkt aus Hannes' Gebüsch!*
Es gab nur ein Problem. Die „Hauptpersonen“ fehlten noch: Kein einziger Steinpilz ließ sich blicken.
Paula hatte dennoch einen Riesenspaß. Schließlich hatte die Hündin es auch nicht auf Pilze abgesehen, sondern auf frische Wildspuren. Vergnügt und aufgeregt kreiste sie um Anne und Hannes und versuchte so manches Mal, sich heimlich auf die Pirsch zu begeben. Dass das Reh schon „zuhause“ war, konnte sie ja nicht wissen.
Immer tiefer wagte sich Anne ins Dickicht, die Augen fixiert auf den Waldboden. Kein Blick für irgendetwas sonst. Das Taschenmesser lag bereit in

ihrer Hand, sie könnte sofort zugreifen, wenn nur einer der begehrten Leckerbissen unversehens auftauchen würde.
Dann entdeckte Anne am nächsten Baumstamm eine Fette Henne; sie hoffte inständig, dass Hannes dieses Exemplar nicht ebenfalls bemerkte. Er würde dieses ekelige Gebilde sicher mitnehmen wollen. Sie sah sich um: Von Hannes war weit und breit nichts auszumachen.
Dann hörte sie ihn. Ein lauter, gellender Schrei.
Anne spurtete sofort in seine Richtung. So schnell sie konnte, lief sie im Slalomkurs durch den dichten Baumbestand, dann endlich, entdeckte sie ihn.
Hannes hielt beide Hände in Siegerpose gen Himmel gestreckt. Gerade stimmte er zum erneuten Jubelruf an, als er die neidische Anne erblickte.
In seiner Hand hielt er einen hellen Stiel mit dem unverkennbar riesenhaften, dunkelbraunen Hut.
Sofort fiel Anne in sein Hurrageschrei mit ein.
Hannes hatte doch tatsächlich den größten Steinpilz gefunden, den Anne je gesehen hatte.
Und das Beste ist, da sind noch viel mehr! Wie im Rausch bückte Anne sich und schnitt und schnitt, bis sie ihren Rücken kaum noch spürte. Sie war eben doch ein Stadtmensch und Gartenarbeit nicht gewöhnt.

Beide strahlten, als sie mit dem gut gefüllten Korb Richtung Auto zurückstapften.
Hannes führte Paula an der Leine, auf dass sie zum guten Schluss nicht doch noch Reißaus nahm. Das würde ein Festessen werden. „Nanu", meinte Hannes überrascht, als sie an seinem Wagen ankamen. „Ein Strafzettel? Hier?" Knurrend zog er ein Stück Papier hinter dem Scheibenwischer hervor.
Er las und hielt Anne dann schweigend den Zettel vors Gesicht.
Denk daran Harenberg: Manche Pilze kann man nur einmal essen!
Was soll denn das nun wieder?, fragte er sich. Aber Hannes wollte sich seine gute Laune nicht verderben lassen und warf den Strafzettel zu den echten Knöllchen auf die Rückbank.
Als er gerade ins Auto steigen wollte, sauste ein völlig in Schwarz gekleideter Mountainbiker mit atemberaubender Geschwindigkeit an ihnen vorbei und überfuhr dabei um Haaresbreite den Pilzkorb, der noch auf dem Weg stand.
Unverschämtheit! Lautstark ärgerte sich Hannes und rief dem Raser ein „Du Spinner!" hinterher.

*

Das Rehfilet war butterzart, die Steinpilzsoße ein Traum. Dennoch herrschte gedämpfte Stimmung am Esstisch. Claire versuchte hin und wieder, die steife Runde aufzulockern. Andreas schwieg überwiegend, so, als hätte er mit diesem Besuch gar nichts zu tun. Als wäre er ein Statist. Mit Hannes wechselte er kein einziges Wort.
Andreas trug seine neue Prothese mit den künstlichen Fingern. Die Hand wirkte relativ echt, aber er kam noch nicht damit zurecht. Wie Claire ihm bereits zum dritten Mal erläutert hatte, würde er viel üben müssen, um seine Nervenbahnen zu stimulieren. Sie hatte ihrem Mann das Fleisch klein schneiden müssen.
Nun hatte Andreas den Raum für einen kurzen Moment verlassen, da er etwas aus dem Auto holen wollte.
Claire nutze seine Abwesenheit. Endlich konnte sie die fröhliche Maskerade aufgeben und erzählen, wie verzweifelt sie in Wirklichkeit war. Ständig trieb Andreas sich irgendwo allein herum, sie wusste nicht, womit er seine Zeit verbrachte. Er sprach kaum mit ihr. Außer über Schönemann und über die Schlechtigkeit seiner eigenen Sippe.
„Mein Gott, die Geschichte mit diesem Jacob ist fast 400 Jahre her! Was hat *er* dafür zu büßen, frage ich euch?“ Sie schaute verzweifelt in die Runde.

„Aber Andreas sieht in Schönemann eine Art Märtyrer. Und nun hat er sich in den Kopf gesetzt, die Steinmetz-Familienehre wiederherzustellen. Er hat anscheinend voll-kommen verdrängt, was Schönemann Bernd und auch ihm selbst angetan hat!“ Claire schüttelte in einer hilflosen Geste den Kopf.
„Stockholm-Syndrom“, meinte Anne wissend. Hannes blickte sie fragend an. „Darüber habe ich mal gelesen“, referierte Anne. „Entführungsopfer treten in eine krankhafte Beziehung zu ihren Peinigern. Sie werden misstrauisch gegen alle anderen, Polizei, Angehörige und so weiter. Denn die helfen ihnen nicht.“
„Behandelt er mich deshalb so, als sei ich Luft?“, warf Hannes konsterniert ein, „schließlich ge-höre ich zu den *Bösen,* habe ihn ja *gerettet* aus den Fängen seines tollen Beschützers.“
„Gut möglich“, überlegte Anne.
„Die Entführer sind diejenigen, die ihnen das Essen geben, sie auf Toilette lassen und mit ihnen sprechen. Niemand sonst ermöglicht ihnen diese Annehmlichkeiten des Lebens. Der Name geht übrigens auf die Geiselnahme in einer Stockholmer Bank zurück. Auch dort entwickelten die Opfer eine solch abhängige Beziehung zu den Tätern. Sie haben sie sogar nach ihrer Befreiung im Gefängnis besucht, haben Freundschaften geschlossen und

lange Zeit den Kontakt aufrechterhalten. Aber so was ist schon öfter vorgekommen. Erinnert ihr euch an die Entführungsgeschichte damals in Costa Rica?"

Anne schaute fragend in die Runde und blickte dabei in zwei ungläubige Gesichter.

„Diese deutschen Geiseln", half sie ihnen auf die Sprünge, „die bis zum Letzten mit ihren Entführern sympathisiert und sie sogar verteidigt haben?"

Doch Annes Schulstunde musste noch vor dem „Pausenklingeln" abgebrochen werden, denn sie hörten die Haustür.

Andreas hatte eine Aktentasche mitgebracht. Er wollte Anne etwas zeigen, da sie sich sehr für Geschichte interessierte. Seine eigene Geschichte bedeutete für Andreas eine Qual.

Bernd, sein Bruder, hatte früher die Familiengeschichte der Steinmetz' recherchiert. Andreas hatte davon gewusst, sich aber nie für die Ergebnisse interessiert.

Bis jetzt. Jetzt schämte er sich seiner Familie, zumindest, wenn man wie er einen Sinn für Gerechtigkeit besaß; sein Bruder hatte es aufgedeckt, denn er war es, der herausgefunden hatte, dass Anton Schönemann in der Tat der rechtmäßige Besitzer des Carove-Schmucks war.

Hätte Bernd ihm die Stücke doch einfach nur gegeben, dann wäre das alles nicht passiert. Dann würde Bernd noch leben, dann hätte ich noch meinen Arm und wäre niemals in dieser verdammten Höhle gelandet. Ich könnte weiterhin mein unkompliziertes, unbeschwertes Leben von früher führen.

Er wünschte, er hätte es nie herausgefunden.

Aber er hatte in Bernds Villa geschnüffelt. Eigentlich, um seinem toten Bruder nahe zu sein. Stundenlang hatte er sich in der Bildergalerie seiner Vorfahren aufgehalten. Auf einmal war seine Familie ihm wichtig. Dann hatte er sich wieder an Bernds Recherchen in die Vergangenheit erinnert. Er hatte daraufhin das ganze Haus abgesucht und war im Keller letztendlich fündig geworden; ein Ordner, voll mit alten Papieren. Alle sorgfältig restauriert und luftdicht verschweißt. Ein Erbe für die Ewigkeit.

Andreas zog nun diese Seiten aus der Aktentasche und überreichte sie Anne.

„Hier. Lies selbst", sagte er, „das ist die Chronik der Familie Steinmetz, verfasst von Johann Steinmetz, dem Sohn von Jacob Steinmetz, der wiederum der Mörder von Ambrosius Carove ist. Ich habe mir nur die ersten paar Seiten angeschaut. Die haben mir schon gereicht."

Anne zögerte. Will ich das?, fragte sie sich.

Wollte sie wirklich erfahren, wie die Geschichte nach dem gewaltsamen Tod von Ambrosius weiterging?
Denn darum würde es wohl gehen. Schließlich hatte Andreas' Urahn Jacob Ambrosius Carove im Jahre 1687 am Moselhöhenweg erschlagen und sich mit dem gestohlenen Schmuck sein zukünftiges Leben aufgebaut.
Natürlich würde sie es lesen.

Chronik der Familie Steinmetz, Teil I
Düsseldorf, im Jahre 1696

Nicolas de Largillière bot eine famose Erscheinung. Wahrlich eine schillernde Persönlichkeit von Welt und Kunst.
Er versprühte einen dezenten Duft nach Lavendel und betupfte sich ständig die Nase mit einem kleinen weißen Seidentüchlein.
Sein Justaucorps, der lange Überrock, wirkte extravagant und gab einen Blick frei auf die edle Spitze seines Hemdes. Dazu trug er eine Culotte, die hierzu passenden blaue Strümpfe und hochgeschlossene Schuhe mit Absätzen.
Seine Perücke war gelegt in unzählige silbrige Locken, tief herabhängend bis in den Rücken.

Unablässig drehte und schraubte er an seiner Staffelei, bis alles gerade und perfekt war. Die Leinwand stand bereit für den ersten Pinselstrich, und alle nur erdenklichen Farbtöne in Öl gebunden warteten scheinbar gespannt darauf, zu einem Gemälde vereinigt zu werden.

Der berühmte Porträtmaler sprach feinstes Französisch, hatte in Antwerpen und England studiert und seine Kunst bis zur Vollkommenheit gesteigert. Seit ein paar Jahren lebte er nun in Paris. Mein Vater hatte von seiner blühenden und lebendigen Farbgestaltung und seiner feinsinnigen Auffassungsgabe für die Darstellung seiner Modelle gehört. Nun hatte er eben diesen französischen Künstler engagiert, um ein Porträt von sich anfertigen zu lassen. Und er war tatsächlich gekommen. Aus Paris.

Mein Vater gab es nicht zu, aber ich bemerkte, er war überaus stolz darauf. Auch, wenn es ihn ein Vermögen kosten würde.

Mein Vater war Jacob Steinmetz.

Der französische Maler bat ihn, während des langwierigen Modellsitzens von seinem Leben zu erzählen. Auf diese Weise könne er Persönlichkeit und Lebenserfahrung, Gefühle und Charaktereigenschaften in das Bild einfließen lassen. Dies würde das Porträt wahrhaftiger, echter, tiefgründiger, ja einfach lebendiger wirken lassen.

Aber ich kannte meinen Vater: Nie erzählte er aus seinem Leben. Es schien so, als wäre es ihm eine Last, als gäbe es da etwas, für das er sich schämen würde. Oft hatte ich mich gefragt, was es wohl sein könnte, was ihn so betrübte. Denn er war ein sehr erfolgsverwöhnter und wohlhabender Mann.

Mein Vater trug sein bestes Gewand. Einen indigoblauen Seidenrock mit besticktem Goldkragen, darunter ein helles Hemd mit Rüschen, die am Hals emporzuwachsen schienen.

Seine Perücke war fast schneeweiß. Er räusperte sich umständlich und versuchte, sich nach den Anweisungen des Künstlers in die gewünschte Position zu rücken. All dies belauschte und beobachtete ich durch einen kleinen Spalt des dicken Vorhangs, der die Halle teilte und hinter dem ich mich versteckt hielt.

„Nun gut, wenn Ihr es wünscht und es denn dem Gelingen zuträglich ist", gab mein Vater endlich zögerlich nach.

Nun war ich sehr gespannt. Erwartungsvoll saß ich so still wie möglich, Papier und Feder in der Hand, bereit, alles festzuhalten, was sich mir offenbaren würde.

Ich las gerne, alles, was ich an Schriften und Büchern zu fassen bekam. Vater besaß eine hervorragende Bibliothek. Ich selbst hatte mich schon versucht an kurzen Erzählungen oder kleinen, meist unbeholfenen Gedichten.

Aber nun würde ich aufschreiben, was mein Vater erzählte. Vielleicht würde ich, sein Sohn Johann, daraus eine Geschichte machen. Eine große, eine richtige Geschichte. Wie jene alten Heldensagen.

Es konnte nur eine Heldensage daraus werden. Denn er musste ein Held sein. Wie sonst wohl hätte Vater, ein ehemaliger Diener und einfacher Gehilfe, zu einem der reichsten Kaufleute Düsseldorfs avancieren können? Dies war alles, was ich von ihm wusste.

Daher gebannt, wenn auch heimlich, folgte ich dem Blick Jacobs in seine eigene Vergangenheit. Eine ganze Weile saß er da, als wüsste er nicht recht, womit er beginnen sollte. Sein Gesicht wirkte missmutig, grüblerisch, fast leidend. Anscheinend verlor er sich in Erinnerungen, die er lange Zeit nicht zugelassen hatte. Doch dann begann er, und ich fühlte mich zur Gänze darin ein. Ich ließ mich ein in seine Welt von damals, und meine Hand begann wie von selbst, seine Geschichte niederzuschreiben.

„Ihr wollt also wissen, wer ich bin?", sprach mein Vater sein Gegenüber an. „Mein Name ist Jacob Steinmetz. Ich bin ein reicher Mann. Ich habe Vieles erreicht in meinem Leben. Vieles habe ich erlebt, manches Schreckliche, manch Schönes. Mein Eigentum habe ich mir gewaltsam zurückgenommen, ich … habe … einen Menschen getötet, was ich als rechtens erachte, zumindest in meinen Augen; ich war auf der Flucht, bin gewandert durch Feld und Wald, hungernd und ständig in Angst. Und mehrfach habe ich dem drohenden Tode getrotzt. Dennoch fand ich meinen Weg. Ich spürte die Stadt der edlen Steine auf, was mein Schicksal war; dessen bin ich überzeugt. Denn dort habe ich meine Berufung, meine Bestimmung, mein Ziel gefunden. Dort habe ich auch Freunde ge-wonnen, wahre Freunde, die mich hierher-geleitet haben, in diese Stadt. Düsseldorf. Die einzige Stadt für mich. Diese Stadt, die mich letztlich aufnahm und mich zu dem hat werden lassen, der ich heute bin. Ich bin nun ein gemachter Mann. Und heute, heute kann ich mir Euch, mein geschätzter de Largillière, leisten, damit Ihr ein vorzügliches Bildnis von mir erschaffen möget."

Der Maler schaute auf und blickte Jacob unmissverständlich an. „Das könnt Ihr wohl. Aber ich

porträtiere dennoch nicht jeden, der einfach nur Geld besitzt. Was es mit Euch auf sich hat, möchte ich wissen. Erzählt mir alles, von Anfang an."
Abwartend hielt er mit dem Pinsel vor der Leinwand inne.
Jacob seufzte tief. „Nun denn, wenn es so sein soll …"

Er ergab sich dem Künstler.

Moselhöhenweg, 1687

Mein Dienstherr und Ziehvater, Ambrosius Carove, Kaufmann aus Trier, ward nun nicht mehr am Leben. Und ich, Jacob Steinmetz, daher auf mich allein gestellt. Mittlerweile gemächlich und im Schritt ließ ich den braunen Wallach den schweren Karren ziehen. Das arme Tier hatte noch immer Schaumkronen zwischen den Hinterläufen, lange hätte es den wilden Galopp nicht mehr durchhalten können. Ich hatte es fast zu Schanden gequält. Mit der langen Peitsche hatte ich es getrieben, wie ein Besessener, als wäre sprichwörtlich der Leibhaftige hinter uns her. Außer mir, wie von Sinnen, so sehr wollte ich fort von diesem schrecklichen Ort. So rasch und so weit entfernt wie nur irgend möglich. Nun fuhr ich den Moselhöhenweg entlang. Mein Pferd schnaubte gelegentlich und schien endlich wieder zu

Atem zu kommen. Dennoch, bald würde es rasten müssen.
Damals hatte ich meine Heimatstadt Trier verlassen, und ich sollte sie niemals wiedersehen.
Die Last auf dem Wagen wog schwer; wir hatten Weinfässer geladen, eines davon enthielt allerdings keinen Moselwein. In einem dieser Fässer war ein Schatz versteckt. Ein uralter Schatz aus römischer Zeit. Schmuckstücke und Münzen von unschätzbarem Wert. **Ich** *war es, der einst diesen Schatz entdeckt hatte. Es war mein Schatz. Ehemals war ich ein Steinmetzgehilfe und hatte bei der Errichtung von Ambrosius' Haus mitgeholfen. Damals, im Jahre 1656. Ich war durch eine geheime Kammer gebrochen, und nur durch mein Unglück und Ungeschick konnte der Schmuck in der Kammer überhaupt erst gefunden werden. Seit der Römerzeit hatte er dort gelegen und einen tiefen Schlaf des Vergessens geschlummert. Allein durch mich war er entdeckt worden, jedoch, die Schöffen hatten den großen Schatz allein dem Ambrosius zugesprochen, denn er war der rechtmäßige Besitzer des Grund und Bodens gewesen.*
Bei meinem Sturz hatte ich mir das Bein gebrochen, eine Verletzung, die niemals richtig verheilen sollte. Noch heute kann ich nur humpeln. Verurteilt, ein Krüppel zu sein.
Ein Steinmetz hätte ich somit niemals mehr werden können. Also war ich gezwungen, die Zunft, mein Zu-

hause, zu verlassen. Die Zunft meines schon verstorbenen Vaters. Bei der Verrichtung seiner Arbeit, der Ausbesserung des Trierer Doms zu Ehren der Heilig-Rock-Schauung, war er vom Turme gestürzt. Der Herr, unser Gott, war grausam zu jener Zeit. Hatte er mir doch zuvor schon die Mutter genommen, und ich war nun eine Vollwaise. Ambrosius hatte Erbarmen mit mir und nahm mich bei sich auf. Als seinen Diener.
Und nun musste ich mich und den Schatz in Sicherheit bringen. Wie so oft zu jener Zeit wurde Trier auf ein Neues von französischen Truppen belagert. Es gingen Gerüchte, die alte Römerstadt solle endgültig gebrandschatzt und dem Erdboden gleichgemacht werden.
Nur deshalb war ich nun auf dieser Reise. Ambrosius hatte den Schmuck in seine Heimat bringen wollen, nach Lenno am Comer See in Italien. Nur er und ich hatten uns auf den langen Weg gemacht. Ich wusste weder, wo ich mich nun befand, noch welchen Weg ich nehmen sollte. Sollte ich weiter gen Koblenz fahren, mich auf dem Rhein einschiffen und nach Basel segeln, dann weiter über die Alpen ziehen bis nach Italien, bis nach Lenno? Aber was sollte ich dort? Nein, nun war der Schatz mein. Ich musste ein anderes Ziel für mich finden.
Mein brauner Wallach zog den schweren Karren mit müdem Schritt, aber brav die alte römische Handelsstraße entlang. Ich fuhr durch dichten Wald, hin und

wieder unterbrochen durch einen Blick hinab zu den Windungen der Mosel und auf weitläufige, fast senkrecht herabfallende Weinberge. Ich fuhr einfach weiter, immer entlang des Weges. Irgendwo musste ich meinem treuen Tier eine Rast gönnen. Inzwischen müsste ich weit genug entfernt sein. Ob Ambrosius Leichnam wohl mittlerweile gefunden worden war? Ich fand weder einen geeigneten Ort noch die nötige Ruhe für eine Rast. Im Gegenteil. Ich fühlte mich getrieben. Ich verspürte eine innere Hast, die mein Herz in meinem wie zugeschnürten Brustkorb wild klopfen ließ, ich fühlte die Anspannung in meinem Bauch. Es war unheimlich; alles wirkte so still, ich fühlte mich allein auf der Welt, verlassen. Kein Mensch außer mir war hier unterwegs. Warum? Auf dieser viel bereisten Handelsstraße? Was mochte sich hier ereignet haben? Es war eine trügerische Stille. Wie die Stille vor dem Sturm. Irgendetwas ging hier vor. Unwillkürlich sträubten sich mir die Nackenhaare. Ich bremste den Wagen und zügelte mein Pferd, auf dass es stehen bliebe, und lauschte. Ich hörte die Geräusche des Waldes, ein paar Zweige, wie sie im Wind raschelten, Vogelstimmen, ein fliehendes Tier. Ich hörte mein Pferd schnauben. Sonst nichts …

Angestrengt lauschte ich weiter. Nun vernahm ich doch etwas; es hörte sich an wie das Getrappel von Pferdehufen, vielen Pferdehufen. Dann immer deutlicher. Jetzt hörte ich auch das Gemurmel von Männerstimmen. Sie kamen immer näher. Wie gebannt richtete ich meinen Blick auf die nächste Biegung des Weges. Noch sah ich nichts. Ich versuchte, meinen Karren zu wenden, aber der Weg war zu eng. Ich überlegte abzusteigen, das eine Fass zu suchen und einfach zu Fuß in den Büschen damit zu verschwinden. Aber ich grübelte zu lange, wartete zu lange. Denn jetzt konnte ich sie bereits sehen. Und sie sahen mich. Hier stand ich nun, mutterseelenallein. Wehrlos, schutzlos, ausgeliefert. Es gab kein Zurück. Und sie schritten erbarmungslos auf mich zu. Soldaten. Eine komplette französische Armee-Einheit.

*

Dragoner, schnelle, bewegliche Fußsoldaten zu Pferd, Degen und Musketen am Gürtel, Lederhelme.
Ich ergab mich meinem Schicksal. Ein paar der Soldaten umkreisten mich lachend, sie verspotteten mich. Aber ich verstand jedes Wort. Zu oft und lange genug hatte Trier in den letzten Jahren unter französischer Besatzung gestanden. So war es überlebenswichtig geworden, Französisch zu erlernen. Ich beherrschte die Sprache des Feindes perfekt. Einer der Männer zog mich vom Wagen, ein anderer begutachtete mein Pferd. Alle blickten begehrlich auf die Fässer voller Wein. Welch einen Fang hatte ich ihnen durch meine Unachtsamkeit gewährt!

Wenn ich mein Leben retten wollte, blieb mir nur noch eine Chance: alles zurücklassen, auf alles verzichten. Ob dies Gottes Strafe für mich war?

Mir blieb keine Zeit zum Überlegen. Solange die Dragoner ihre Beute begutachteten, interessierte sich niemand für mich.

So zog ich mich langsam zurück und sprang behände den Abhang herunter, Richtung Fluss. Mein Bein beschwerte sich pochend und schmerzend, dennoch rannte oder stolperte ich vielmehr den steilen Waldhang hinunter. Ich hörte die Soldaten lachen. Anscheinend waren ich und mein kümmerliches Leben ihnen egal. Sie hatten ein gutes Pferd ergattert, einen anständigen Transportwagen voller Moselwein sowie einen unermesslichen Schmuckschatz erbeutet, auch wenn sie vom diesem Schatz bislang nichts ahnten. Irgendwann blieb ich atemlos an einem Baumstamm gelehnt stehen.

Wenigstens hatte ich noch unsere Börse mit der Reisekasse am Gürtel. So würde ich mich eine Zeit lang über Wasser halten können. Aber wo sollte ich hin? Zurück nach Trier konnte ich nicht mehr. Was, wenn Ambrosius wirklich schon gefunden worden war? Aber selbst, wenn nicht. An wen sollte ich mich dann wenden? An Ambrosius' Frau Giulia? An seinen Freund Gustavo Boltera, den Rechtsgelehrten? Niemals. Niemals hatten diese beiden Ambrosius' Zuneigung zu mir verstanden

oder gar geteilt. Nein, ich hatte niemanden mehr in meiner Heimatstadt.
Ich würde dieses Risiko nicht eingehen. Ich beschloss, mein Leben nun selbst in die Hand zu nehmen. Und so sollte es auch sein. Ich würde mir meinen Schmuck zurückerobern. Ich verschnaufte noch eine Weile. Dann kletterte ich den mühsamen Weg langsam wieder hinauf. In meinem Bein tobte ein unsagbares Feuer aus Pein.
Ich hoffte inständig, die Truppe überhaupt noch einmal zu finden, so langsam, wie ich vorankam.

Der Raum war still. Und es blieb still. Mein Vater schwieg nun schon eine ganze Weile. So, als sei er eingeschlafen. Er zeigte keinerlei Regung.
Nur das sanfte Streichen des Pinsels auf der Leinwand war zu vernehmen.
Meine Hand wartete zitternd, mit der Feder über dem Papier.
Schließlich sprach der Künstler, zerriss die Stille: „Woran ist denn Euer Ziehvater, dieser gewisse Ambrosius Carove, gestorben, Monsieur?"
Vater blickte zu Boden. Seine Stimme war kaum zu vernehmen. „Darüber möchte ich nicht sprechen. Habt Verständnis. Die Erinnerung daran ist zu schrecklich, zu entsetzlich."
„Ah, oui, je comprends", nickte Largillière verstehend, „dann setzt Euch wieder in Eure Positi-

on!" De Largillière malte weiter. Und auch Jacob fuhr endlich fort in seinen Erinnerungen.

Irgendwann, müde und erschöpft, erreichte ich die Stelle, an der ich vor den Soldaten geflohen war. Von ihnen war nichts mehr zu sehen. Kein Wagen, kein Pferd, keine Armee. Nur der Boden zeugte von ihrem Durchmarsch, aufgewühlt von hunderten Hufabdrücken und Stiefelspuren. Ich musste nur den Spuren folgen, den Weg zurück, auf dem ich hergekommen war. Es war bereits tiefe Nacht, als ich endlich das Lager erreichte. Der Schein vieler Lagerfeuer erhellte das Waldstück hoch über der Mosel. Langsam schlich ich mich heran. Ich wusste, dass ein Armeetross immer von vielen Zivilisten begleitet wurde. Die Frauen und Kinder der Soldaten, Händler, Spielleute. Ich beschloss, mich unauffällig unter die Menschen zu mischen. Außerdem knurrte mein Magen lauter als ein ganzes Wolfsrudel, vielleicht könnte ich irgendwo etwas zu Essen mitnehmen.

Ich trat einfach aus dem Wald hinaus und begab mich entschlossen Richtung Lagereingang. Ein Wachmann sprach mich an, und ich antwortete ihm auf Französisch, ich sei nur mal kurz in die Büsche gegangen. Der Soldat grunzte und ließ mich passieren. Erleichtert atmete ich aus. Dies war schon mal geschafft. Ich schlenderte durchs Lager und sah mich um. Dahinten verlief die

Pferdekoppel. Ich wanderte am Zaun entlang, betrachtete die Tiere und erkannte schließlich im Schein der Fackeln meinen braunen Wallach. Still und friedlich graste er zwischen den anderen Gäulen. An der Weide vorbei patrouillierten ständig Wachposten. Die Pferde waren wichtig. Niemals würde ich eines dort ungesehen herausbekommen.

Unauffällig schlenderte ich weiter. Der Duft von gebratenem Fleisch und frischem Brot stieg mir von unzähligen Feuerstellen in die Nase, aber ich wollte mich erst noch weiter umsehen. Vorbei an grölenden und trinkenden Soldaten erreichte ich das hintere Ende des Lagers. Dort standen die Transportwagen. Ich erkannte meinen eigenen sofort, die Fässer waren nicht abgeladen worden. Demnach war mein Schatz noch nicht entdeckt worden. Aber auch vor diesen Wagen hielten die Soldaten Wache. Ich brauchte einen Plan. Meine Blicke suchten die Soldatenzelte ab. Fast alle waren verlassen, weil die Insassen irgendwo beim Saufen saßen. Ich durchsuchte einige Zelte. Endlich fand ich eine Uniform, schnell griff ich danach und verschwand in der Dunkelheit hinter den Zelten.

Als ich wieder ins Licht trat, war aus Jacob, genannt der Steinmetz, Jacques, der französische Dragoner, geworden.

Ich trug eine orangerote Mütze mit langem Zipfel, der zu meiner rechten Kopfseite herunterhing, dazu einen blauen Rock mit gelbem Gürtel. Meine schwarzen Stiefel waren zwar meine eigenen, aber ich hoffte, dass dies niemandem auffallen würde. Auch trug ich keinen Degen und keine Muskete, aber wie ich erleichtert feststellte, taten das die meisten hier am Lagerfeuer nicht. Ohne Aufsehen zu erregen spazierte ich zur Feuerstelle und nahm mir ein Stück vom gebratenen Hammel. Eine Frau reichte mir freundlich ein Stück Brot dazu. Ich setzte mich neben meine neuen Kameraden und aß. Bald darauf prostete ich mit einem Becher Wein, gemeinsam mit den anderen, auf Ludwig, den XIV., den König von Frankreich.

Kapitel 8

„Es ist wirklich äußerst schade, dass ich das Buch nicht mehr habe.“ Schönemann blickte versonnen zu den herbstlichen Bäumen. Er beobachtete, wie die goldenen und roten Blätter sanft gen Boden schwebten. Er liebte den Herbst. Es war die Zeit der Vergänglichkeit. Alles erstarb, um im nächsten Frühjahr neu aufzuerstehen.

Er hoffte darauf; in seinem Interesse.

Nach seiner letzten Therapiestunde beim Professor hatte Schönemann die Erlaubnis erhalten, im Park spazieren zu dürfen. Sein Besucher begleitete ihn. *Vielleicht habe ich in der Zwischenzeit doch so manches*

Detail vergessen. Und der will doch alles wissen. Von damals. Von Ambrosius und vor allem von Giulia. Der Mann ist ja wie besessen, dachte Schönemann.

Aber der Besucher bot etwas als Gegenleistung: Er würde den Schmuck ergattern. Nicht für sich selbst, sondern für Schönemann.

Eine Zeitlang schlenderten beide gemächlich durch die gepflegte Gartenanlage. Schönemann genoss die frische Luft. Und er erzählte. Alles, was ihm einfiel. Wenn es diesen Kerl glücklich machte, warum nicht? Und Schönemann hoffte auf den Schmuck.

Dem anderen jedoch war nicht zu trauen, das wusste Schönemann. Das Böse lag ihm im Blut, auch wenn er noch so reuevoll und unterwürfig tat. Seinen Schmuck hatte er ihm jedenfalls nicht angeboten, so wie es sich gehört hätte. So wie es rechtens gewesen wäre. Er wollte diesen Schatz nicht aus den gierigen Fingern lassen. Dieser Mensch würde ihm nicht helfen, auch wenn er ständig das Gegenteil behauptete. Trotzdem musste Schönemann freundlich zu ihm sein. Wenn dieser hier versagen sollte, könnte er den anderen vielleicht doch noch brauchen. Er ließ sich sehr leicht manipulieren.

Aber er hatte böses Blut. So etwas vererbt sich, da war Schönemann sich ganz sicher. Aber er hier, der Verrückte, der jetzt neben ihm herschlenderte, der war ehrlich. *Der ist selbstlos. Der hat Beziehungen. Er wird es schon schaffen.* Er hatte Verständnis, ja sogar Mitleid mit ihm.

Schönemann vertraute ihm. Am Anfang war er ihm unheimlich erschienen, vollkommen verrückt. Immer nervös, immer schwitzend, immer zittrig. Schönemann hatte ihn wie einen Diener behandelt, von oben herab und hart. Wie ein Despot. Aber der Mann war stets wiedergekommen. Er nannte sich Hans. Und er hasste Hannes Harenberg. Warum, das war Schönemann egal. Auch er hasste Hannes Harenberg. Dieser Mensch hatte ihm alles kaputt gemacht. Er hatte den Erfolg seines schönen Planes vereitelt. Schönemann hatte Beweise für die Treue und Ergebenheit seines Besuchers gefordert. Und der Mann hatte alles getan, sie zu erbringen. Auch wenn er bislang gescheitert war. Aber es war ja auch nicht einfach für ihn.

Er war ein Spielball und Schönemann spielte gern.

Trotz allem: Das Buch war verloren.

Aber vielleicht auch nicht!, hoffte Schönemann. Es gab einen Menschen, der wusste, wo es steckte. Wo es im Staub lag und langsam verrottete.

Aber ihn konnte er unmöglich dort hinschicken; an diesen Ort des Grauens. Das würde vielleicht alles kaputt machen, würde ihn daran erinnern, wer Schönemann wirklich war: ein Verbrecher, ein Mörder, ein Geiselnehmer. Wenn auch aus gutem Grund und daher ohne Sünde. Der Besucher schien dies völlig verdrängt zu haben. Aber er würde die Matratze sehen, von Motten und Ratten zerfressen, vielleicht sogar den Aborteimer noch riechen. Er würde mit der Dunkelheit konfrontiert werden und vielleicht die Angst und die Einsamkeit darin spüren. Vielleicht würde er dann sein falsches krankhaftes Verständnis erkennen und Schönemann nicht mehr besuchen wollen. Und dann den Schmuck nicht mehr jagen.
Nein, das kann ich ihm nicht zumuten, nicht riskieren.

Aber vielleicht ihr!

Chronik der Familie Steinmetz, II

1687, Lager der Franzosen

Ich achtete darauf, nüchtern zu bleiben. Dort, im Lager der Franzosen. Absichtlich schüttete ich den Wein fast zur Gänze am Mund vorbei, während meine neuen Kameraden mit jedem Becher lauter grölten und torkelten.

Immer wieder sah ich mich um. An den anderen Lagerfeuern ging es ähnlich zu. Nur die Wachsoldaten drehten weiter aufrecht und sicher ihre Runden. Sie würden die ganze Nacht wachsam sein.
Langsam stand ich auf und wankte zum Weinfass. Ich lehnte mich dagegen, um scheinbar meinen Becher aufs Neue zu füllen. Wie zufällig stieß ich dabei gegen das Fass und warf es um. Als die anderen sahen, wie der Wein in den trockenen Boden sickerte, grölten und brüllten sie noch lauter. Dies sollte ihre einzige Ration für den Tag sein.
Einige von ihnen wollten mir an den Kragen, doch letztlich hatte ich erreicht, was ich bezweckte. Schon bald machte ich mich mit vier anderen auf den Weg, ein neues Fass zu ergaunern. Der Wein hatte die Männer tollkühn gemacht, und es verlangte ihnen nach mehr.
Gemeinsam kletterten sie auf meinen Wagen und banden die darauf gestapelten und nun wieder fest vertäuten Fässer los. Ich suchte jedes einzelne mit den Augen ab. Ich hatte vor der Abreise jenes besondere Fass mit einem Streifen Pech markiert. Ohne, dass Ambrosius dies geahnt hätte.
Die anderen begannen nunmehr, das erstbeste Fass abzuladen. Ich war der Verzweiflung nahe, denn ich suchte noch immer, konnte aber auf keinem der Fässer meine Markierung erkennen. Schließlich hatten die anderen es geschafft. Jubelnd kamen sie mit ihrer Beute

vor dem Wagen zum Stehen. Sie winkten mir zu, aber ich erstarrte. Dann, so schnell ich konnte, duckte ich mich zwischen die Fässer. Meine Kameraden wurden auf einen Schlag ganz ruhig, sie wandten sich zögerlich und angstvoll um, um heraus-zufinden, was mich so erschreckt haben könnte. Direkt hinter ihnen standen ein Wachsoldat und ein Offizier. Er musterte die Soldaten mit grimmigem Blick.

Ich spürte mein Herz bis zum Hals schlagen. Wenn der Offizier mich entdeckt hatte, wenn ich mitsamt den anderen wegen dieses Diebstahls zur Rechenschaft gezogen würde, dann musste herauskommen, dass ich nicht zur Einheit gehörte. Ich hatte keinen Namen, keine Papiere. Sie würden mich hängen.

Ich hörte die Schimpftiraden und Anschuldigungen des brüllenden Offiziers.

Ich hörte, wie die betrunkenen Dragoner lallten und beschwichtigend murmelten.

Atemlos stierte ich auf das Weinfass direkt vor mir. Und traute meinen Augen kaum: Dort war ein schwarzer Strich. Ein kleiner Streifen Pech. Eindeutig.

Mein Vermögen, mein Schatz lag direkt vor meiner Nase. Ich hielt die Luft an.

Die Stimmen entfernten sich. Sie wurden immer leiser, und bald hörte ich nichts mehr außer dem Rufe eines Kauzes im tiefen Wald.

Mein Herzschlag beruhigte sich langsam. Noch eine Weile behielt ich meine kauernde Stellung bei, blieb, wo ich war.

Dies war kein echtes Weinfass, es sah nur so aus. So leise wie möglich, machte ich mich daher mit meinen Händen daran, den Deckel abzuschrauben. In meinen Ohren knirschte es fürchterlich. Aber niemand sonst schien etwas zu bemerken, denn niemand näherte sich dem Wagen.

Endlich löste sich der Deckel aus dem Gewinde und gab den Weg frei. Zaghaft tastete ich hinein. Ich fühlte weichen Stoff. Ein jedes einzelne der kostbaren Stücke war damit umwickelt. Ich zog hastig die lange Mütze von meinem Kopf. Sie würde einen hervorragenden Beutel abgeben.

Dies war bereits das zweite Mal, dass ich diesen Schmuck gefunden hatte. Er war mein. Für mich allein bestimmt. Mein Entschluss war rechtens gewesen.

Ich packte Stück um Stück in die Mütze und band diese sorgfältig zu.

Dann sah ich mich um. Im Lager war alles ruhig. Die Soldaten schliefen einen seligen Weinschlaf. Ich wartete, bis die Wache außer Sicht war, dann warf ich den Beutel so weit ich konnte über die Lagergrenze hinweg in den dunklen Wald.

Jetzt musste es mir nur noch selbst gelingen, hier herauszukommen.

Ich sprang vom Wagen und rannte, so schnell mein verletztes Bein es zuließ. Ich verschnaufte erst, als ich mich hinter dichten Bäumen in Sicherheit wähnte.
Ängstlich blickte ich zurück. Niemand war mir gefolgt, meine Flucht war unbemerkt geblieben. Erschöpft ließ ich mich mit dem Rücken am Stamm einer dicken Eiche zu Boden sinken und schlief ein.
Mit schmerzendem Rücken und steifen Gliedern erwachte ich am nächsten Morgen in aller Frühe. Meine Hose und mein Rock waren feucht und klamm vor Tau.
Erst jetzt wurde mir bewusst, welche Art Kleidung ich am Leib hatte. Ich trug die Uniform eines französischen Dragoners. Wenn man mich hier mitten im Wald entdeckte, würde ich als Deserteur behandelt werden.
Ich hielt die Luft an, vorsichtig trat ich hinter meinem Baum hervor und schaute hinüber zum Lager. Aber ich war zu weit entfernt, nichts konnte ich erkennen. Ich beschloss, noch eine Weile zu warten und hoffte, dass die Einheit noch heute weiterziehen würde.
Ich wusste, sie zogen gen Trier. Die Soldaten hatten am Tag zuvor davon gesprochen.
Ambrosius hatte recht gehabt. Frankreichs Kriegsminister Louvois wollte die Stadt dem Erdboden gleichmachen.
Dies war nur noch nicht geschehen, da ihm der Ruf des unbarmherzigern Zerstörers von Land und Menschen

anhaftete; das hatte ihn beim König in Ungnade fallen lassen.
Er lag mit Ludwig XIV. im Streit, und die Soldaten lachten darüber. Sie folgten dem Befehl ihres Kommandeurs. Von überall wurden Truppen um Trier zusammengezogen. Die Soldaten wollten plündern, wollten Kriegsbeute; sie wollten töten und es verlangte sie nach Frauen. Allein aus diesem Grunde waren sie bei der Armee. Dies war ihr Handwerk.
Und nun zogen sie gen Trier und hofften auf den Befehl zum Sturm und gute Beute.
Man munkelte, Louvois plane eine List, um sein Vorhaben gegen den König durchzusetzen. Ambrosius hatte gut daran getan, den Schmuck aus der Stadt herauszuschaffen.
Ich aber schob den Gedanken beiseite, da ich nicht an Ambrosius erinnert werden wollte. Ich wollte nicht länger unter einem schlechten Gewissen leiden.
Also schlich ich mich ans Lager. Achtsam und leise.
Irgendwann hörte ich sie. Ich pirschte mich noch näher heran und beobachtete, wie sie zum Aufbruch rüsteten, wie sie alles zusammenpackten, wie sie die einen Pferde sattelten und die anderen anspannten, wie sie sich aufstellten und wie sie letztlich abzogen. Pferd um Pferd, Mann um Mann, Wagen um Wagen. Darunter auch mein Pferd und mein Wagen.

Irgendjemand musste wohl mittlerweile meine Reisekleidung in seinem Zelt vorgefunden haben. Wenigstens hatte ich daran gedacht, meine Börse wieder umzubinden.
Ich wartete, bis die ganze Einheit außer Sicht war.
Erst dann machte ich mich auf die Suche nach meinem Schmuck.
Ich fand ihn am Ast einer Tanne baumeln. Mit einem langen Stock gelang es mir, den Beutel herunterzuschütteln.
Bald war ich wieder auf dem Weg. Ich hatte den Beutel geschultert und wollte zur Mosel hinunter. Irgendwo musste ich an andere Kleidung kommen. Wenn mich jemand, von welcher Seite auch immer, so zu fassen bekäme, wäre ich des Todes. Entweder würde ich als französischer Feind erschlagen, oder als Deserteur erschossen werden.
Ich sondierte meine Lage; dieser Teil des Weges war mir wohlbekannt; mir war diese alte, tote, mächtige Eiche ohne ein einziges Blatt vertraut, und ich erkannte auch die nächste Biegung wieder. Folglich war ich nicht weit entfernt. Nicht weit entfernt von jenem Ort, an dem Ambrosius sein Leben verloren hatte, auf so gewaltsame, schreckliche Weise. Mir war nicht bewusst gewesen, so weit zurückgewandert zu sein. Zwei Herzen schlugen nun in meiner Brust. Das eine wollte rasch fort von hier. Nur fort, egal wohin.

Das andere Herz zog es zurück, wollte sehen, ob Ambrosius noch immer da lag, dalag in seinem Blut. Tot und kalt. Er hatte es nicht verdient, so dazuliegen. Von Tieren angefressen, von Raben die Augen herausgerissen. Augen, kalt und leer.
Er hatte ein Begräbnis verdient. So marschierte ich also zurück. Zurück zum Ort des Grauens. Die Franzosen hatten ihn bei ihrem Vorbeimarsch bestimmt einfach achtlos liegen lassen. Soldaten waren verstümmelte Leichen gewohnt, und der Anblick würde sie kalt lassen. Aber mich nicht. Ich überlegte, ob ich versuchen sollte, Ambrosius zu schultern und ihn zurück nach Trier und zu Giulia zu tragen. Aber die französische Armee würde vor der Stadt lagern. Und Giulia? Würde sie mir glauben? Ich haderte. Nein, sagte mein Herz. Ich könnte behaupten, der Schmuck sei gestohlen worden. Nein, sagte mein Herz. Ich würde ihn hier begraben. Ich würde ein Gebet sprechen. In diesen Zeiten war das sicher erlaubt. Und Ambrosius würde in den Himmel fahren können, auch ohne priesterlichen Segen.
Ich kam immer näher. Mir war unglaublich bang, Ambrosius' Leiche wiederzusehen. Die Angst kroch langsam an meinem Rückgrat empor, um letztlich mein Herz mit eiskalter Faust zu umklammern.
Und ich hatte Angst, bei der Leiche erwischt zu werden. Nein, ich konnte ihn unmöglich heimbringen. Sie würden mich als Mörder verurteilen lassen. Giulia und

Gustavo Boltera hatten mich immer schon nur als Schmarotzer betrachtet, als Ambrosius' Günstling. Ambrosius' Sohn Thomas hasste mich geradezu, vor lauter Eifersucht auf seine väterliche Liebe zu mir.
Ich hörte leise Stimmen. Schnell verbarg ich mich hinter Bäumen, um dann langsam näher heranzuschleichen. Lautlos, wie ich hoffte.
Ich erblickte zwei Männer und einen Wagen. Ich sah ein Tuch über einem Körper drapiert.
Seufzend schloss ich die Augen und sprach rasch ein Dankgebet. Ambrosius würde ein christliches Begräbnis bekommen. Ich schlich noch näher heran. Ich wollte in Erfahrung bringen, wer diese Männer waren, was sie sprachen. Ich glaubte, meine Augen würden mir einen bösen Streich spielen. Mein Herz wollte stehen bleiben. Das konnte nie und nimmer sein. Was zum Teufel hatte ***er*** *hier zu schaffen? Gustavo Boltera. Leibhaftig. Und auch den anderen, den schmutzigen, in Lumpen gehüllten Kerl hatte ich schon mal gesehen. Nur wo? Ein Bettler von der Straße? Was hatte ich mit Gesindel zu schaffen, was hatte Boltera damit zu schaffen?*
Aber er war es, meine Augen spielten mir keinen Streich. Gustavo Boltera, leibhaftig in persona. Seine dunkle, herrische Stimme war unverkennbar. Ambrosius' bester Freund. Ich versteckte mich hinter dichtem Gebüsch. Ich musste hören, was die Männer besprachen. Oh, wie recht ich doch hatte! Mehrfach hörte ich meinen

Namen ausgesprochen: „Jacob". Sie suchten mich schon. Ich hörte, wie sie überlegten, wohin ich wohl geflüchtet sein könnte. Sie vermuteten mich bei Koblenz.
Aber Gustavo wollte Ambrosius' Leichnam unbedingt erst zurück nach Trier bringen. Die Franzosen lagerten zwar vor der Stadt, aber bislang, bislang taten sie nichts. Anscheinend warteten sie noch auf ihre Befehle. Boltera hoffte, mit dem Leichnam noch unbehelligt in die Stadt zu kommen. Dann würden sie sich Pferde besorgen und nach mir suchen. Mit ihren Pferden seien sie gewiss schneller, als ich es mit meinem Wagen je sein könnte.
Ich verharrte noch immer im Unterholz. Dank Gottes Fügung wusste ich nun wenigstens, wo ich keinesfalls hindurfte. Der Schmuck wog schwer im Beutel auf meinen Schultern. Ich musste das Gewicht unbedingt von meinem wehen Bein nehmen, bevor es in Krämpfen erstarren würde. Ich erahnte das Geräusch, noch bevor ich es wahrhaftig vernahm.
Ich hatte mit dem Fuß einen Zweig zerbrochen. Laut und knackend tönte das Geräusch in meinen Ohren. Ich hielt den Atem an und lauschte angestrengt. Aber ich vernahm keine Stimmen mehr. Gustavo und sein Komplize waren verstummt. Dann hörte ich leise Schritte, direkt auf das Gebüsch zukommend, in dem ich mich verborgen hielt. Ich kniff die Augen zu, wollte meinem Herz verbieten, auch nur noch einen weiteren Schlag zu tun, so laut pochte es. Aber mein Herz gehorchte mir

nicht. Stumm murmelte ich ein Gebet und wartete darauf, am Kragen gepackt und hinaufgezerrt zu werden. Doch nichts dergleichen geschah. Langsam öffnete ich wieder die Augen. Angestrengt horchte ich. Absolute Stille. Doch nein. Ich hörte den Mann atmen. Ich konnte seinen üblen Atem förmlich riechen. Direkt über mir. Oder war es eine Halluzination? Mein Magen krampfte sich zusammen. Oh Gott! Plötzlich schrie ein Vogel laut auf. Keinen Schritt von mir entfernt. Empört schwang er sich kreischend in die Lüfte und flog davon. Die Schritte entfernten sich von meinem Versteck. Erst, als ich die Männer wieder lamentieren hörte, wagte ich, einen Atemzug zu tun. Ich wartete endlos, wie mir schien, bis beide das Kutschpferd wendeten und endlich abfuhren.

Ich ließ noch Zeit verstreichen; erst nach einer Weile machte ich mich auf den Weg zur Mosel hinunter. Mein Ansinnen war, auf die andere Seite des Flusses zu gelangen. Dort würden sie mich wahrscheinlich zuletzt suchen.

Ich bemerkte nicht, dass wohl einer der Männer auf dem Wagen sich nochmals umsah und einen humpelnden Schatten ausmachte, bevor dieser zwischen den Bäumen verschwand.

Denn nur so konnte es geschehen sein. Wie sonst hatten sie mich derart rasch auffinden können? Sofort musste

Gustavo das Pferd gezügelt und seinen Begleiter dem „Schatten" hinterhergeschickt haben. Mir hinterher. Boltera würde Ambrosius' Leichnam zurück zu seiner Witwe bringen. Am nächsten Morgen, so hoffte er vermutlich, würde er diesen elenden Jacob samt Schmuck gefangen genommen haben, um ihn dann in Gewahrsam nehmen zu können. Doch von all dem ahnte ich damals nichts. Ich wähnte mich in Sicherheit ...

Kapitel 9

Anne verlor jegliches Vertrauen in ihre ansonsten gut funktionierende Hörfähigkeit. Sie hatte schon von akustischen Halluzinationen gelesen, bislang aber noch nie das Gefühl haben müssen, selbst darunter zu leiden. Verkrampft hielt sie den Hörer an ihr Ohr. Kein Wort brachte sie über die Lippen. Einfach auflegen, dachte Anne und hörte sich im selben Moment doch „wie bitte?" stammeln.
„Schönemann", sprach die Wahnvorstellung untrüglich am anderen Ende der Leitung.
„Sie werden überrascht sein von meinem Anruf, Frau Seifert, aber Sie sind die Einzige, an die ich mich in dieser Sache wenden möchte."
Keine Halluzination. Annes Hand zitterte, und der Hörer tippte ihr unangenehm gegen das Ohr.

Schönemann besaß tatsächlich die Unverfrorenheit, sie anzurufen. Sie sprach mit dem Mörder. Bilder aus dem Stollen gluckerten wieder an die Oberfläche: Schönemann mit der Waffe, Schönemann, der Folterknecht von Andreas, Schönemann, der eiskalte und brutale Mörder. Wie er auf der Trage lag, umsorgt von Rettungskräften, nachdem Hannes ihn überwältigt hatte. Schö-nemann, der abtransportiert wird. Hoffentlich für immer aus meinem Leben, hatte Anne damals gebetet.

Jetzt telefonierte sie mit ihm.

Er hatte ein Anliegen. Für Anne unfassbar. „Was wollen sie?" Endlich hatte sie wieder die Oberherrschaft über ihre Stimmbänder gewonnen. „Mein Tagebuch", kam es lapidar aus dem Hörer.

Wie kann er wissen, dass ich das Buch habe? Anne glaubte, das Pochen ihres Blutdrucks müsse das Telefon in ungeahnte Schwingungen versetzen.

„Es müsste noch in der Höhle liegen …"

Er weiß es nicht. Er weiß nicht, dass ich es habe. Er will, dass ich einen Sonntagsausflug in den Stollen unternehme, um ihm sein verdammtes Buch zu holen.

„Sind sie wahnsinnig?" Eine unnötige Frage, da sie wusste, dass er verrückt war.

„Sie wissen, wie wichtig es für mich ist …", erwiderte Schönemann, „ich habe nur gehofft, sie wür-

den meinen Wunsch verstehen … und mir diesen Gefallen erweisen."
„Belästigen Sie mich nie wieder", presste Anne aus fast geschlossenen Lippen hervor. Sie legte auf. Eine Weile beäugte sie abwartend das Telefon, als läge eine Grüne Mamba auf ihrem Schreibtisch. Aber die Schlange klingelte nicht mehr.

Anne wandte sich wieder ihrem Grafikprogramm zu, an Konzentration war jedoch nicht zu denken. Gott sei Dank, dachte sie, ist gleich Feierabend.

Dieses dämliche Tagebuch!

Sie hatte es an sich genommen, damals in der Höhle. Ein paar Mal durchgeblättert, aber kein Wort entziffern können. Eigentlich hatte sie es Dr. Mezza geben wollen, zum Übersetzen, da er sich sicher über diese neue Herausforderung gefreut hätte. Mit Begeisterung hatte er damals schon die alten Besitzurkunden übersetzt.

Aber dann hatte sie kalte Füße bekommen. Ein fremdes Tagebuch geht mich nichts an, auch wenn es fast 400 Jahre alt ist, hatte sie überlegt. Sie wollte mit dieser Geschichte überhaupt nichts mehr zu tun haben.

Sie hatte es nicht zu Dr. Mezza gebracht. Es schlief einen ruhigen Schlaf des Vergessens in ihrer untersten Schreibtischschublade.

Was soll ich jetzt machen? Den Anruf einfach ignorieren? Es ist sein Buch, dachte sie. Sie hatte es zu Unrecht an sich genommen. *Hätte ich es doch nur im Staub des Stollens liegen lassen!*

Kapitel 10

Er hatte die Augen geschlossen. Hinter den Lidern war die Welt lebendig und bunt.

Er stellte sich seine Geliebte vor. Wie sie in ihrem zarten Nachthemd aus durchscheinender Seide am Toilettentisch saß. Vor ihr die Schüssel mit lauwarmem Wasser. Es duftete nach Rosen. Schwer und süß, üppige rote Rosen. Keine neumodische, genveränderte Züchtung aus einem Treibhaus. Nein, wahr und gut. Sie hatte das Wasser aus dem Krug in die Schüssel gegeben. Langsam und sachte, damit kein Tropfen verspritzen würde auf ihr weiches Gewand.

Er schmunzelte. In seiner Vorstellung bürstete sie ihr volles und lockiges Haar. Gülden glänzend, fast wie Honig und sicherlich ebenso süß. Gleich würde sie zu ihm kommen.

Ein ungeduldiges Räuspern erschreckte ihn. Das war nicht ihr Lachen. Verwirrt öffnete er die Augen und blickte in die düstere und graue Wirklichkeit. Er schaute die verhasste Decke des Raumes an. Schmutzig gelb gestrichen. Wie oft schon war sein Blick auf diesen abscheulichen Himmel gerichtet gewesen? *100 Mal? 1000 Mal?*

Zu oft. Das Geld zum Fenster rausgeschmissen. Er würde es nun bald selbst in die Hand nehmen. Er würde erreichen, was sein Herz verlangte, endlich glücklich werden. Er würde es schaffen. Ohne diesen Scharlatan. Mühsam richtete er sich auf und rieb sich die Augen. Hinter ihm saß sein Therapeut. Wie immer mit seiner unmöglichen Frisur. Lange Haare, übrig geblieben aus der Hippiezeit, jetzt grau und lächerlich. Das Klemmbrett wie gewöhnlich auf dem Schoss. Der Mann kritzelte irgendetwas in seiner unleserlichen Schrift auf das geduldige Papier.

Endlich sah er auf. „Wo waren Sie?"

Blöde Frage, hier auf deiner dämlichen Couch! „Ich war dort, wo ich hinzugehen gedenke", antwortete er. „Ich weiß nun, was mir fehlt … ich …"

„Lassen Sie mich daran teilhaben?" Der Therapeut lächelte sein einstudiertes Lächeln. Aber noch war es zu früh. Noch konnte er sich nicht lossagen von ihm. Er hatte zu viel Angst. *Was, wenn etwas schiefgeht? Es ist bereits etwas schiefgegangen.* Aber Rückschläge gab es immer. Ich darf mich davon nicht beirren lassen. *Ich muss nur eisern mein Ziel verfolgen.* Langsam setzte er sich auf. Verstohlen

lächelte er den Therapeuten an. „Wissen Sie, ich habe eine Frau gefunden … wir werden heiraten."
Der Therapeut nahm seine Brille ab. „Oh, das ist ja wunderbar!", rief er aus. „Wann haben Sie sich kennengelernt?"
„Schon eine Weile her … warten Sie … ja, es ist schon eine Weile her. Sie ist Werbekauffrau. Eine Familie ist doch das Wichtigste."
„Genau das, was Ihnen immer gefehlt hat. Wie stellen Sie es sich vor? Was löst der Gedanke an Ihre Partnerschaft in Ihnen aus?"
Der Mann überlegte. „Ich weiß nicht so recht …" Dann lächelte er. „Wärme, Geborgenheit … wie es früher einmal war."
„Sie meinen, wie früher in Ihrer Kindheit"?
„Nein, nein … nicht wie bei mir … wie früher eben. Aufrichtige Liebe. Ohne Betrug und Verrat."
„Ihre Mutter ist früh gestorben, Ihr Vater hat Sie abgelehnt. Sie haben nie ein Gefühl von Familie entwickeln können. Sie müssen lernen. Dabei helfe ich Ihnen. Ich möchte, dass Sie sich mit einer Aufgabe beschäftigen. Schreiben Sie auf, welche Situationen Gefühle wie Glück, Sicherheit und Geborgenheit in Ihnen auslösen. Wollen Sie das bis zur nächsten Sitzung versuchen?"

Der Mann sah auf die Uhr. Die Zeit war abgelaufen. Er erhob sich. „Wissen Sie, ich muss Giulia von der Arbeit abholen." Er zog seine Jacke an.
„Schön, schön", entgegnete der Therapeut und reichte ihm die Hand, „nächste Woche um die gleiche Zeit?"
Der Mann überlegte. Am liebsten hätte er alles hingeschmissen. Aber er war noch nicht so weit. Erst musste alles gut werden. „Aber natürlich." Mit einem Lächeln verließ er die Praxis.
Die letzten Meter musste er laufen, damit der Stadtbus ihm nicht noch vor der Nase davonfuhr. Er nahm immer den Bus zum Petrisberg. So unauffällig wie möglich. Er wollte nicht, dass jemand ihn erkannte, ihn mit dieser Praxis für psychisch Gestörte in Verbindung brachte. Er betrachtete sich nicht als gestört, er war freiwillig hier, es tat ihm gut. Er hatte sonst niemanden. Bisher jedenfalls. Er war nicht so wie dieser verrückte Schönemann.
Es war ihm unangenehm zusammen mit den vielen Studenten im Bus zu sitzen, die um diese Zeit in Scharen von der Uni zurück in die Innenstadt fuhren. Aber es hatte auch seine Vorteile. Versteckt in einer Traube aus Menschen stieg er schließlich in der Paulinstaße aus. So konnte er sicher sein, dass Giulia ihn von ihrem Bürofenster aus nicht

sehen konnte. Die Glocken von St. Paulin schlugen sechs. Bald würde sie herauskommen. Er wanderte auf dem Zufahrtsweg zur Kirche auf und ab. Ein Mann mit einem Fotoapparat fiel in dieser Touristenstadt nicht auf. Unauffällig beobachte er den Eingang zur Agentur auf der gegenüberliegenden Straßenseite.

Dann war es soweit. Sein Herz setzte für einen kurzen Moment aus, als sie herauskam. Er war enttäuscht; sie trug eine lange Hose, ausgerechnet Jeansstoff. Das missfiel ihm sehr. Er liebte die Kleider, die sie immer im Sommer getragen hatte. Leicht und beschwingt. *Ich werde ihr verbieten, lange Hosen zu tragen. Das ist nicht schicklich.* Sie lachte mit einer Kollegin. Sie sah in den Himmel und zog ihren beigen Mantel zu. Auch er blickte hoch in den grauen Oktoberhimmel und stellte daraufhin die Belichtung seiner Kamera ein. Nun schoss er Fotos in rascher Folge. Sie hatte ihr Haar wachsen lassen. Das mochte er. Aber sie sollte in der Öffentlichkeit einen Zopf tragen. Nur er sollte sie so sehen dürfen.

Giulia schien an diesem Tag zu Fuß nach Hause gehen zu wollen. *Umso besser.* So konnte er sie länger betrachten. Er machte Fotos von ihr beim Durchschreiten der Porta Nigra, erwischte sie sogar einmal dabei von vorn. Er hatte ihren Blick in seiner Kamera eingefangen. *Schaut sie misstrauisch zu mir herüber?* Schnell wandte er sich ab. Aber dann ging sie weiter. Ein paar Mal noch hatte er den Eindruck, dass sie sich unauffällig umsah. Er hielt sich im Hintergrund. Versteckt durch die vielen Menschen, die die Fußgängerzone Richtung Hauptmarkt bevölkerten.

Giulias Schritte wurden immer schneller. Hastig erkämpfte sie sich einen Weg durch die Menschenmassen. Es bereitete ihm Mühe, ihr zu folgen. Aber das war nicht schlimm. Er wusste ja, wo sie wohnte. Er würde noch eine Weile ihr Haus betrachten. Auch er beschleunigte nun seinen Schritt. So konnte er noch beobachten, wie sie im Eingang des Hauses Venedig verschwand. Ein Stöhnen entfuhr seiner Kehle. Er ballte die Hände zu Fäusten und ließ sie auf die Motorhaube des Wagens herunterschnellen. Er musste sich beruhigen, atmete tief ein und aus. Lange würde er das nicht mehr erdulden. Er hasste dieses Auto, geparkt im Halteverbot direkt vor dem Hauseingang. Das konnte nur eines bedeuten: Er war hier, um sie abzuholen. Bald würden sie zusammen wieder herauskommen. Diesen Anblick konnte er nicht ertragen. Er musste diesen Harenberg loswerden. So schnell wie möglich. Voller Wut drehte er sich um und marschierte zum Taxistand. Während der

Fahrt nach Hause konnte er darüber nachdenken, wie er es diesmal besser machen könnte.

Kapitel 11

„Jutta, das ist der pure Wahnsinn!“ Michael war außer sich vor Freude. Er strahlte seine Freundin an. Michael, ehemals Hauptverdächtigter von Anne, Praktikant in der Stadtbibliothek und damit sozusagen Juttas Kollege, Student der Altphilologie und nach vielem Hin und Her nun auch noch mit Annes bester Freundin Jutta liiert, freute sich augenscheinlich wie ein Schneekönig. Seine sonst eher gräulich blasse Gesichtsfarbe strahlte nun den Teint einer sogenannten weißen Tomatenschaumsuppe aus.
„Am 2. Juni 2007 geht's los!“ Mit diesen Worten fuchtelte er aufgeregt mit seinem eben geöffneten Brief vor Juttas Gesicht herum, sodass ihr fast schwindelig wurde. Dann kratzte er sich gedankenverloren den mehr oder weniger wild sprießenden Stoppelbart. „Für mich natürlich früher …“, murmelte er geschäftstüchtig, „schließlich helfe ich ja bereits bei den Vorbereitungen – nicht erst bei den Führungen.“
Er hatte den Job. Michael würde mitwirken bei der Kaiser-Konstantin-Ausstellung in Trier.

„Ich interessiere mich ja auch sehr für Geschichte, nur verstehe ich nicht, warum ausgerechnet um diesen Konstantin so ein Wirbel gemacht wird“, meinte Jutta nachdenklich.
„Mensch, Jutta, Konstantin war einer der bedeutendsten Herrscher des römischen Reiches! Und er, der große Kaiser, lebte während seiner Cäsaren-Zeit hier bei uns in Trier und hat das Christentum im römischen Reich etabliert. Na, wenn das mal kein Grund ist, ihm zu Ehren hier eine Ausstellung auf die Beine zu stellen“, ereiferte sich Michael.
Und wie man sich das ganze Brimborium denn nun vorzustellen hätte, wollte Jutta wissen, nun doch von aufkeimender Neugier getrieben.
Michael wusste stolz zu berichten, dass wohl etwa 1400 Exponate präsentiert werden sollten, ausgewählt und zusammengestellt aus 160 Museen aus über 20 Ländern der Welt. „Ein geradezu wahnsinniger logistischer Aufwand“, sinnierte er versonnen.
„Drei unserer Museen teilen sich diese Aufgabe und unterteilen die Konstantin-Ausstellung in verschiedene Themenbereiche: Das Städtische Museum Simeonstift zeigt Gemälde, Ikonen und Zeichnungen, die unter anderem als Beweis gelten sollen, dass das Christentum unter Konstantin einen nie da gewesenen Aufstieg erleben durfte und eine

bis dahin ungeahnte Macht entfalten konnte. Außerdem wird in diesem Teil der Ausstellung auf den Einfluss Konstantins auf andere Herrscher seiner Zeit eingegangen sowie auf seine nachhaltigen Auswirkungen auf spätere Generationen.
Das Ganze wird übrigens unter dem Titel *Tradition und Mythos* thematisiert", referierte Michael stolz.
„Im Bischöflichen Dom- und Diözesanmuseum dagegen wird unter dem Thema *Der Kaiser und die Christen* noch konkreter auf die Förderung des Christentums durch Konstantin eingegangen. Christliche Bräuche und Symbole lösten ja zunehmend die heidnischen Kultgegenstände ab, und die wurden dann anhand von Malereien, Sarkophagen oder Schmuck dargestellt."
Michael richtete sich nun zu voller Größe auf und schwellte seine ansonsten mickrige Hühnerbrust.
„Aber mein Arbeitsplatz wird das Rheinische Landesmuseum sein. *Herrscher des römischen Imperiums,* so heißt meine Ausstellung!
Marmorskulpturen, Waffen, antike Schmuckgegenstände und last but not least eine drei Meter große Nachbildung der antiken Konstantinstatue werden wir den Besuchern bieten!"
„Nun mach aber mal halblang", holte Jutta ihren Freund unsanft von seiner rosa Wolke runter. Was ist das denn für ein Job, den du dabei übernehmen

sollst? Sie schaute ihn neckisch an. „Chefaussteller? Hauptorganisator? Schirmherr?"
„Nö, Schirmherr ist unser Bundespräsident Horst Köhler, ich bin, na ja, Praktikant und Mädchen für alles eben."

Kapitel 12

Anne war erleichtert, als sie die Wohnungstür hinter sich zumachen konnte. Hannes lag auf dem Sofa und schlief. Müde hing sie ihre Tasche und ihren Mantel an die Garderobe. Von dem Geräusch aufgeweckt schlug Hannes die Augen auf und blinzelte. „Hey." Anne gab ihm einen Kuss. „Schatz, ich werde verrückt!"
Hannes hatte sich aufgesetzt. „Hallo erst mal!" Er nahm sie in seine Arme. „Quatsch, wie kommst du darauf, was ist passiert"?
Anne seufzte. „Ich hab' Verfolgungswahn. Ich hatte schon wieder dieses Gefühl, dass mir jemand hinterherschleicht. Den ganzen Weg. Von der Agentur bis hierher."
Hannes strich ihr eine Locke aus dem Gesicht. „Weißt du, das ist ganz normal. Ich meine, nach allem, was du durchgemacht hast. Die Sache mit Schönemann, deine Entführung, der Stollen, ein-

fach alles. Du hast das einfach noch nicht verarbeitet. Wie auch?“
„Apropos Schönemann.“ Anne erzählte ihm von dem Anruf. Hannes konnte nur fassungslos den Kopf schütteln. „Wahrscheinlich hast du recht.“ Anne lehnte sich an ihn. „Ich brauche einfach mehr Zeit.“
„Ich wüsste da noch was“, meinte Hannes zögerlich. „Fängst du schon wieder damit an?“, fiel sie ihm ins Wort. „Hannes, ich ziehe nicht zur dir nach Bekond! Ich muss das allein schaffen, weglaufen bringt doch nichts!“ Anne war vom Sofa aufgesprungen und marschierte vor Hannes auf und ab. „Ist ja schon gut“, lenkte er ein, „einen weiteren Versuch war's wert.“
„Ich packe meine Sachen.“ Blitzschnell hatte sich Anne umentschieden und verschwand ins Schlafzimmer. „Aber nur fürs Wochenende“, plapperte Hannes hinterher, „habe schon kapiert! Und beeile dich, Schatz, Paula wartet bestimmt schon sehnsüchtig.“
Bepackt mit zwei Reisetaschen für drei Tage ließ Anne sich eine Viertelstunde später auf Hannes Beifahrersitz plumpsen. Hannes zerknüllte den unvermeidlichen Strafzettel fürs Falschparken und schnippte ihn auf den Rücksitz.

„Sag mal, müssen wir morgen dahin gehen?" Anne dachte mit Schrecken an den folgenden Nachmittag. „Ich hasse solche Veranstaltungen."
Hannes ordnete sich in den Verkehr in der Windmühlenstraße ein. „Du musst nicht, ich schon. Schließlich ist es nicht irgendeine Beerdigung. Martin Krischel war mein Jagdkollege. Da gehört es sich einfach hinzugehen. Außerdem …" Hannes unterbrach sich. „Was?", fragte Anne auffordernd. „Hauptkommissar Lenz hat mich gebeten, mich umzusehen. Wer alles so da ist …"
„Ich hab gedacht, du hättest ihm deine Hilfe bei diesem Fall abgesagt!", erwiderte Anne entrüstet. „Da ist doch nichts dabei!", rechtfertigte sich Hannes. „Ich wäre doch sowieso hingegangen."
Vielleicht ist der Mörder ja wirklich morgen dabei, dachte Hannes ängstlich. Der, der es eigentlich auf mich abgesehen hatte. Morgen hätte auch meine Beerdigung sein können. Hannes spürte die Angst im Nacken sitzen. Wie so oft in letzter Zeit. Er blickte Anne von der Seite an. *Nicht nur du leidest unter Verfolgungswahn!* Aber er konnte nicht mit ihr darüber sprechen. Sie würde ihn mit ihrer Angst nur zusätzlich wahnsinnig machen. Er musste einen kühlen Kopf bewahren.

Chronik der Familie Steinmetz, III
1687

Die Nacht wirkte hell unter dem vollen Mond. Vollkommen erschöpft rastete ich im Gras und blickte den sanften schwarzen Wellen nach, die leise an das Ufer der Mosel schwappten. Der Schmuckbeutel ruhte neben mir, und ich versuchte, mein Bein so zu legen, dass es nicht gar so arg schmerzte.
Ich blickte an mir herab und verzweifelte. Nichts hatte ich am Leibe außer dieser Dragoneruniform. Sehnsuchtsvoll betrachtete ich die Häuser einer Ortschaft, die nicht weit entfernt von mir lag.
Aber mit dieser auffälligen Kleidung konnte ich unmöglich in dieses Dorf. Mein Magen krümmte sich vor Hunger. Schwerfällig erhob ich mich, um wenigstens ein paar Schlucke Wasser aus dem Fluss zu trinken. Ich beugte mich eben über die Wasserfläche, als ich mit Entsetzen ein verschwommenes Gesicht neben mir sah. Eine verzerrte Fratze spiegelte sich auf den Wellen.
Blitzschnell und voller Todesangst wandte ich mich um und stieß die Gestalt von mir. Mit aller Kraft. Der Angreifer taumelte ein paar Schritte zurück.
Jetzt begriff ich; es war der Mann, der Boltera begleitet hatte. Nur trug er jetzt ein schmutziges Tuch vor Mund und Nase. Und darum erkannte ich ihn nun

auch zum zweiten Male: Er war einer der Halunken, von denen wir überfallen worden waren.
Mein Herz füllte sich mit rasender Wut und Hass auf diesen Abschaum.
Was hatte Boltera mit diesem Gesindel zu schaffen? Mich beschlich ein ungutes Gefühl. Hatte etwa Boltera den Auftrag für diesen Überfall gegeben? Wollte er den Schatz für sich? Hatte er zu diesem Zweck seinen besten Freund verraten und verkauft? Ich konnte es mir kaum vorstellen. Doch Boltera kannte die Route, die wir nehmen wollten. Es wäre ein Leichtes für ihn gewesen.
Und nun hatte ich ihm alles vereitelt, hatte den teuflischen Plan zerstört. Denn ich lebte, und **ich** *trug den Schmuck bei mir.*
Ich sah blanken Stahl aufblitzen. Der Mörder vor mir hatte zwischenzeitlich ein Messer gezückt. Vor meinem geistigen Auge sah ich Ambrosius im Gras liegen, blutüberströmt, die Axt in seinem Kopf. Tot. Unbändige Wut verlieh mir die Kraft, die ich brauchte: Mit aller Macht stürzte ich mich brüllend auf meinen Gegner.
Ich kämpfte in Raserei, Trauer und Hass. Und gewann die Oberhand. Ich schaffte es, den Mann zu Boden zu werfen, griff blitzschnell nach dem Messer, das ihm dabei aus der Hand gefallen war. Doch schon war er wieder auf den Beinen und griff mich von Neuem an. Bald wälzten wir uns beide auf dem Boden. Jedoch, ich war nun im Vorteil, besaß das scharfe Messer und ver-

suchte zuzustechen, immer wieder und wieder. Ich verletzte den Mann am Arm. Ich hatte tief gestochen, und der Mann hielt inne, um nach seiner Wunde zu greifen. Dies war die Gelegenheit. Mit einem Streich zog ich ihm das Messer über die Kehle. Dieser Halunke wusste nicht, wie ihm geschah. Mit weit aufgerissenen Augen starrte er mich an. Das Blut aber spritzte in starken pulsierenden Stößen aus seinem Hals hervor. Er gurgelte unverständliche, erstickte Worte, bis er endlich kraftlos in sich zusammensank.

Ich saß neben ihm, außer Atem und völlig erschöpft. Ich verschnaufte eine ganze Weile. Dann machte ich mich irgendwann daran, die Leiche zu entkleiden, rollte sie zum Fluss und hoffte, dass die Mosel den Körper weit fortspülen möge. Ich reinigte das Messer, wusch das Blut aus der Kleidung und legte die Sachen zum Trocknen aus.

In dieser Nacht schloss ich kein Auge, nicht der leichteste Schlaf wollte sich meines müden Körpers erbarmen. Noch vor dem Morgengrauen stieg ich in die klamme Hose und das weite Wams. Ich packte die Soldatenuniform vorsorglich in meinen Beutel. Vielleicht würde sie mir noch einmal von Nutzen sein. Denn auch im Hunsrück trieben sich zu jener Zeit vermutlich überall Truppen umher. Und dort musste ich hin, um mich in den Wäldern des Hunsrücks zu verstecken, bis Gras über

diese Sache gewachsen war. Dann würde ich weitersehen.
Aber zuerst verspürte ich unbändigen Hunger. Ich wanderte ins Dorf und fand alsbald einen Gasthof. Ich schlang Gerstenbrei und Wein zum Frühstück hinunter. Dann suchte ich einen Bauern auf, um Proviant zu kaufen. Der Bauer zeigte sich missmutig und brummig. Er erklärte, er und seine Familie hätten in diesen Zeiten kaum selbst genug zum Leben. Die Franzosen hätten ihm sein letztes Schwein genommen. Erst als er auf die Silbermünze biss, die ich vor seinen Augen hatte glänzen lassen, gab er mir ein Stück harten Käse, ein ganzes Brot, ein paar Eier und geräucherten Fisch.
Mit vollem Beutel suchte ich nun nach einem Fischer, der mich hoffentlich für wenige Pfennige auf die andere Moselseite bringen würde.

Kapitel 13

Hannes versuchte, unter dem schweren Regenmantel seine Krawatte zu lockern, er fühlte sich wie eingeschnürt. Mit der anderen Hand hielt er sich gleichzeitig krampfhaft an seinem Regenschirm fest. Trotzdem war er klitschnass, der scharfe Wind blies die kalten Tropfen direkt in seinen Nacken, und das Wasser lief ihm unangenehm den Rücken herunter. Hinzukamen die

Sturzbäche von den Schirmen der anderen Trauergäste. Das ganze Dorf hatte sich versammelt. Schließlich beerdigte man nicht jeden Tag ein veritables Mordopfer; ansonsten hätte man bei diesem Wetter noch nicht einmal einen Hund vor die Tür geschickt. Hannes hörte die phlegmatisch gemurmelten Worte des Pastors kaum; Worte ohne jegliche Betonung. *Gleich ist es vorbei, Gott sei Dank!* Er starrte auf den Eichensarg. Noch ruhte er auf einem Stahlgestell und schien über dem sauber ausgehobenen Loch geradezu zu schweben. *Ob Martin Krischels Seele auch hier irgendwo über uns schwebt und zuschaut?* Hannes verspürte so etwas wie ein schlechtes Gewissen. Irgendwie hatte er das Gefühl, sich bei Martin für dessen Tod entschuldigen zu müssen. Eigentlich müsste ich jetzt darin liegen, dachte Hannes und schämte sich fast dafür, stattdessen gesund und munter hier im Regen zu stehen. *Vielleicht ist der Mörder ja auch hier!* Er sollte sich im Auftrag von Lenz umschauen. Hannes räusperte sich unnötig und sah unauffällig in die Runde. Die Leute, die er kannte, waren fast alles Bekonder; Jagdkollegen, Freunde, Verwandte. Dazu ein paar alte Leute, die zu jeder Beerdigung im Dorf gingen. Dann der Pastor und zwei weibliche, arg gelangweilt dreinblickende Messdiener, die bunte Turnschuhe unter ihren beigen Roben trugen und sich jetzt vermutlich lieber in irgendeinem Internet-Chatroom für Teenager herumtreiben würden, als bei diesem Wetter Martin Krischel zu beerdigen. Hannes sah über die Friedhofsmauer zum Haus von Krischel. Am offenen Fenster erkannte er Martins Bruder, daneben eine alte gebrechliche Frau im Rollstuhl. Martins Mutter schien nicht mitzubekommen, was hier vor sich ging. Sie schaute noch nicht mal in die Richtung des Grabes. *Glückselige Demenz.* Hannes nickte den beiden trotzdem kurz zu und sah sich weiter um. Ein wenig weiter weg standen ein paar junge Burschen herum, die sich leise miteinander unterhielten. Hannes erkannte in ihnen einige der freiwilligen Treiber von der Jagd. Wahrscheinlich fühlten sie sich verpflichtet, anwesend zu sein. Schließlich waren sie quasi Zeugen von Krischels Tod.

Ob die wohl auch alle überprüft worden waren? Wahrscheinlich schon, überlegte Hannes und stimmte in das nun einsetzende Gemurmel der Menge ein. „In Ewigkeit, Amen“, seufzte er erleichtert. *Geschafft!* Aber das Schlimmste sollte ihm noch bevorstehen; die Hornbläser der Jäger stimmten in diesem Moment ihr Abschiedslied für Martin an.

Unter dem gewöhnungsbedürftigen Klang der Blasinstrumente blickten die Menschen dem Sarg nach, der feierlich herabgelassen wurde. Dann endlich kam Bewegung in die mittlerweile vor Nässe triefende Trauergemeinde. Jagdpächter Gritzfeld keuchte an Hannes vorbei, um als erster die Weihwasserschüssel am Rande des Grabes zu erreichen. Er segnete den Sarg und schloss sich dem Pastor sowie dem Messdiener-Tross an, die bereits dabei waren, diesen wenig anheimelnden Ort zu verlassen. Mit einem Mal wollten anscheinend alle nur noch fort. Der Andrang an das heilige Wasser hatte etwas vom Flair eines Sommerschlussverkaufs. Hannes ließ sich von hinten drängeln und schaffte es, sich in eine Zweierreihe aufzustellen. Er war froh, dass Anne zuhause im Trockenen geblieben war und sich dieses falsche Theater nicht antun musste. Der Pfad zur offenen Grabstelle war mittlerweile vollkommen verschlammt und glitschig. Hannes Schuhe würden einer längeren Reinigungsprozedur standhalten müssen. Endlich konnte er den Segnungsstab von seinem Vorgänger in Empfang nehmen, doch kaum, dass er an der Kante des offenen Lochs stand, mit exklusivem Blick auf den von nassen Erdklumpen und vereinzelten Rosen verzierten Sarg, spürte er von hinten einen schmerzhaften Tritt mitten in die Kniekehle. Augenblicklich klappte Hannes zusammen wie ein Schweizer Taschenmesser und sah sich selbst wie in Zeitlupe über den schlüpfrigen Rand des Grabs hinwegrutschen. Dann ging alles ganz schnell. Er hörte noch die letzten der für ihn irgendwie erstaunt verstummenden Jagdhörner, das Aufschreien der Menge, das Klatschen des Segnungsstabes auf das Holz des Sargs und das Geräusch des Hineingleitens seines eigenen Körpers in das dunkle Loch. Er war wie erstarrt. Niemand kam und half ihm. Hannes rappelte sich auf die Beine und versuchte, Halt auf dem rutschigen Holz zu finden. Der Sarg knarzte bedenklich, und Hannes betete zum Himmel. „Bitte lass mich da nicht auch noch durchbrechen!“ Er sah sich schon mit seinen Matschschuhen in Martins weggeschossenem Gesicht herumtreten und konnte das alles nicht fassen. *Wie konnte das nur passieren? Bin ich wirklich gestoßen worden? Oder bin ich einfach nur ausgerutscht? Nein. Ich habe ganz deutlich einen Tritt gespürt. Von hinten, in die Kniekehle*. Panisch schaute er nach oben. Halb Bekond säumte mit offenen Mündern den Rand des Grabes und starrte entsetzt auf ihn hinunter. „Habt ihr gesehen, wer das war?“, rief Hannes hektisch. Endlich erbarmten sich zwei der jungen Burschen und reichten ihm die Hände entgegen. Hannes grabschte danach, verzweifelt um Halt bemüht, und ließ sich langsam von ihnen hochziehen. Sofort sah er sich in alle Richtungen um, aber die immer noch wie narkotisiert wirkende Menge versperrte ihm jegliche Sicht. „Hat irgendeiner gesehen, wer mich getreten hat?“, rief Hannes erneut. Doch er blickte nur in verwirrte Gesichter; eine Alte fuchtelte andauernd mit ihren Händen etwas Ähnliches wie ein Kreuzzeichen vor ihrer Brust und murmelte unablässig „Jesus und Maria“. Von der anderen Seite kam leises Getuschel: „... das war ein Omen, ganz bestimmt.“ Panik kroch Hannes in den Nacken, kalt und unheimlich wie uralter Aberglaube. Er schlug mit seinen vor Schmutz und Dreck starrenden Händen um sich, als wollte er die Menschen davonjagen. „Der Herr sei mit ihm“, murmelte die Alte. „Ihr könnt mich alle mal“, schrie Hannes verzweifelt und pflügte sich mit den Ellbogen einen Weg. Er flüchtete so schnell er konnte vom Friedhof, nur von dem Gedanken beseelt, schnellstens diesen Ort hinter sich lassen zu können. Wenigstens war außer ihm kein Mensch auf der Straße. So würde er gleich nur Anne Rede und Antwort stehen müssen, warum er aussah, als habe er sich fröhlich in einer Sausuhle gewälzt. Hannes ersann fieberhaft ein Lügenmärchen, welches er Anne aufzutischen gedachte, als ihm bewusst wurde, dass halb Bekond seiner unfreiwilligen Showeinlage beigewohnt hatte; diese Nachricht würde sich ohnehin wie ein Lauffeuer im Dorf verbreiten. Also könnte er auch gleich die Wahrheit erzählen. Noch immer konnte er nicht fassen, was ihm soeben widerfahren war. *Wie in einem schlechten Film. Fehlt nur noch Frank Elstner, der grinsend von oben „Verstehen Sie Spaß" grölt. Nein. Das kann nur eins bedeuten: Das war kein Zufall, kein makabrer Scherz. Das war eine Warnung. Der Kerl ist also doch hinter mir her. Immer noch. Er hat nicht aufgegeben.*

Trotz der Kälte nass geschwitzt kam Hannes endlich atemlos zuhause an. Erleichtert schloss er die Tür auf und wurde von niemandem begrüßt. Schuhe und Mantel ließ er einfach im Flur liegen und schlich auf nassen Socken ins Wohnzimmer. Anne kuschelte in einem unmöglichen zartrosa Hausanzug mit Paula im Arm auf der Couch. Paula zeigte wenigstens die Höflichkeit, kurz den Kopf zu heben, um ihre Schnauze dann mit einem hörbaren Grunzen wieder unter Annes Ellbogen zu vergraben. Das graue Päckchen auf dem Tisch bemerkte Hannes nicht.

„Bin wieder da", ließ Hannes ermattet verlauten und wurde dafür mit einem Blinzeln von Annes grünen Augen belohnt. Schlaftrunken rappelte sie sich hoch, was Paula ihrerseits als Unverschämtheit empfand. Die Hündin zog beleidigt grummelnd unter den Tisch ab. „Ist der Leichenschmaus schon vorbei?“, meinte Anne herzhaft gähnend. „Wie siehst du überhaupt wieder aus, Hannes Harenberg?“ Plötzlich hellwach blitzte ihr das blanke Entsetzen aus dem Gesicht. Hannes ließ sich auf einen Sessel sinken. „Beim Leichenschmaus war ich nicht. Wobei – wahrscheinlich werde ich trotzdem dort das Gesprächsthema Nummer 1 sein. Kein Mensch wird sich über Martin unterhalten.“

„Was hast du wieder angestellt?“ „Bin ins Grab gefallen.“ Hannes' Antwort sollte beiläufig klingen, verfehlte aber ihre Wirkung gänzlich. „Bitte, was?“ Anne war vom Sofa aufgesprungen, was Paula dazu veranlasste, den Raum nun ganz zu verlassen. „Es war alles glitschig und rutschig vom Regen, und da bin ich beim Versuch des Segnens ins offene Grab gepurzelt.“ Hannes versuchte es mit einem Lachen. „Tolle Nummer, was?“ Den Tritt erwähnte er mit keiner Silbe.

Anne kam mit mitleidigem Blick auf ihn zu und umarmte ihn. „Du machst aber auch immer Sachen. Das muss doch schrecklich gewesen sein!“ „Na ja, um eine Erfahrung reicher“, meinte Hannes weise.

„Ich lasse dir jetzt ein heißes Bad ein“, bestimmte Anne. Hannes' Blick fiel auf das Päckchen. „Was ist das?“ „Keine Ahnung, lag vor der Tür, als ich

mit Paula vom Spaziergang zurückkam. Gott sei Dank gerade noch rechtzeitig, bevor der Regen losging."
Hannes nestelte mit fahrigen Fingern an der Verpackung herum. Sein Herz setzte kurzzeitig aus, als er darin ein kleines Holzkreuz mit seinem eingebrannten Namen darauf fand. Zittrig entfaltete er das beigelegte Blatt Papier. Wie durch Watte hörte er Anne im Bad hantieren. Er stierte auf den Zettel. Das Blatt war mit einer schrägen eckigen Handschrift versehen. ***„Wie war das Probeliegen?“,*** stand darauf geschrieben, ***„gewöhn‘ dich schon mal daran, wirst bald dort einziehen.“***
Hannes schluckte, seine Kehle war staubtrocken. Er hörte Anne zurückkommen. Schnell packte er die Sachen wieder in das Päckchen und spielte gute Laune. „Super Idee mit dem Bad! Werde mich gleich reinhauen.“ Er hoffte, Anne würde seine zittrige Stimme nicht bemerken.
„Was war denn in dem Päckchen?“, wollte Anne wissen.
„Ach, nichts Wichtiges“, erwiderte er schnell. „Nur die Aufteilung für den nächsten Arbeitseinsatz im Revier. Ich bringe es schnell noch hoch.“ Oben angekommen sperrte Hannes das Päckchen hastig in seinen Waffenschrank. *Gleich am Montag werde ich damit zu Kommissar Lenz fahren.*

Vielleicht können die ja irgendetwas damit anfangen. Irgendetwas analysieren oder so. Wie im Fernsehen, wenn sie die dollsten Dinge aus einem Teppichfussel herauslesen konnten.

Hannes stieg in die Wanne, aber auch im wundervoll heißen Wasser konnte er sich nicht beruhigen. Er zermarterte sich den Kopf, wer es nur auf ihn abgesehen haben könnte. Und warum.

Kapitel 14

Kommissar Lenz packte das Kreuz und das Blatt Papier mit der krakeligen Handschrift in einen Plastikbeutel und wies seinen Assistenten an, sofort zum Kriminaltechnischen Labor zu laufen.

Er räusperte sich umständlich und bot Hannes einen Stuhl auf seiner Seite des Schreibtisches an. Hannes stierte auf den Computermonitor und erkannte zu seinem Schrecken sich selbst, wie er hilflos im Grab strampelte.

Lenz klickte weiter, und Hannes konnte seine unbeholfenen Fluchtversuche aus dieser unmöglichen Situation im Sekundentakt beobachten.

Der Kommissar ließ hörbar die Luft raus. „Wie Sie sehen, hatten wir einen Beobachter bei der Beerdigung."

Er betätigte erneut die Maus und ließ die Diashow von Beginn an durchlaufen. Angestrengt blickte Hannes auf jedes einzelne Foto, wobei manche nur schwer zu erkennen waren wegen des dunkelgrauen Regenschleiers, der sich penetrant auf die abgelichteten Trauergäste gelegt hatte.

Die Bilder wechselten in rascher Folge, und Hannes fühlte sich an die Daumenkinos seiner Kindheit erinnert. Aufgrund der vielen Schirme, Hüte und Mäntel war kaum ein Mensch identifizierbar, Hannes selbst erkannte sich fast nicht wieder.

„Halt", schrie er aufgeregt, „ein Bild zurück bitte!" Lenz stoppte die Wiedergabe und fror eine Szene auf dem Monitor ein, auf der Hannes genau hinter sich einen unbekannten Menschen mit tief heruntergezogener Hutkrempe ausmachen konnte.

„Das muss er sein …", flüsterte er.

Es war genau jener Moment, als Hannes an den Rand des Grabes getreten war und schon das Instrument zum Segnen in der Hand hielt. Der Unbekannte hinter ihm wirkte wie ein Schatten.

„Das nächste Bild bitte." Hannes sah sich über den Abhang rutschen. *Mist. Ausgerechnet die Zwischensequenz fehlt. Ausgerechnet der Augenblick, in dem ich getreten wurde!*

Wieder blickte er auf den Bildschirm. Hannes sah, wie er erneut stürzte und nahm seinen eigenen, zu

Tode erschrocken wirkenden Gesichtsausdruck wahr, bei dem verzweifelten Versuch, sich irgendwo festzuhalten.

Er bemühte sich, die Menge am Rand des Grabes genauer zu untersuchen. Hier fand er ähnliche entsetzte Gesichter. Alles Bekonder Leute, die er kannte. Ein zusammengewürfeltes Knäuel. Aber den Mann mit der tiefen Hutkrempe suchten seine Augen vergeblich. Wie in Luft aufgelöst oder irgendwo von der Menge verschluckt. „Einfach verschwunden“, murmelte Hannes mutlos. Fast unbeteiligt sah er sich die restlichen Fotos an. „Hier“, unterbrach Lenz schließlich die Stille. Hannes starrte auf die Alte im Großformat. In den Händen einen Rosenkranz. „Machen Sie das weg“, bat Hannes, der in seinem Ohr noch immer dieses schreckliche, sich stetig wiederholende und beschwörende „Jesus und Maria“ nicht loswurde.

„Aber so schauen Sie doch hierher“, forderte Lenz ihn auf. Er veränderte den Bildausschnitt und ließ den Mauszeiger auf die linke Bildecke ziehen. Das Friedhofstor. Und eindeutig ein Mann im langen schwarzen Mantel. Der Hut. Aber kein Gesicht. Er hatte wohl die allgemeine Aufregung der Menge genutzt und war unauffällig durch das Tor verschwunden.

Hannes schluckte schwer. Das ist er also. Das ist der Mann, der es, warum auch immer, auf mich abgesehen hat. Das ist der Mörder von Martin Krischel.
Lenz zoomte das Bild heran. Die Auflösung wurde immer körniger und Hannes fragte sich, was der Kommissar damit bezweckte. Er sah nur noch Punkte, die in allen Graustufen vor seinen Augen hin und her schwammen.
„Hier", meinte Lenz schließlich stolz. „Was ist das?" Hannes kniff die Augen zusammen und schaute auf einen riesenhaft vergrößerten Schuh, der das ganze Bild ausfüllte.
„Möglicherweise etwas, womit wir den Kerl identifizieren können."
„Wegen seiner Schuhe?", fragte Hannes ungläubig.
„Das sind nicht irgendwelche Schuhe", meinte Lenz bedeutungsvoll. „Es handelt sich hierbei um spezielle Radfahrerschuhe mit Klickmechanismus." Hannes, bekannt für seine fanatische Sportbegeisterung, blickte begriffsstutzig auf sein Gegenüber. „Schuhe, die sich per Klick in die Pedale des entsprechenden Fahrrads einrasten", half Lenz ihm auf die Sprünge. „Wir konnten die Marke der Schuhe bereits identifizieren. Unsere Spurensucher haben sowohl auf dem Friedhofsgelände wie auch vor dem Tor die Schuhabdrücke wiederfinden können. Natürlich haben wir Gipsabdrücke anfer-

tigen lassen. Dazu das Profil eines Mountainbikes. Ziemlich breite Räder. Der Kerl ist mit dem Fahrrad abgehauen."
„Warum haben Ihre Leute ihn nicht verfolgt?" Hannes war sprachlos.
„Nun", Lenz schien peinlich berührt. „Ihre „Krabbelaktion" aus dem Grab heraus hat als wundervolles Ablenkungsmanöver funktioniert. Unser Mann hat nur Fotos vom Grab geschossen. Dass sich der Verdächtige beim Verschwinden hinter der Friedhofsmauer überhaupt auf einem der Bilder präsentiert, ist ein glücklicher Zufall. Immerhin konnten wir so nach Ansicht der Fotos dahingehend ermitteln."
Hannes ließ hörbar die Luft aus seinen Lungen. Verzweiflung machte sich in ihm breit. „Also brauchen wir nur noch einen Radfahrer mit bestimmen Schuhen zu finden, und der Spuk ist vorbei", seufzte er ohne große Hoffnung. *Eine Stecknadel im Heuhaufen ist wohl nichts dagegen, schließlich verläuft direkt bei Bekond eine der berühmtesten Wettkampfstrecken für Mountainbiker an der Mosel.*
„Jetzt lassen Sie mal den Kopf nicht hängen", gab Lenz hoffnungsfroh von sich. „Immerhin haben wir jetzt erste Hinweise auf den Täter."
„Na gut", stöhnte Hannes, „dann achte ich in Zukunft wohl auf bunt gekleidete Radfahrer, die von

hinten an mir vorbeirauschen, um mir die Handtasche von der Schulter zu reißen."

Kapitel 15

Anne bot alle ihre Kraft auf. Sie zerrte und zog an dem Strick, doch Micky bewegte sich keinen Millimeter. Ihr Kopf steckte zur Gänze in einem Eimer mit trockenen Brotresten.
Dieses Pferd kostete Anne noch den letzten Nerv. Die Stute der Rasse Irish Tinker war drei Jahre jung, 600 Kilogramm schwer und ihr Dickkopf wenigstens ebenso sehr. Aber Anne liebte Micky absolut. Sie hatte sie einfach kaufen müssen, als sie hörte, dass sie ansonsten zum Metzger verfrachtet würde. Micky konnte auch lieb und zärtlich sein, unendlich verschmust, aber eben auch bockig und stur. Vor allem, wenn es um irgendetwas Fressbares ging. Sie sog alles auf wie ein Staubsauger und führte sich ständig auf, als wäre sie akut vom Hungertod bedroht.
Nicht, dass Anne noch ein zweites Pferd gebraucht hätte, schließlich verschenkte sie auch weiterhin ihre Liebe und Zeit an Pam, ihr erstes Pferd. Aber nun war es eben so. Nun war sie eben stolze Besitzerin von zwei Pferden. Nur, mit Mickys Erziehung war Anne heillos überfordert.

Endlich war Hilfe in Aussicht. Micky lief mittlerweile mit dem Eimer auf dem Kopf blind im Hof umher, während Anne hilflos hintendran am Strick hing.
Robin, der hinzugekommen war, zog Micky mit einem Ruck den Eimer vom Kopf, zerrte ein paar Mal kräftig am Strick und Micky stand prompt wie zur Salzsäule erstarrt. Jetzt war die Stute die Bravheit in Perfektion und machte keinen Mucks.
Anne konnte nur noch den Kopf schütteln. Wie macht er das bloß?, fragte sie sich. Robin, ein guter Stallkamerad, hatte ihr schon des Öfteren bei ihrem frechen Stütchen zur Seite gestanden. Vor ihm zeigte Micky Respekt. Alles eine Sache der Konsequenz und Ordnung, referierte er ständig. Sein eigenes Pferd, eine stolzer Hannoveraner hervorragender Abstammung, war wie zum Beweis ein Musterbeispiel an guter Ausbildung. Robin legte auf die edle Rasse enormen Wert. Stolz prangte ein Namensschild mit Stammbaum an der Boxentür seines Pferdes. Ein Pferd muss immer wissen, wer der Chef ist, es braucht jemanden, zu dem es aufschauen kann und vor dem es wirklichen Respekt hat, so war Robins Grundsatz.
Na ja, eine solche Person bin ich für Micky jedenfalls nicht, dachte Anne bedauernd, die Stute fing

sofort wieder an zu betteln, als sie sie am Kopf streichelte.
Robin zog ihr mit der flachen Hand eins über die rosa Nase, und Micky sprang ängstlich zurück.
„Hey, du schlägst sie doch wohl nicht, wenn ich nicht da bin?“, fauchte sie ihn an.
„Quatsch“, meinte Robin, „so ein kleiner Klaps hat noch niemandem geschadet. Oder glaubst du, Pferde diskutieren irgendetwas untereinander aus? Da geht's doch körperlich ganz anders zu.“
Anne zuckte mit den Schultern. Robin nahm Micky am Strick, und sie trottete brav mit ihm mit.
„Ich helfe dir jetzt, dein Pferd zu longieren. Wäre doch gelacht, wenn wir das mit ihr nicht hinbekämen, oder?“
Er lachte Anne auffordernd an. Sie war dankbar für seine Hilfe und lief los, um ihre Handschuhe zu holen.
Das Longieren machte Spaß, Micky zeigte sich lernbegierig und fleißig. Hinterher war sie offensichtlich stolz auf ihre Leistung und futterte glücklich ihr wohlverdientes Feierabendobst. Anne war ebenfalls froh. Für eine kurze Zeit hatten mal keine Gedanken an Probleme, Nöte und Ängste ihr das Leben versauert.
Auf dem Heimweg zogen genau diese Gedanken Anne wieder erbarmungslos in die Realität zurück.

Sie überlegte unablässig. *Was soll ich nur machen? Dieses verdammte Tagebuch! Dieser verdammte Schönemann!* Anne atmete entschlossen aus. Endlich wusste sie, was zu tun war: Sie würde das Tagebuch und Schönemann ein für alle Mal aus ihrem Leben verbannen.

Soll er es doch haben. Dann bin ich es los und kann vielleicht endlich die Erinnerung daran aus meinem Leben streichen.

An ihrem Haus angekommen blickte Anne missmutig hinauf zu dem Carove-Wappen an der Hausecke. Dein Tagebuch geht mich nichts an, Ambrosius, dein Nachfahre kann es haben, dachte sie still.

Mühsam kämpfte sie sich die Treppe hoch und steckte müde den Schlüssel in ihre Wohnungstür. Ohne die Jacke abzulegen, schlich sie zum Schreibtisch. Sie öffnete die unterste Schublade. Die darin befindlichen Papiere, Kugelschreiber, Schlüsselanhänger, alte Fotos, Computerdisketten und eine alte verrostete Schere räumte sie heraus und warf sie auf den Boden. Dann schaute sie ungläubig in die leere Schublade. Da war nur noch der spanplatte Boden. Und ein paar Staubkrümel. Sonst nichts. *Wo ist dieses verdammte Buch?*

Kapitel 16

Es war bereits fast 2.00 Uhr nachts. Draußen tobten starke Windböen, die heftig um die Mauern des Museums pfiffen und eisige Regentropfen mit sich brachten. Von alledem bemerkten die Männer in den Lagerräumen nichts. Einer von ihnen hatte sich einen alten Elektroofen von zuhause mitgebracht, und beide kauerten davor, rauchten und zockten Karten. Seit drei Stunden war dieser LKW aus Österreich nun schon überfällig. Mürrisch blickte einer der Männer auf seine billige Armbanduhr. Er hob eine Bierdose an den Mund. „Also, lange warte ich nicht mehr, das kannste aber glauben", murrte er seinem Kollegen zu. „Du weißt doch, was der Chef gesagt hat: unheimlich wichtige Ladung, hat er gesagt, muss unbedingt sofort in den Tresor …"

„Ja", blaffte der andere zurück, „unheimlich wichtige Fracht, nur, weißt du was, unheimlich unwichtig ist die mir … kommt doch eh heut' Nacht nicht mehr! Weiß sowieso nicht, was das soll, mitten in der Nacht." Er schüttelte den Kopf.

„Na, du kannst ja gehen, also mir, mir ist der Job hier echt wichtig." Der jüngere der beiden zog schnippisch die Mundwinkel nach unten. „Außerdem hast du doch genau wie ich einen Extra-

Obolus für die Nachtschicht einkassiert, oder etwa nicht?"
Das Rauschen des herannahenden Dieselmotors erstickte den aufkommenden Konflikt der Männer im Keim, und beide atmeten erleichtert auf. „Na also, endlich!", meinte der ältere von ihnen. Das Warten sollte also doch ein Ende finden. Großspurig zog der Jüngere den massigen Schlüsselbund aus seiner Hosentasche und machte sich auf den Weg, das Eingangstor aufzuschließen. Man hatte ihm diese Macht anvertraut. Herr der Schlüssel zu sein, das hatte schon was in diesem großen Museum, welches so viele Kunstschätze beherbergte. Und jetzt sollten noch mehr davon angeliefert werden. Zur Konstantin-Ausstellung waren Schätze aus aller Herren Länder angefordert worden. Und er wachte darüber. Stolz drehte er den Schlüssel im Schloss.
Der LKW mit Wiener Kennzeichen hatte rückwärts vorm Tor einrangiert. Der Fahrer ließ die Heckklappe herunter und verschwand ohne Gruß im Inneren des Laderaums, um eine schwere Kiste mithilfe eines Rollbretts auf die Ladeklappe zu schieben. Er sprang herunter und ließ surrend die Klappe auf Bodenhöhe hinabfahren. Er sprach kein Wort, seine Schirmmütze verdeckte sein Gesicht. Er trug einen dunklen Jeansanzug.

Unfreundliche und hochnäsige Österreicher, dachte der Lagerarbeiter abfällig.
Der Fahrer schob nun das Rollbrett mit der großen Kiste in den Eingang des Lagerraums. Dann lief er zum Führerhaus und kam mit einem Stapel Papiere zurück. „Ihr müsstst mir dän Empfang quittieren“, näselte er im perfektem Wienerisch. „Ja, aber … erst muss ich nachschauen …“, warf der Jüngere ein. Er blätterte die Lieferscheine durch, der Ältere machte sich an den Plomben der Kiste zu schaffen. Als sie den Deckel anhoben, sahen sie zunächst nichts weiter als Holzwolle. Der Ältere rührte mit beiden Armen darin herum, und bald kam seine rechte Hand, die ein goldenes Amulett gegriffen hatte, wieder zum Vorschein. „Ähm, suche doch mal auf der Liste: goldenes Amulett mit … was ist das für ein Stein? In der Mitte …“
„Ah gäh, i hobs net die gonze Nocht Zait, muss morgen wieder in Wien säin …“, warf der Fahrer gähnend ein. Der Jüngere blätterte nervös die Zettel durch. Schließlich fand er ein goldenes Amulett auf Seite 5 und hakte es ab. Der Ältere suchte unterdessen weiter. Genervt warf der Fahrer den beiden finstere Blicke zu und zündete sich eine Zigarette an. „Nu, machts schon …“, drängelte er, doch der Jüngere konnte das nächste Schmuckstück auf der Liste einfach nicht finden. „Na gut“,

wisperte er schließlich, wird schon stimmen so", hakte einfach alles ab und gab dem dankbaren Fahrer seine Durchschläge unterschrieben zurück. „Gute Fahrt", wünschte er dem Davoneilenden hinterher. Dieser gab kein weiteres Wort mehr von sich, stieg in seinen Laster und war verschwunden. Die beiden legten die Zettel auf die wieder verschlossene Kiste und schoben sie in den Tresorraum. Sorgfältig verschlossen sie den Raum und gingen endlich ihrer Wege. Der Auftrag war erledigt. Der Jüngere steckte den Schlüssel in seine Hosentasche.

Kapitel 17

Hannes kehrt mal wieder alles unter den Teppich! Sein „Teppich" scheint über unglaubliche unterirdische Dimensionen zu verfügen. Probleme lösen? Ha! Warum denn? Einfach wegschieben, ist doch viel bequemer!
Anne kochte innerlich vor Wut.
Ich bin doch nicht verrückt geworden. Ich weiß doch genau, dass ich dieses vermaledeite Tagebuch in die Versenkung dieses Schreibtischs getaucht habe!
Fragt der mich, ob ich denn sicher sei, es überhaupt mitgenommen zu haben! Unverschämtheit! Zweifelt der doch tatsächlich an meinem Verstand. Natürlich habe ich auch die anderen Schubladen durchwühlt. Nicht nur

die im Schreibtisch. Auch die im Wohnzimmer, in der Küche, in der Kommode im Flur … das Buch ist und bleibt verschwunden. Irgendwie unheimlich.

Und was gedenkt Hannes in dieser Sache zu unternehmen?, fragte sie sich. *Mir vielleicht bei plausiblen Erklärungsversuchen zu helfen?*

Mögliche Theorien zu diskutieren? Beim Auffinden des Buches zu helfen? Nein, weit gefehlt. Hannes hat natürlich mal wieder **die** *Universallösung parat: Ich soll das Buch nie an mich genommen haben! Nur ein Traum, eine Halluzination. Dass ich nicht lache! Aber alles ja kein Wunder nach dem Trauma durch meinen Aufenthalt im Stollen der Grube Morgenstern in fröhlicher Gesellschaft des halbtoten Andreas Steinmetz und meines sympathischen Gastgebers Anton Schönemann!*

„Das Buch hat wahrscheinlich nie existiert, Hannes Harenberg, alles habe ich mir in meiner weiblich-primitiven Emotionsstruktur nur zusammenfantasiert!", rief Anne Hannes hinterher. Vor fünf Minuten war er wütend aus ihrer Wohnung gerauscht. Nach Hause. Er hatte sie nicht einmal mehr gefragt, ob sie mit ihm nach Bekond fahren wollte. Im Moment hätte er genügend eigene Probleme, da könne er sich nicht auch noch über ein dummes, 400 Jahre altes verschwundenes Buch den Kopf zermartern. *Irgendwie gefrustet … nein, falsch, irgendwie ängstlich hat er dabei dreingeblickt.*

Komisch. Anne wurde mit einem Mal mulmig. Sie rief sich Hannes' Gesichtsausdruck ins Gedächtnis zurück, der so gar nicht zu ihm gepasst hatte. Sie würde ihn später noch einmal anrufen, um nachzufragen, was los sei.

Mit einem leisen Knarren öffnete sich die Tür zum Wohnzimmer einen Spaltbreit. Anne erstarrte. *Habe ich jetzt doch den Verstand verloren?* Mit klopfendem Herz trat sie langsam und zaghaft zur Tür und öffnete sie ganz. Treue, scheue Augen blickten sie von unten herauf an. *Oh nein, jetzt hat Hannes auch noch Paula vergessen!*

Paula hasste es, wenn er und Anne sich stritten, deshalb hatte sie sich wohlweislich im Bad versteckt. Anne streichelte sanft den Kopf der Hündin. „Na, komm", säuselte sie zärtlich, „ich bringe das wieder in Ordnung, wir fahren heim."

Vielleicht habe ich das Tagebuch ja doch weggeschmissen, ging es ihr durch den Kopf. *Vielleicht einfach mit dem Altpapier entsorgt. Kann ja passieren, und Altpapier ist es ja nun im wahrsten Sinne des Wortes. Mit diesen Gedanken beruhigte Anne ihr angespanntes Nervenkostüm.*

Zügig schlüpfte sie in den Regenmantel und band Paula in Ermangelung ihrer Leine an einen Gürtel. *Ich muss diesen ganzen Mist jetzt einfach vergessen. Vielleicht ist Hannes' Strategie ja doch die bessere. An-*

ton Schönemann und sein blödes Buch können mir mal den Buckel runterrutschen!

Paula zog sie die Treppen herunter wie ein Schlittenhund, der unbedingt das große Lapplandrennen für sich entscheiden wollte. Mit Gott sei Dank noch heilen Knochen und vibrierendem Puls kam das Siegergespann endlich vor der verschlossenen Haustür zum Stehen. Aus den Augenwinkeln sah Anne ein goldenes Päckchen. Direkt auf dem Boden unter ihrem Briefkasten. Vorsichtig hob sie es auf. Ihr Name stand darauf. Ihre Adresse. *Seltsam. Das hätte mir doch auffallen müssen, als ich eben heimgekommen bin. Hm. Aber da hatte ich ja nur den Kopf voll von dem Schönemann.* Paula fing an zu wimmern. „Ja, gleich", vertröstete sie die Hündin grob. Nervös nestelte sie das Packpapier auf. Mit einem unguten Gefühl im Bauch öffnete sie das darin liegende Kuvert. Mit offenem Mund und ungläubigen Augen stierte sie auf die seltsam geformte goldene Kette in ihrer Hand. Sie zählte 18 blaue Steine darin verarbeitet. Wer sollte ihr so etwas Kostbares schenken? Sie durchwühlte das Päckchen und fand einen gefalteten Zettel. Sie öffnete ihn und strich ihn glatt. Darauf stand: ***von Ambrosius für Giulia***

Anne sprintete die Treppe im gleichen weltrekordverdächtigen Tempo hoch wie zuvor nach

unten. Diesmal hing Paula mit keuchendem Atem hintendran.
Hastig packte sie in Windeseile ihre Tasche. Das Päckchen mit der Kette legte sie ganz zuunterst. Darüber kam alles andere, was sie fand; Unterwäsche, Schlafanzüge, Hosen, Pullover. Sie verstaute die Dinge ohne jeglichen Plan. Dann lief Anne noch schnell ins Badezimmer, schob einfach alles in ihre Reisetasche, was sich auf der Ablage befand, hatte dann aber das Problem, sie wieder zu verschließen. *Egal!* Anne schulterte sie, wie sie war, schnappte Paula am Gürtel und rannte erneut die Treppe herunter. Sie lief so schnell sie konnte zu ihrem Wagen, öffnete die Hintertür und warf die Tasche auf den Rücksitz. Mit Paula auf dem Beifahrersitz fuhr sie in einem rasanten Tempo los; in weniger als 15 Minuten parkte sie in Bekond vor Hannes' Haus.

Kapitel 18

Jetzt im Herbst wirkte das Moseltal recht trostlos. Die blanken, nackten Rebstöcke ohne ihre Blätter und Trauben wirkten deprimierend auf Andreas. Sie standen da wie knöcherne, verwesende Gebilde. Der graue Himmel, der nicht enden wol-

lende Nieselregen, der raue Wind, alles passte zu Andreas' Stimmung.
Während der Zugfahrt nach Trier hatte er sich noch gefragt, was er eigentlich von dieser kleinen Reise erwartete. Claire wusste nicht, wo er war. Er hatte sich ihr nicht mitgeteilt. Nur, dass er mal raus müsse. Vielleicht war er auch nur gefahren, um ihrer Mitleidsmiene wenigstens für ein paar Tage zu entkommen. Dennoch, er wusste, er tat das Richtige.
Andreas war auf der Suche nach sich selbst. Er war auf der Suche nach dem Leben seines Vorfahren. Vielleicht würde er diesen Jacob Steinmetz, wenn er dessen Leben nachempfand, verstehen, und mit ihm, und damit mit sich selbst, ins Reine kommen. Wenigstens zum Teil. An-dreas wollte Orte aufsuchen, von denen er sicher war, dass sie im Leben seines Vorfahren Jacobs von Bedeutung gewesen waren. Zuvor hatte er Jacobs altes Zuhause aufgesucht. Jenes Haus von Ambrosius Carove, in dem auch Jacob gelebt hatte: das Haus Venedig in Trier. Heute hatte Anne eine Wohnung darin. Fast wäre er ihr in die Arme gelaufen. Wie von der Tarantel gebissen war sie aus dem Eingang gestürmt. Schnell hatte Andreas sich umgedreht. Er wollte keine Mitwisser haben und sich niemandem erklären müssen.

Aber sie hatte ihn wohl dennoch gesehen, zumindest hatte sie ihm seinen Namen hinterhergerufen. Aber er war einfach weitergegangen. Sicher würde sie jetzt annehmen, sie hätte sich geirrt.
Andreas konzentrierte sich auf die Ortsschilder. Bei einem Ort namens Schleich verließ er die Moselstraße und bog links ab, um dann über die Wirtschaftswege durch die kahlen Weinberge hinaufzufahren.
Hoffentlich schaffe ich diese enge Kurverei, dachte er etwas besorgt. Aber bislang klappte das Autofahren besser als erhofft. Es war das erste Mal, dass er das Steuer wieder selbst in die Hand nahm seit dem schrecklichen Vorkommnis.
Andreas hatte sich einen kleinen Wagen mit Automatik gemietet. Während des Fahrens war seine Armprothese einfach an das Lenkrad geklemmt. Und es klappte.
Auf dem Rücksitz lag ein Strauß Rosen. Diesen wollte er am Zitronenkrämerkreuz ablegen. Für jenen Ambrosius Carove. An den Ort seines Todes, an die Stelle, an der Jacob Steinmetz ihn erschlagen hatte.
Vielleicht würde er ebenfalls eine Rose dorthin legen, wo sein Bruder Bernd den Tod gefunden hatte, nur ein paar Meter von dem Denkmal entfernt.

Wo er danach hinwollte, wusste er noch nicht. Einfach mal ein paar Tage allein sein mit sich und der Welt.

Kapitel 19

Fassungslos las Hannes den Zettel. ***Von Ambrosius für Giulia.*** Ohne es zu merken, spielte er mit der Kette in seiner linken Hand.

Anne erzählte ihm, dass sie Andreas vor ihrer Haustür gesehen hatte.

„Andreas Steinmetz?“, wollte Hannes ungläubig wissen. „Was soll der denn in Trier?“

„Aber ich bin mir ganz sicher!“, stellte Anne klar. „Ich habe ihn genau gesehen. Ich habe ihm noch hinterhergerufen, aber er hat sich einfach aus dem Staub gemacht, ist die Karl-Marx-Straße runtergegangen.“ Anne konnte an Hannes‘ Gesicht ablesen, dass er ihr nicht glaubte. War ja auch wirklich seltsam, musste Anne selbst zugeben. *Was könnte Andreas Steinmetz vor meiner Tür zu schaffen gehabt haben? Wahrscheinlich habe ich ihn einfach verwechselt.*

„Dann hätte er auch auf Krischels Beerdigung sein müssen“, meinte Hannes stirnrunzelnd. „Wieso?“ Anne verstand nicht. Wortlos drehte Hannes sich um und ließ eine irritierte und hilflose Anne in seinem Wohnzimmer zurück. Mechanisch ging

er die Treppe hoch, öffnete seinen Waffenschrank, nahm eine Kopie seines „Zettels“ heraus, verschloss den Schrank sorgfältig und stieg die Stufen hinunter.
Er reichte Anne das Stück Papier. „Dazu gab es noch ein nettes kleines Holzkreuz mit meinem Namen darauf“, erklärte er ihr. Anne zitterte wie Espenlaub, als sie die Worte las. Hannes nahm sie behutsam in die Arme. Beide klammerten sich aneinander wie zwei Ertrinkende. Die Zettel wiesen die gleiche Handschrift auf: eckig und schräg. Die kleinen Buchstaben in ihrer Schrägheit wirkten auf Anne wie spitze kleine Pfeile. *Hinterhältig und böse.*
„Du wirst nicht in deiner Wohnung bleiben, allein“, bestimmte Hannes, „ein völlig Verrückter ist hinter uns her.“ „Nein“, flüsterte Anne kaum hörbar, „ich bleibe jetzt hier. Bei dir.“
Paula winselte.
Plötzlich löste Hannes sich aus der Umarmung, als hätte er sich verbrannt. Er spurtete zum Telefon und wählte hektisch eine Nummer.
Anne wartete und lauschte ungläubig. *Also habe ich doch Recht behalten!* Als Hannes aufgelegt hatte, war klar, dass ein paar hundert Kilometer entfernt eine verzweifelte Claire saß, die seit zwei Tagen nicht wusste, wo Andreas sich herumtrieb. Sein Handy war seitdem ausgeschaltet. Hannes und

Anne beschlossen kurzerhand, noch heute Abend nach Düsseldorf zu fahren.

Kapitel 20

„Schönen guten Tag, Herr Dr. Mezza." Michael setzte sich ungefragt in den tiefen Ledersessel. „Danke, dass Sie Zeit für mich haben.

„Ja, ja, ein wenig", grummelte der Notar und wühlte zum Zeichen seiner starken beruflichen Überbeanspruchung in einem Aktenstapel, der an die Höhe des Turmes zu Babel erinnerte. „Da es um die liebe Frau Seifert geht …"

Schon dreimal hatte sich dieser ewige Student nun bereits um eine Audienz bemüht.

Michael schob ihm ein altes in Leder gebundenes Buch vor die Nase. Dr. Mezza stockte. Was soll ich mit dem Krempel?, fragte er sich. Was sollte Anne Seifert mit diesem antiquarischen Buch zu schaffen haben? Er räusperte sich umständlich und unüberhörbar genervt. „Nun, mein junger Freund, meine Zeit ist begrenzt und kostbar, Termine warten, Termine, für die ich bezahlt werde, wissen Sie."

„Ambrosius Carove", stellte Michael nüchtern fest und verwies auf das alte Buch.

„Sein Tagebuch?“, wollte Dr. Mezza wissen. Behutsam und mit deutlich mehr Interesse nahm er das Buch in die Hände und blätterte vorsichtig ein paar Seiten durch. „Woher haben Sie das?“
Michael grinste, ein Blick in Dr. Mezzas glänzende Augen sagten ihm mehr als tausend Worte; er hatte gewonnen, der Doktor würde ihm helfen. „Von einer Freundin“, erwiderte er. „Von einer Freundin von Anne Seifert. Es soll ein Geschenk für sie werden. Eine Weihnachtsüberraschung. Übersetzt und als Buch gedruckt, wenn Sie verstehen. Ich …“ Michael wirkte verlegen. „Ich studiere Altphilologie, aber ich muss zugeben, ich habe Probleme mit der Übersetzung. Und ich weiß von Anne, dass Sie schon einmal etwas für sie übersetzt haben. Damals, diese Aufstellung der Schmuckstücke …“
„Ja, ja“, unterbrach Dr. Mezza ihn, „ist ja schon gut, ich mache das, ist doch selbstverständlich, für die Frau Seifert mache ich das doch gern. Und kein Wort, nicht wahr, soll doch eine Überraschung werden.“
Michael grinste. „Genau, ich lasse Ihnen das Buch am besten gleich hier.“
Jutta würde er nichts davon erzählen. *Soll sie ruhig glauben, ich hätte das allein geschafft. Sie wird Anne*

davon erzählen, und Anne wäre dann total beeindruckt von mir.

Kapitel 21

Claire weigerte sich, es zu glauben. Sie weigerte sich, auch nur daran zu denken, dass ihr Mann in gewisser Weise verrückt geworden sein könnte. Es stimmte dennoch. Er hat dieses Trauma in keinster Weise verarbeitet, dachte sie. *Weder seinen Aufenthalt im Stollen der Grube Morgenstern, noch den Verlust seiner Hand. Wie auch? Aber warum sollte er Anne nachstellen und Hannes nach dem Leben trachten? Niemals!* Claire hatte Hannes verboten, der Polizei von Andreas' Verschwinden zu berichten. Und Andreas hat wahrlich genug durchgemacht, dachte sie. *Der verkraftet nicht auch noch abstruse Verdächtigungen.*

Trotzdem. Claire schien mit sich zu ringen, schien sich selbst nicht so sicher zu sein, wie sie vorgab. Sie musste sich selbst eingestehen, zusehends misstrauischer zu werden.

Sie hatte in Andreas' Computer geschnüffelt, hatte sich seine E-Mails durchgesehen und Ausdrucke davon gemacht.

Schwarz auf weiß lag nun seine Korrespondenz auf dem wertvollen Tisch aus italienischem Mar-

mor. Buchungsbestätigungen von der Bahn. Andreas war mehrfach in die Stadt der Landesnervenklinik gefahren. *Was will er dort, außer seinen geliebten Schönemann zu besuchen?* Claire hatte nichts davon gewusst oder auch nur geahnt.
Sie betrachtete sich den Fahrschein. Ein Ticket in die älteste Stadt Deutschlands. Reisetermin: vor zwei Tagen. Andreas war also nach Trier gefahren, überlegte Claire. *Wahrscheinlich wegen all der alten Römerbauten, wegen der Porta Nigra, wegen der Kaiserthermen, wegen des Amphitheaters, wegen der Barbarathermen, wegen der Basilika, wegen Anne, wegen Hannes.* Claire konnte nur noch mit den Schultern zucken. *Vielleicht wollte er sich einfach nur ablenken?*
Hannes bat darum, ihr Telefon benutzen zu dürfen. Claire nickte stumm und schnäuzte in ihr Papiertaschentuch.
Hannes rief Kommissar Lenz an. Natürlich hatten sie Schönemann befragt, erfuhr er. Andreas Steinmetz hatte von Beginn an zum Kreis der potenziellen Täter gezählt. Schließlich konnte er als geschädigtes Opfer ein glaubwürdiges Motiv vorweisen. Schönemann hatte abgestritten, Kontakt mit ihm gehabt zu haben. Aber Lenz würde das Ganze nochmals überprüfen. Eine Suchmeldung nach Andreas Steinmetz zog er aber nicht in Betracht. Ein erwachsener Mann könne schließlich

Urlaub machen, insbesondere, wenn er ihn vorher angekündigt hatte.
Anne und Hannes schliefen die folgende Nacht in einem der Gästezimmer der Villa.
Am nächsten Vormittag rief Lenz erneut an. Er berichtete, dass mehrere Pfleger unabhängig voneinander ausgesagt hatten, Anton Schönemann habe öfter Besuch gehabt. Sogar recht häufig von einem Mann mit nur einem Arm. In letzter Zeit hätte dieser Mann eine Unterarmprothese getragen. Lenz fügte hinzu, dass Anton Schönemann die Aussage verweigere.
Der Kommissar wollte nun doch die Fahndung nach Andreas Steinmetz herausgeben.
„Claire?“ Anne trat leise ins Zimmer, um mit Claire etwas zu besprechen.
Doch Claire bemerkte sie kaum. In sich zusammengesunken saß sie inzwischen auf dem Sofa und blickte teilnahmslos ins Leere. Im Moment wäre sie am liebsten tot gewesen; sie sah keinen Sinn mehr in ihrem Dasein.
Anne räusperte sich leise, und ihre Freundin schaute auf. Es war ein wirklich ungünstiger Zeitpunkt. Aber Anne wollte ihr unbedingt die alten Papiere zurückgeben. Sie hatte sie regelrecht verschlungen. Sie reichte Claire den Stapel, den diese teilnahmslos entgegennahm und achtlos auf den

Tisch warf. „Andreas hätte alles lesen sollen, dann wäre dies vielleicht alles nicht geschehen."
Claire wirkte verwirrt und irritiert. „Was meinst du?"
„Nun", meinte Anne achselzuckend, „Jacob Steinmetz hat Ambrosius Carove nicht erschlagen."
Claire schaute vollkommen ungläubig drein.
„Steht alles da drin", erklärte Anne und deutete auf die Papiere. Claire setzte sich auf und grabschte nach dem Stapel. Sie drückte ihn an sich. „Dann muss ich sie ihm unbedingt geben! Wo treibt er sich nur herum? Sein Handy ist seit Tagen ausgeschaltet! Hoffentlich wird er bald gefunden."
Hannes und Anne warfen sich einen verstohlenen Blick zu. Claire glaubte immer noch nicht, dass ihr Mann irgendetwas Böses im Schilde führte.

Chronik der Familie Steinmetz, Teil IV
Düsseldorf, im Jahre 1696

De Largillière stand reglos. Das streichende Geräusch des Pinsels, der über die Leinwand fuhr, war verstummt. Jacob saß da und blickte zu Boden. Der Maler trat auf ihn zu. „So kann ich Euer Gesicht nicht sehen." Sanft hob er Jacobs Kinn nach oben. „War er derjenige, der Ambrosius getötet

hat?“, fragte er ihn und blickte Jacob direkt in die Augen. „Denn dann war Euer Mord gerecht. Verzagt nicht länger. Erzählt mir von Ambrosius‘ Tod. Das wird Euch befreien, glaubt mir. Es wird Euch befreien von der Schmach und dem Schrecken. Erlösen von Eurer Last.“
Und Jacob ließ endlich die Erinnerung zu. Er schloss seine Augen, und mit einem Mal sah er alles deutlich vor sich. All das, was er so lange nicht an die Oberfläche gelassen hatte. Er sah Ambrosius, wie er lachend auf dem Kutschbock saß. Und er hörte seine Stimme …

Ambrosius strahlte mich an. „Du wirst begeistert sein von Italien“, meinte er. „Der tiefblaue See inmitten von Bergen, so hoch, wie Du sie noch nie gesehen hast. Und von unserer Zitronenplantage aus hat man bei gutem Wetter sogar Sicht auf den Monte Legnone, den höchsten Berg von allen!“
Doch ich lächelte nur gequält zurück, und er fragte mich, warum ich so missmutig dreinblickte. Da er aber auf den steinigen Weg achten musste, drehte sich Ambrosius auf dem Kutschbock wieder nach vorne.

Ich jedoch gab keine Antwort, sondern vergrub mich in der untersten Stelle des Wagens, um eine halbwegs stabile und bequeme Position zwischen den geladenen

Weinfässern einzunehmen. Eines der Fässer enthielt keinen Moselwein, sondern den Schmuck. Ambrosius' Schatz, der ihm zu Reichtum und Wohlstand verholfen hatte. Irgendwie musste ich mein Bein anders platzieren. Jedes Ruckeln des Karren auf dem steinigen und unebenen Weg versetzte mir einen brennenden Schmerz, gleich einem Messerstich in den Knochen.
Aber ich musste diese furchtbar lange Reise auf mich nehmen, um den Schatz in Sicherheit vor den französischen Belagerern zu bringen; nach Italien. In das Dorf Lenno am Comer See, Ambrosius' alte Heimat.
Meine Schmerzen hatte ich wohlweislich vor Ambrosius verborgen. Hätte er von meinen Qualen gewusst, so hätte er mich nicht mitreisen lassen.
Aber Ambrosius alleine zu lassen, wäre niemals für mich infrage gekommen. Stets war er wie ein Vater für mich gewesen.
Vor nunmehr 31 Jahren hatte Ambrosius mich aufgenommen. Mit meinem versehrten Bein hätte ich bei den Steinmetzen keinen Fuß auf den Boden bekommen. Ohne Ambrosius' Beistand wäre ich daher nicht nur ein Krüppel, sondern wäre auch als Bettler geendet.
Dann, unversehens, hörte ich Ambrosius schreien. Mit einem plötzlichen Ruck kam der Karren zum Stehen, und die schweren Weinfässer lösten sich aus ihrer Verankerung. Ich erstickte meinen eigenen Schrei, als ich

von einem der Fässer mit voller Wucht getroffen und darunter begraben wurde.
Es ging alles ganz schnell. Durch einen Spalt in den Seitenbrettern des Karrens erblickte ich zerlumpte Gestalten, bewaffnet mit Messern und Äxten. Sie trugen Tücher über Mund und Nase gebunden. Ich sah hilflos mit an, wie Ambrosius durch das Gras geschleift wurde; sein Kopf hing leblos zwischen den Schultern herab. Die Männer schrien und brüllten.
Wie von Sinnen vor Angst und Zorn zerrte und drückte ich an dem schweren Fass, von dem ich eingequetscht war. Ich musste Ambrosius zu Hilfe eilen, irgendwie!
Dann endlich ein letzter Ruck. Das Fass polterte weiter, und so schnell ich konnte sprang ich auf.
Gerade früh genug, um sehen zu können, was ich mein Leben lang nicht mehr aus meinem Gedächtnis löschen konnte: wie die Axt auf Ambrosius hinabsauste. Mit einem hohen Surren zerschnitt sie die Luft. Dann hörte ich dieses entsetzliche Geräusch, dieses Geräusch von Eisen auf Knochen und Fleisch.
Ich schrie. Ich sah die Axt zur Hälfte in Ambrosius' Kopf stecken. Ambrosius sank wie ein nasser Sack zu Boden. Ich blickte in die Augen der verdutzten Wegelagerer. Für einen Augenblick blieb die Welt stehen. Dann stürmten die Mörder brüllend in meine Richtung, hin zum Karren, um auch mich zu holen und mir den Garaus zu machen.

Jedoch, geistesgegenwärtig schwang ich mich von hinten auf den Kutschbock. Nie hätte ich meinem verletzten Bein eine solche Schnelligkeit zugetraut.
Doch ich verspürte keinen Schmerz; schnell ergriff ich die Peitsche und brüllte wie ein Stier. Das Pferd lief, als wüsste es, dass ihm der leibhaftige Tod auf den Fersen war. Ich hörte die Männer hinter mir fluchen, der Beute beraubt. All ihr Tun war vergebens gewesen, ihr Morden umsonst.
Ambrosius hatte ihnen ihre Bluttat nicht mit Gold aufgewogen.
Ich fuhr immer weiter, immer den Weg entlang, von dem ich nicht wusste, wohin er mich führen würde. Ich konnte kaum etwas sehen, so viele Tränen verschleierten meinen Blick, ich schmeckte das salzige Wasser in meinem Mund. Mittlerweile galoppierte das Pferd ruhig und sicher. Immer vorwärts; ich ließ es laufen. Nur fort von diesem entsetzlichen Ort.

„Wie diese Geschichte weitergeht … habt Ihr bereits gehört." Jacob weinte nun bitterlich. Nach all den Jahren des Schweigens.
Er bat den Künstler, die Sitzung für heute zu beenden, er fühle sich nicht wohl und müsse an die frische Luft.
„Daher seid Ihr so betrübt, Euer Leben lang?", fragte der Maler gerührt.

„Ja“, erwiderte Jacob, „ich weiß bis zum heutigen Tage nicht, ob es rechtens war. Ich habe Ambrosius nicht retten, ihm nicht helfen können. Ich habe in meiner Aufgabe als sein Diener und sein Beschützer versagt. Auch weiß ich nicht, ob ich den Schmuck nicht zurück zu seinem Weib und seinem Sohn hätte bringen müssen. In seinem Testament hatte er verfügt, dass alles seinen Nachfahren gehören sollte, nicht mir, dem Finder und Stiefsohn.“ Mein Vater weinte leise. De Largillière überlegte lange. „Ich hätte ebenso gehandelt. Genau wie Ihr“, antwortete er schließlich überzeugt. Aber er spürte, dass Jacob nun Ruhe brauchte. Er willigte ein, die Arbeit für heute zu beenden, aber nicht, ohne noch einige schnelle Pinselstriche auszuführen. Morgen früh würden sie fortfahren.

Kapitel 22

Anton Schönemann wusste nicht mehr ein noch aus. Er lief in seinem Zimmer unruhig auf und ab wie ein Zirkustiger in seinem Käfig. *Was treibt dieser Kerl nur da draußen?* Er hatte ihn zurückpfeifen wollen, da seine Hilfe nicht mehr vonnöten war. *Irgendetwas hat der vor. Nur, was?* Schönemann zermarterte sich das Hirn. Schon seit über einer Woche war sein Besuch nun überfällig. Er ließ sich nicht mehr blicken. Aber Schönemann musste ihn stoppen, war doch nun alles so, wie es sein sollte. Aber er kam nicht mehr. Der spielt nun sein eigenes Spiel, dachte Schönemann zutiefst beunruhigt. Vor ein paar Tagen hatte noch alles so gut ausgesehen. Erst hatte er es gar nicht glauben wollen; es war einfach zu schön, um wahr zu sein. Aber Andreas Steinmetz meinte es ernst. Das hatte er ihm versichert. Und Schönemann hatte darauf vertraut. *Jetzt, so nah am Ziel, macht mir dieser Verrückte noch alles kaputt! Der Mann war mir von Anfang an suspekt gewesen. Aber was hätte ich sonst tun sollen? Mir blieb doch keine andere Wahl! Und dieser Bekloppte kam wie ein Retter aus heiterem Himmel.* Schönemann biss sich auf die Lippen und starrte verzweifelt zum Fenster hinaus. Nun war alles anders, alles hinfällig, sogar seinem Therapeuten hatte er seine derzeitige Verwirrung eingestehen müssen, allerdings, ohne ihm den wahren Grund zu nennen. Seine meisterhaft aufgebaute schauspielerische Fassade begann, ganz gegen seinen Willen, zu bröckeln.

Vor ein paar Tagen hatte sich Andreas noch bei ihm im Namen der Familie Steinmetz entschuldigt. Für all das, was ihr Vorfahr Jacob seinem Vorfahren Ambrosius Carove angetan hatte. Er hatte Schönemann den Schmuck versprochen, sobald er ihn habe, er wollte damit seine Familienschuld begleichen. Schönemann hatte mit Tränen in den Augen angenommen. Er hatte Andreas' Hand sanft geschüttelt und ihm dankbar in die Augen geblickt; so gerührt war er. Endlich Gerechtigkeit, endlich Erlösung. Damit war sein Eid erfüllt: Er hatte den Mord an seinem Vorfahren gerächt und das Familienvermögen zurückgewonnen. Für ein paar Tage war Anton Schönemann glücklich, selig, geheilt.

Dann war die Polizei gekommen. Um ihn zu verhören. Wieder einmal. Aber dieses Mal, diesmal traute er seinen Ohren kaum.

Er sollte einen Killer engagiert, von hier drinnen aus alles organisiert und die Fäden in der Hand gehalten haben. Jetzt sei Schluss mit lustig, hatte der Polizist gedroht, jetzt gehe es für ihn aber wirklich um alles. Schönemann hatte kein Wort mehr verstanden. Sein angeblicher Freund dort draußen hatte doch noch keinerlei Fortschritte gemacht. Hatte er zumindest angenommen. Andererseits, hatte Schönemann überlegt, warum kam er dann nicht mehr? *War er mittlerweile etwa erfolgreich gewesen? Hat er den Schmuck und will mich nun hintergehen? Mir meinen Schatz verwehren?* „Diese hinterhältige Kreatur", war es Schönemann unge-

wollt hörbar für die beiden Beamten herausgerutscht.
„Also, zum letzten Mal, wer ist der Kerl?“, hatte der Beamte daraufhin wiederholt nachgehakt. Schönemann hatte müde den Kopf in beide Hände gelegt und all seine Felle davonschwimmen sehen. „Ich weiß nicht, wer er ist“, hatte er endlich zugegeben. Jetzt war es heraus, er hatte bestätigt, jemanden da draußen zu haben, jemanden, der für ihn arbeitete. Schönemann hatte im Folgenden alles gestanden: dass jener Mann ihn besucht hatte. Im Sommer bereits. Dass dieser sich ihm als Hans vorgestellt hatte, er aber seinen Nachnamen nicht kannte. Dieser Mann hatte behauptet, von Schönemanns Geschichte erfahren zu haben und dass er, Schönemann, ihm leid tue und er ihm unbedingt helfen wolle. Schönemann hatte sich zwar nicht erklären können, weshalb dieser Mann sich anbot, aber letztendlich war es ihm doch egal gewesen. „Wenn dieser Schwachmat mir unbedingt helfen wollte, warum dann nicht? Sonst hätte ich doch eh keine Chance hier drin“, hatte Schönemann sich gegenüber der Polizei zu rechtfertigen versucht. Dieser mysteriöse Hans hätte versprochen, ihm den Schmuck zu besorgen. Er würde das schaffen, hatte er behauptet, mithilfe entsprechender Beziehungen, und er wüsste sogar, wo sich der

Schmuck derzeit befände. Schönemann hatte ihm geglaubt. Seitdem hätte Hans ihn regelmäßig aufgesucht, um Bericht zu erstatten. Als Gegenleistung habe er nur die Geschichte von Ambrosius Carove und Giulia hören wollen sowie das Tagebuch von Ambrosius verlangt. Aber dieses Buch hatte Schönemann ja nicht in seinem Besitz und Frau Seifert hätte ja nicht nach dem Buch suchen wollen, obwohl es für sie ein Leichtes gewesen wäre und sie ihm damit einen großen Dienst erwiesen hätte. Aber schon bald habe dieser Hans aufgehört, danach zu fragen. Seltsam, hatte sich Schönemann gewundert, mit einem Male schien ihn das Buch überhaupt nicht mehr zu interessieren.

Nein, Andreas Steinmetz habe mit dieser Sache nichts zu tun, hatte er den Beamten erklärt. Er wäre ein paar Mal hier gewesen, ja. Aber nur, um sein eigenes schlechtes Gewissen zu beruhigen. Andreas Steinmetz sei nichts als ein harmloser, bemitleidenswerter, ehrlicher Trottel.

Warum er denn nicht einfach zugegeben hätte, dass Andreas ihn mit Besuchen beehrte?, hatte die Polizei wissen wollen.

Weil er ihn einfach aus der Sache raushalten wollte, hatte Schönemann erwidert. Er hätte genug durchgemacht, der Junge.

Aber dieser Hans, der wäre anders gewesen, der habe genau gewusst, was er wollte, obwohl er in all der Zeit nichts erreicht hatte. Da der Mann sich aber nicht mehr bei Schönemann hatte blicken lassen, habe er auch keinen Einfluss mehr auf ihn; vermutlich habe der Mann jetzt den Schatz und lasse ihn, Schönemann, hier versauern wie eine faule Zitrone.

„So, den Schmuck wollte er also besorgen, und warum will er dann Herrn Hannes Harenberg aus Bekond umbringen?“, hatte einer der Polizisten nachgehakt.
Schönemann hatte der Atem gestockt. „Er will Hannes Harenberg umbringen?“, hatte er fassungslos und mit ungläubigem Blick gefragt.

Die Chronik der Familie Steinmetz, Teil V
1687

Ich hatte das andere Moselufer noch nicht einmal zur Hälfte erreicht, als ich mich aus einem dumpfen Gefühl im Bauch heraus umwandte und einen Reiter erblickte. In edlem Gewand ritt er auf dem Treidelpfad heran. Er zügelte sein Pferd, an genau jener Stelle, an der ich die Nacht verbracht hatte. Dann stieg er ab, und ich sah,

wie er ein blutdurchtränktes Tuch aufhob. Das Tuch des Halunken hatte ich vergessen und liegen gelassen.
Ich nahm wahr, dass Boltera nun den Blick auf das Boot gerichtet hatte. Auf mich. Schnell wandte ich mich dem Fischer zu, der mit dem Rücken zu mir saß und herrschte ihn an, schneller zu rudern.
So behände ich konnte sprang ich aus dem Boot ans Ufer und warf dem Fischer seinen Lohn zu. So rasch wie möglich humpelte ich entlang der weitläufigen Wiesen und Felder. Dann musste ich mich die Weinberge hochkämpfen, um geschwind den schützenden Hunsrückwald zu erreichen.
Selbst wenn er mich nicht erkannt haben würde, er würde im Dorf Fragen stellen. Und sie alle würden Rede und Antwort stehen: der Gastwirt, die Schankmagd, der Bauer, der Fischer. Alle hatten mich gesehen. Alle konnten beschreiben, wie ich aussah, welche Kleidung ich trug; alle wussten von meinem Beutel, den ich nie ablegte, dass ich humpelte und ein Krüppel war.
In Zukunft müsste ich vorsichtiger sein. Denn eines war gewiss: Boltera würde bald erfahren, dass ich nun auf der anderen Moselseite unterwegs war.

Mein Bein erstarrte in grausamen Krämpfen, als ich endlich, endlich den schützenden Wald erreichte. Dennoch musste ich weiter hinein. Hinein in seine schützende Dunkelheit und Sicherheit. Irgendwann

gelangte ich an eine Lichtung, durchflossen von einem glitzernden Bach und umsäumt von großen mächtigen, uralten Buchen.
Gierig trank ich von dem frischen Wasser und konnte mich endlich niederlassen.
Endlose Weinberge hatte ich mich heraufgekämpft, stetig die Angst im Nacken.
Mein Magen knurrte, aber ich war erschöpft ob all der Anstrengung, all der Pein. Nicht mal ein Stückchen Brot vermochte ich zu verschlingen. Alsbald schlief ich ein, obschon es ein heller Sonnentag war.
Erst in der Dunkelheit erwachte ich und labte mich an Brot, Fisch und Käse. Die Nacht war kalt und ich fröstelte. Ich zog den Dragonerrock über mein wollenes Wams. In der Nacht konnte ich nicht weiterwandern. Ich hatte keine Ahnung, wo ich mich befand, nicht die leiseste Vorstellung, in welche Richtung ich ziehen sollte. Bis morgen früh musste ich warten, bis die Sonne aufginge. Denn daran musste ich mich halten. Ich würde gen Osten ziehen. Irgendwo dort, hinter den Bergen des Hunsrücks, lag mein Ziel. Die Stadt der Edelsteine. Auch wenn dort diese Steine nicht geschürft wurden, die ich in meinem Beutel verbarg. Dennoch, hier würden sich sicher jene Menschen finden lassen, die wussten, wie ich die Schmucksteine gewinnbringend veräußern könnte.

Ich musste eingeschlafen sein, denn als ich mit den Augen in die strahlende Sonne blinzelte, war es tagheller Morgen. Ich packte meinen Beutel und marschierte mit neuem Mut immer der Sonne nach. Sie stand noch tief am Horizont, somit war noch nicht die Mittagsstunde angebrochen. Also wanderte ich gen Osten.

Irgendwann ging es bergab. Ich erreichte eine Ansammlung von Hütten. Dort gab es eine Mühle, und das Wasserrad drehte brav seine Runden. Der Müller, weiß bestäubt vom Mehl, musterte mich argwöhnisch, als ich einen Teil des Mehls kaufen wollte. Ein edler und feiner Mann sei gestern bei ihm gewesen, erzählte er mir. Er hätte sich nach einem Kerl erkundigt, der humpelnd durch die Gegend zog. Dieser Mann sei ein Räuber und Mörder, und eine Belohnung sei auf dessen Ergreifung ausgesetzt. Ich trollte mich, so schnell ich konnte. Dieser verdammte Boltera! Er verfolgte meinen Weg und war mir nun sogar schon voraus. Ich würde mich zukünftig vor den Menschen hüten, ich musste die Ortschaften meiden. Ich war ganz auf mich allein gestellt. Wie sollte ich nun genügend zu Essen auftreiben können?

Ich spann einen irrsinnigen Plan. Wenn ich überleben wollte, so musste ich Boltera zuerst finden.

Ich wanderte nur noch abseits der Wege. Ich suchte mir Pfade quer durch den Wald, immer und immer wieder behindert durch dichtes Gebüsch und undurchdringli-

che Dickungen. Mehrfach lief ich im Kreis und wusste alsbald nicht mehr, in welche Richtung ich mich bewegte. Ich merkte schnell, so kam ich nicht weiter. Meine Vorräte waren schon lange aufgezehrt. Zudem hatte ich Angst vor Räubern und Gesetzlosen. Und dann waren da noch die Wölfe, die ich jede Nacht heulen hörte.

Dennoch kämpfte ich mich weiter durch das Dickicht. Es dämmerte zur Abendzeit. Noch diesen letzten Hügel wollte ich erklimmen und dann mein Nachtlager einrichten.

Aber als ich die Hügelkuppe bezwungen hatte, erkannte ich, dass für mich noch nicht Zeit zum Rasten war, denn durch das nächste Tal zog ein kleiner Trupp Soldaten. Mein Herz jubelte. Dies könnte meine Rettung sein! Welch Glück, dass ich die Uniform behalten hatte! Aber bevor ich mich ihnen anschließen konnte, hatte ich noch einiges zu tun. Schließlich benötigte ich meine Mütze zur Uniform. Als Beutel hatte sie wohl vorerst ausgedient. Leise schlich ich also dem Trupp hinterher und wartete, bis die Männer sich zur Nachtruhe niederlassen würden. In naher Entfernung wartete ich. Ich zog mein Wams aus und schüttete den Schmuck aus dem Beutel. Dann begann die mühevolle Arbeit. Mithilfe der Stoffstücke, in denen die Schmuckstücke eingewickelt waren, einer großen Fischgräte, die ich aufgehoben hatte und nun als Nadel nutzen konnte, sowie ein paar ausgerissener Wollfäden nähte ich jedes einzelne

Schmuckstück mühevoll in das Wams ein. Dank der einzelnen Stofftaschen klimperte nichts, als ich das Wams endlich wieder über den Kopf zog. Darüber streifte ich den Dragonerrock, zog die Uniformhose an und stülpte die Mütze auf den Kopf. Dann nahm ich allen Mut zusammen und marschierte zielsicher in das Nachtlager der Franzosen.
Alles schlief bereits. Dies schien mir eine seltsame Einheit zu sein. Niemand hatte sich die Mühe gemacht, ein Zelt aufzuschlagen oder ein Feuer zu entfachen. Auch saßen keine Männer bei Essen und Wein zusammen. Einen einzigen Wagen führten sie mit sich, ein einsames Pferd graste daneben. Niemand hielt Wache.
Ich durchsuchte den Wagen und fand einen Laib hartes Brot. Gierig biss ich hinein und mir dabei fast die Zähne aus. Mit einer Kelle schöpfte ich Wasser aus einem Fass. Kaum dass ich es angesetzt hatte, spuckte ich alles wieder aus; das Wasser schmeckte faulig und verdorben. Irgendetwas stimmte hier nicht. Und dennoch, ich musste wohl bis zum nächsten Morgen warten, um Näheres zu erfahren. Ich kaute noch ein wenig Brot und legte mich gleich darauf zur Ruhe. Mit diesen Männern durch den Hunsrück zu ziehen, war auf jeden Fall sicherer, als allein im dichten Wald erschlagen oder von Wölfen gefressen zu werden. Außerdem könnte ich vielleicht so Boltera zuvorkommen und ihn erwischen.

Früh am Morgen erwachte ich. Im Lager stank es erbärmlich. Ich sah Männer, die dort, wo sie lagen, ihre Notdurft verrichteten. Eine Mischung aus den Gerüchen von Exkrementen und Fäulnis verdarb die Luft. Mich schauderte. Wo war ich nur hingeraten? Ich blickte in fahle, blasse Gesichter; die Soldaten waren schwach und abgemagert, manche bis auf die Knochen. Sie alle waren krank. Von ihren Kameraden zurückgelassen, auf dass sie niemanden ansteckten. Sie zogen ziellos durch die Lande, geschüttelt von Durchfall und Erbrechen. Wer ich sei, wollten sie wissen. Ich sei ihr Kamerad Jacques, ob sie mich denn nicht erkennten? Doch, doch, erwiderte einer. Ob ich gesundet sei?, wollte er wissen.

Ja, ich war gesundet, auch sie würden heil werden, beruhigte ich sie. Daraufhin zogen wir weiter. Gen Osten, bestimmte ich. Und sie folgten mir. Trotz all des Elends um mich herum fühlte ich mich sicher. Ich war nicht länger allein. Ich hatte Kameraden. Und meine Kameraden hatten Waffen, Degen und Musketen. Ich erlernte rasch das Laden und Schießen und versuchte mich auf der Jagd. Ich erlegte tatsächlich ein Reh und ein paar Kaninchen; die scheuen Rebhühner aber entwischten mir. Wir brieten das Fleisch abends am Feuer. Manche aßen, manche nicht. Auch kochte ich kräftigende Fleischbrühe für jene, die keine feste Nahrung aufnehmen konnten. Dennoch, manch einer blieb auf dem Weg zurück. Wir begruben unsere toten Kameraden am Wegesrand. Einige wurden kräftiger. Für Essen und frisches Wasser trug fast gänzlich ich Sorge. Ich pflegte sie und wusch ihre Kleidung in klaren Bächen. Etliche von ihnen wurden gesund. Ich aber begann, mich krank zu fühlen. Am dritten Tag litt ich an Durchfall. Kaum einen Schluck Wasser behielt ich bei mir. Mir war elend zumute, doch ich zwang mich, etwas zu essen und zu trinken. Ich wollte noch nicht sterben! Nicht jetzt! Und mein Überlebenswille schenkte mir die nötige Kraft, langsam hatte die Qual ein Ende. Ich überlebte. Meine erstarkten Kameraden legten mich auf den Wagen, und wir zogen weiter. Weiter durch grüne und fruchtbare Täler und über dicht bewaldete Höhenzüge. Bald lagerten wir vor den Toren von Thalfink. Endlich konnten wir unsere Vorräte auffüllen. Und ich wurde kräftiger, von Tag zu Tag. Wir waren noch ein Trupp von 22 Soldaten. Wahrlich keine Streitmacht, vor der eine Stadt sich fürchten musste. Die Einheit wollte weiterziehen nach Simmern. Dort hatte ihr ursprünglicher Befehl sie hinbeordert. Sie hofften, auf weitere Truppen zu stoßen, denen sie sich wieder anschließen konnten. Aber das war nicht meine Richtung. Ich würde diese Männer und ihren Schutz verlassen müssen, obwohl ich noch immer nicht vollständig genesen war. Ich ging mit drei meiner Kameraden in die Stadt, da ich Verpflegung benötigte, wenn ich nun meinen Weg allein fortsetzen wollte. Die anderen kauften Verpflegung für ihren Marsch gen Simmern. Natürlich ahnten sie nicht, dass ich die Einheit verlassen würde. Ich würde heimlich verschwinden müssen, bei Nacht.

Wir kauften Dörrfleisch, Brot, Käse und zerstoßene Gerste. Meine Kameraden beschlossen, in ein Wirtshaus einzukehren. Als wir in die Stube eintraten, wünschte ich, im Erdboden versinken zu dürfen. Denn das Erste, was ich dort erblickte – war ***er****.*

Kapitel 23

Andreas schlenderte mit dem Rucksack auf dem Rücken durch den schönen Moselort Schleich. Übernachtet hatte er in einer kleinen gemütlichen Pension und vorhin noch ein wundervolles Frühstück genossen. Das Wunderbarste daran war, dass er sich das Brötchen hatte allein schmieren können. Zuhause hatte Claire das immer für ihn übernommen. Aber jetzt hatte er es selbst geschafft. Claire meinte es nur gut, das wusste er. Aber sie nahm ihm viel zu viel ab. Er konnte viel mehr, als er bislang auch nur geahnt hatte. Er würde wieder selbstständig werden. Und deshalb war diese Reise gut. Langsam spazierte er zurück zur Pension. Ausgecheckt hatte er bereits, aber sein Mietwagen stand noch dort.

Etwas kam ihm seltsam vor. In einiger Entfernung von seinem Auto blieb Andreas stehen. *Warum steht ein Streifenpolizist neben meinem Wagen und schaut so neugierig da rein?* So ein toller Wagen ist es ja nun nicht gerade, wunderte er sich. Ein weiterer Beamter trat aus der Pension und rief seinem Kollegen etwas Unverständliches zu. Andreas verstand nur ein Wort: „… warten …"
Dann verschwanden beide Polizisten durch die Eingangstür. *Suchen die etwa nach mir? Lässt Claire nach mir fahnden?* Andreas griff nach seinem Handy in der Hosentasche und wollte es gerade einschalten, als ihm einfiel, dass er dadurch vielleicht geortet werden könnte. Unsagbare Wut fühlte er in sich aufsteigen. *Warum gönnt Claire mir diese Erfahrung nicht?* Andreas wollte einfach nur mit sich selbst, mit dieser Armprothese und mit der Vergangenheit seiner Familie zurechtkommen. Ich muss sie unbedingt anrufen, schoss es ihm durch den Kopf. *Claire muss unbedingt die Polizei zurückpfeifen.* Andreas war außer sich, drehte sich um und stapfte zurück ins Dorf.
Er suchte nach einer Telefonzelle, fand aber keine. *Diese Dinger werden im Handyzeitalter aber wirklich zur Rarität!* Kurzerhand klingelte Andreas an einer Haustür und durfte prompt ungestört nach Hause telefonieren.

Vier Stunden später saß Andreas in einem anderen Wagen, gemietet von Claire und geliefert von einer Düsseldorfer Firma. Die Beamten in der Pension können sich dort gern den ganzen Tag den Hintern platt sitzen, frohlockte er. Auf dem Beifahrersitz neben ihm lag ein großer Umschlag. Andreas war wahnsinnig gespannt. Jetzt musste er nur noch den richtigen Ort finden. Einen Ort, an dem er Ruhe hatte. Ruhe zum Lesen. Sein Herz hätte vor Freude zerspringen können.
Andreas suchte erneut den Weg hoch zum Zitronenkrämerkreuz. Dort angekommen zog er mit zitternden Fingern die Papiere aus dem Umschlag. Dann stieg er aus und machte es sich auf der Bank bequem. Jetzt wollte er alles wissen.
Nach einigen Seiten war Andreas im Bilde; er wusste nun, wo er hinmusste. Er wollte Jacobs Reiseroute von damals folgen. Dank der alten Schriften kannte er den Weg. Jenen Weg, den sein Urahn im Jahre 1687 vorausgeschritten war. Mit all seinen Wirrungen.
Er würde Jacobs Weg von damals folgen. Dieser Weg würde ihn quer durch den Hunsrück führen. Wie Jacob damals. Sein Ziel war die Edelsteinstadt Idar-Oberstein. Die „Stadt der edlen Steine“ wie Jacob sie genannt hatte.

Zwei Krüppel, beide verfolgt und auf der Flucht, ein Weg, resümierte Andreas bitter.
Aber wenn mein Vorfahr das vor ein paar Hundert Jahren mit seinem kaputten Bein zu Fuß geschafft hat, werde ich es wohl auch mit nur einem Arm und Auto schaffen!
Er packte die Papiere ein und stieg in den Wagen. Andreas verspürte für einen ganz kurzen Moment so etwas wie Freude und Hoffnung in seinem Herzen aufflackern.

Andreas überquerte bei Schweich die Moselbrücke und hielt sich Richtung Fell. Er war auf der Suche nach einem ganz bestimmten Dorf, hier sollte sein erstes Etappenziel liegen.
Thalfinck. Von einem solchen Ort hatte Andreas noch nie etwas gehört. Aber woher sollte er auch all die kleinen Örtchen im Hunsrück kennen? Andreas hielt am Straßenrand und fütterte das Navigationssytem mit seinem Zielort. Aber nicht nur er, sondern auch die freundliche Stimme des Computers hatte keinerlei Ahnung, wo Thalfinck auf diesem Planten liegen sollte.
Er musste das Risiko eingehen. Er musste einfach das Risiko eingehen, geortet zu werden. Claire hatte ihm berichtet, dass die Polizei ihn suche, um ihn zu befragen; ob er nicht zufällig Anne Seifert

hinterherstelle und zudem noch ihren Freund Hannes Harenberg umzubringen versucht habe. Andreas konnte nur mit dem Kopf schütteln. *So was Lächerliches.* Er riskierte es. Bis irgendwelche Beamten diese Straßenecke kurz vor Fell gefunden hätten, wäre er längst über alle Berge. Also schaltete er sein Handy an. Er ging ins Internet und gab den Suchbegriff ein.

Eine Minute später lag das Gerät wieder ausgeschaltet auf dem Beifahrersitz und das Navi dirigierte ihn durch Fell über Büdlicher Brück direkt nach Thalfang. *Wer hätte gedacht, dass sich ein Ortsname im Laufe der Zeit so verändert?*

Andreas fuhr gemächlich. Er wollte die Landschaft in sich aufnehmen. Er stellte sich dabei vor, wie Jacob über diese Höhenrücken und gleich darauf wieder durch üppig bewachsene Täler gewandert sein mochte. Er versuchte sich vorzustellen, an welchem Ort er wohl auf die an Cholera erkrankten französischen Soldaten getroffen war. Hatte er sie das erste Mal vielleicht von diesem Hügel aus gesehen?

Andreas wünschte sich, er könnte auch zu Fuß gehen. Einfach eine Wanderung durch den Hunsrück machen. Auf Jacobs Spuren. Aber das traute er sich nicht zu. *Vielleicht irgendwann einmal.*

Andreas hielt noch vor dem Ortsrand von Thalfang an. Er wusste, es war zwecklos. Die Ausdehnung des Ortes hatte sich mit Sicherheit seit 1687 stark verändert. Dennoch. Aus dieser Richtung kommend musste auch Jacob damals Thalfang erreicht haben. Und dort hatten sie gelagert, so stand es geschrieben. Er wanderte am Waldrand entlang. Andreas hielt Ausschau nach einer besonders großen Tanne. Es gab viele Tannen. Die, die er suchte, musste mindestens ein paar hundert Jahre alt sein, wenn sie doch schon damals so beeindruckend und auffällig gewesen war, dass Jacob sie als geeignete Begräbnisstätte auserkoren hatte.

Andreas suchte den Waldboden unter einer Gruppe besonders mächtiger Bäume ab und hoffte, hier einen größeren Sandsteinbrocken vorzufinden. Er durchkämmte Geäst und verwelktes Laub, bückte sich nach dem einen oder anderen Stein, der ihm auffällig erschien. Er hielt Ausschau nach einem archaisch wirkenden Exemplar, doch schließlich gab er mit einem tiefen Seufzer auf. Zu viel hatte sich wahrscheinlich seit damals verändert, und auch der Baum war vermutlich längst gefällt. Andreas hatte sich ausgemalt, einen alten, mit Moos bewachsenen Sandstein zu entdecken. Er hätte das Moos mit den Fingern abgeschabt und darunter

die eingeritzten Buchstaben ***G*** und ***B*** erkennen und mit seinen Händen erfühlen können, was sein Urahn Jacob vor 319 Jahren mit seinem Messer in diesen Stein geschnitzt hatte.
Andreas vertrieb die schöne Illusion mit einem Kopfschütteln und rieb sich den Schmutz von seiner Hand an der Hose ab. Es war hoffnungslos; der exakte Platz der Grabstelle Gustavo Bolteras würde für immer unauffindbar bleiben. Gleichwohl, irgendwo hier unter seinen Füßen hatte Jacob den Rechtsgelehrten zu seiner letzten Ruhestätte begleitet. Dessen war Andreas sich sicher; er war auf dem richtigen Weg.

Chronik der Familie Steinmetz, Teil VI
1687, Thalfink

Er saß allein an einem Tisch, ganz hinten. Boltera. Er schaute auf, als er uns Soldaten eintreten sah. Er blickte mich direkt an, und seine Augen schienen zu fragen: Jacob, ein französischer Soldat? Deutlich war es an seinem ungläubigen Gesichtsausdruck abzulesen. Aber ich hatte meine Kameraden hinter mir. Nichts konnte er mir hier drinnen antun. Also trat ich zu ihm und setzte mich an seinen Tisch. Meine Kameraden nahmen ebenfalls Platz. Sie wunderten sich wohl, als ich mich mit diesem Deutschen in seiner Muttersprache unterhielt.

Aber niemand von ihnen sagte ein Wort dazu, sie tranken ruhig aus ihren Bierkrügen.

„So hast du dich also versteckt", eröffnete der Rechtsgelehrte das Gefecht. „Überall habe ich dich gesucht, du elender Mörder und Verräter! Ich werde dich zur Rechenschaft ziehen", brüllte er mich an.

„Nicht **ich** *bin der Mörder, sondern vielmehr* **Ihr**, *wie mir scheint", konterte ich selbstbewusst. „Ihr habt diese Halunken bezahlt, Ambrosius und mich zu töten und den Schmuck zu rauben, auf dass Ihr Euch Eure eigenen Taschen füllen könnt!"*

„Nein", stritt er alles ab, das sei nicht wahr. Wahr sei, er, Boltera, habe die Räuber sehr wohl beauftragt, den Schmuck zu stehlen. Jedoch nur, um dem Schmuck für seinen Freund Ambrosius sicher zu verwahren, bis die Franzosen, und dabei schaute er mit einem giftigen Seitenblick auf meine Kameraden, von Trier abgezogen seien und er sich und seinen Schatz wieder in Sicherheit wähnen konnte. Auf diese Weise hatte er Ambrosius von den Gefahren der Reise abhalten wollen.

Ich aber sei ihm zuvorgekommen, hätte meinen Stiefvater hinterhältig erschlagen und seines Schatzes beraubt, um mich zu bereichern. Er wies mit dem Finger auf mich und funkelte mich bitterböse an.

„Ich glaube Euch kein Wort!", hatte ich ihn daraufhin angeschrien. „Und niemals hätte ich Ambrosius ein Leid zugefügt, da ich ihn liebte, wahrhaftig wie einen

Vater", fügte ich hinzu. Nur eines einzigen Mordes könne ich mich schuldig bekennen, wenn überhaupt, nämlich an jenem Mann, der Ambrosius die Axt in den Schädel getrieben habe."

Dann schwiegen wir; und wir fühlten beide, dass ein jeder die Wahrheit gesprochen hatte. Boltera hatte sich hinters Licht führen lassen. Er hatte Geächteten und Dieben vertraut. Sie hatten sein Geld genommen für seinen Auftrag, aber dann auf eigene Faust gehandelt und Ambrosius erschlagen, um den Schmuck für sich zu gewinnen.

Dennoch müsse ich den Schmuck zurückgeben, bestimmte Boltera. Aufbrausend antwortete ich, dies niemals zu tun, der Schatz gehöre mir, da ich ihn damals gefunden hatte.

Aber es sei nicht recht. Ambrosius habe in seinem Testament etwas anderes bestimmt, erwiderte er. Der Schmuck gehöre Thomas, seinem Sohn, dies sei Ambrosius' Wille gewesen.

„Und was ist mit mir?", wollte ich von ihm wissen. Habe Ambrosius mich denn mit keiner Silbe erwähnt? Dies fragte ich, obwohl ich es besser wusste, es vor lauter Gram aber nicht wahrhaben wollte.

Ambrosius habe mich aufgenommen, er habe mir Wohnung, Essen, gute Kleidung und Ausbildung gewährt. Ohne ihn wäre mir nur das elendige Dasein eines Bettlers geblieben, hatte Boltera mir mit hartem Blick erwidert. Ich müsse Gesetz und Ordnung befolgen, Ambrosius' Testament ehren und anerkennen. Folglich müsse ich Boltera den Schmuck aushändigen, damit dieser ihn Thomas überbringen könne.

Hierauf erhob ich mich so rasch und in Rage, dass ich um ein Haar den Tisch umgestoßen hätte. „Niemals!", rief ich aus. Der Schmuck sei nun mein, und wer könne mir überhaupt sagen, dass Boltera die Wahrheit spreche, dass er nicht doch den Schatz für sich selbst haben wolle? Wenn dies alles wahr wäre, so hätte er doch einen Büttel mitgebracht.

Die Büttel hätten zurzeit wahrlich anderes zu tun, bemerkte Boltera betrübt und schaute missmutig auf die Soldaten.

Ob er, Boltera, denn Kunde aus Trier habe?, wollte ich wissen, ob die Stadt gebrandschatzt worden sei, und ob Giulia, Thomas und der kleine Simon überhaupt noch lebten? Kein Wort habe er seit seiner Abreise vernommen, antwortete Boltera verstimmt.

Und dann geschah das Unglück. Oder mein Glück, wie auch immer man es betrachten möchte. Denn Boltera sollte mich danach niemals mehr verfolgen. Einer der Soldaten erbrach sich urplötzlich und in einem ungeheuren Schwall. Das Erbrochene regnete auf Boltera nieder, der sich entsetzt erhob. Ich nutzte den allgemeinen Tumult, verließ unter dem Schutze meiner Kameraden die Gaststätte und kehrte mit ihnen zurück in unser Lager. Schon früh am nächsten Morgen sollte ich Boltera wiedersehen. Aus nächster Nähe beobachtete ich ihn, wie er am Rande des Lagers lauerte; er schien auf mich zu warten. Seine fahle Gesichtsfarbe fiel mir sofort auf, diesen matten Blick in seinen Augen kannte ich inzwischen nur zu gut. Mittlerweile glaubte auch ich nicht mehr, dass er Ambrosius hatte erschlagen lassen. Ich war nun überzeugt, auch Boltera war von den angeheuerten Halunken übertölpelt worden. In mir reifte ein Gedanke heran: Ich musste noch einmal mit ihm sprechen, versuchen, ihn von meiner Unschuld zu überzeugen und ihm erklären, dass der Schmuck rechtmäßig mir gehörte. Also ließ ich ihm durch einen Kameraden eine Botschaft überbringen, in der ich ihm mitteilte, ihn morgen in der Gaststätte treffen zu wollen. Ich beobachtete, wie er die Nachricht entgegennahm und las. Dann ging er seines Weges. Als ich ihm nun am nächsten Tage gegenüberstand, hatte ich die Gewissheit: Meine Vorahnung hatte mich nicht getrogen. Boltera fühlte sich sehr geschwächt und schwindelig. Ich stützte ihn und nahm ihn mit in unser Lager. Es dauerte kaum einen weiteren Tag, und sein Leib behielt nichts von dem bei sich, was ich ihm einzuflößen versuchte; ein weiterer Tag, und er war außerstande, seine Liegestatt in unserem Lager zu verlassen. Nimmermehr sollte er sich erholen. Boltera starb in Thalfink einen elendigen Tod, Die Cholera raffte ihn unter Pein und Krampf dahin. Ich selbst war derjenige, der ihn dort am Rande des Waldes unter einer alten Tanne bestattete und die Gebete für ihn sprach. An diese Stelle legte ich einen Stein und ritzte die Buchstaben **G** *und* **B** *mit meinem Messer hinein. Gustavo Boltera verfolgte mich nicht mehr.*

Nun war ich frei. Aber er hatte einen Keim in meine Seele gesät; das schlechte Gewissen, jenes unbestimmte Gefühl, vielleicht unrecht gehandelt zu haben, wollte mich nicht mehr frei sein lassen.

Bereits in der nächsten Nacht, nach Bolteras Beerdigung, verließ ich die Truppe. In der Dunkelheit schlich ich mich fort vom Lager und machte mich auf meinen eigenen beschwerlichen Weg. Stetig ging es bergauf und irgendwann erreichte ich den höchsten Punkt. Einen Bergrücken hatte ich erklommen, und endlich ging es wieder bergab. Durch hohe Wälder und dichtes Unterholz. Ich fühlte mich wieder gesund, fühlte mich erstarkt, und meine Muskeln waren nun daran gewöhnt, längere Strecken zu bewältigen. Mein schlimmes Bein schmerzte noch immer, aber es war zu ertragen. Irgendwann erreichte ich den Quell eines Baches. Sprudelnd, glucksend und klar sprang das jungfräuliche Wasser die Hügel hinab. Und ich folgte diesem Bachlauf. Wie ich später erfuhr, war es der Idarbach, und ich wanderte nun durch den Idarwald. Bald würde ich mein Ziel erreicht haben. Nicht mehr als Jacques, der Dragoner, sondern als Jacob, der Steinmetz. Dann, endlich, hatte ich den Weg tatsächlich bewältigt, Idar, die Stadt der Edelsteinschürfer und -schleifer, lag vor mir. Und für eine Weile sollte ich einer von ihnen werden. Wie viele Wochen wohl ins Land gezogen waren seit meiner Abreise aus Trier, fragte ich mich, und wie viel war geschehen? Aber nun, nun würde für mich ein neues Leben beginnen, und nie wollte ich mehr zurückdenken an all das, was vorher war.

„Dies habe ich damals geschworen und nun durch Euch gebrochen“, beendete Jacob seine Erzählung an de Largillière gewandt.
Der Maler wollte bestürzt den Mund auftun, aber Jacob winkte ab. „Seid versichert, ich bin Euch nicht gram, vielmehr bin ich Euch zutiefst dankbar, dass Ihr all die Erinnerungen in mir an die Oberfläche gebracht habt; so wie ich zu jener Zeit die Edelsteine. Zum ersten Mal seit vielen Jahren verspüre ich, dass mein Herz wieder rein und eins mit sich werden könnte.“

Kapitel 24

„Komm schon, du weißt, wir sind seit Wochen verabredet …“ Anne redete mit Engelszungen auf Hannes ein. „Es bringt doch nichts, nur noch den

Kopf in den Sand zu stecken." Sie schaute ihn aufmunternd an, doch ihr Freund blickte weiter missmutig drein. Besondere Lust habe ich allerdings auch keine, dachte Anne und gab Hannes insgeheim recht. Hannes kam nur mühsam von der Couch hoch, versuchte sich mit den Fingern die verstrubbelten Haare zu glätten und stöhnte. Er gab sich geschlagen. „Hast ja recht. Okay, fahren wir!"

Hannes und Anne waren bei Jutta eingeladen. Zum Essen. Sie und Michael wollten aufwendig kochen, und bei dieser Gelegenheit sollte Anne Michael auf lockere und entspannte Weise besser kennenlernen. Jutta spürte instinktiv, dass Anne noch immer ein gänzlich falsches Bild von ihrem Freund hatte. Schließlich hatte Michael auf Annes „Verdächtigen-Liste" bezüglich des Einbruchs in ihre Wohnung im vergangenen Sommer eine ganze Zeit lang auf Nummer 1 gestanden. Und Anne mochte Michael nicht. So sehr Jutta ihn auch vergötterte, Michael blieb Anne suspekt, sie traute ihm nicht, und sie konnte sich auch nicht vorstellen, dass dies nach dem heutigen Abendessen anders werden würde. Aber Jutta zuliebe fuhr sie hin. Doch ihre Begeisterung hielt sich in Grenzen, Lust hatte sie ebenso wenig wie Hannes, aber nun wa-

ren sie einmal unterwegs und würden versuchen, das Beste daraus zu machen.
Jutta empfing sie aufgelöst an der Wohnungstür. Es sei ihr furchtbar peinlich, entschuldigte sie sich, aber da könne man nun mal nichts machen. Das müsse man verstehen. Schließlich hätte Michael einen wichtigen Job. Da müsse man auch mal zur Stelle sein, selbst wenn man anderes geplant hätte. Schließlich wäre ja so viel vorzubereiten, beendete sie letztlich ihren Redeschwall. Anne verstand kaum, worauf ihre Freundin hinauswollte, und Hannes war alles egal, Hauptsache aus der Küche roch es gut.
Irgendwann fiel bei Anne der Groschen, was Jutta ihr versucht hatte, deutlich zu machen: Michael hatte vor zwei Stunden einen Anruf vom Museum erhalten, dass er heute unvorhergesehen Überstunden schieben musste. Und er habe unbedingt gehen müssen, wegen seiner wichtigen Arbeit. „Die Konstantin-Ausstellung, du weißt schon“, konstatierte Jutta stolz und verlegen zugleich. „Erst letzte Woche hatte er schon einmal einen solchen Anruf, und stellt euch vor, nachts um drei ist er erst nach Hause gekommen!“
„Was gibt's denn Gutes?“, wollte Hannes nun schließlich wissen und pflanzte sich direkt an Juttas Esstisch.

Anne war ziemlich erleichtert, Michael nicht begegnen zu müssen. Mehr oder weniger schweigend verspeisten sie schließlich den hausgemachten Kartoffelauflauf. Der Käseüberzug war überaus schmackhaft, aber die Kartoffeln selbst präsentierten sich zum Teil noch roh. „Kartoffeln aus der Eifel“, erklärte Jutta mit zartrosa angehauchter Gesichtshaut. „Ach, und die muss man gar nicht kochen?“, wunderte sich Hannes und biss herzhaft zu. Mit einem Mal verschluckte sich Anne an ihrem Rotwein und suchte in einem nicht enden wollenden Hustenanfall verlegen das Badezimmer auf.

Drei Türen. Hinter welcher versteckt sich noch mal das Bad? Anne entschied sich für die rechte. Der Husten stoppte abrupt von selbst, als sie in das Zimmer blickte. Sie hatte die Abstellkammer gewählt, den „Gerümpelraum“. Ein Tisch, ein Computer, Hunderte von Computerspielen, Bücher, Geschichtsbücher, Bildbände. An die Wände gepinnt Fotografien antiker Schmuckstücke, mitten im Raum ein Mountainbike. Auf einem Stuhl lagen bunte Fahrradklamotten. Michael, ein Sportler?, wunderte sich Anne. Dann fiel ihr Blick auf den Fußboden: Dort lagen Fahrradschuhe mit Klickmechanismus. Sofort schrillten bei Anne die

Alarmglocken. *Hannes' Erzählung von Krischels Beerdigung!.*
Fieberhaft überlegte sie, wo sie einen der Schuhe verstecken sollte. Ihre Handtasche hing im Wohnzimmer, ihr Mantel mit den großen Taschen im Flur. Sie musste warten, mit Hannes reden, warten, bis Jutta aufs Klo ging oder mit irgendwas anderem abgelenkt war. Unter allen Umständen musste Anne einen der Schuhe zur Polizei bringen, zwecks Identifizierung. Sie wollte eben das Zimmer verlassen, wollte die Tür öffnen, als sie es im letzten Moment bemerkte. Sie schloss die Tür wieder. Und ging zum Schreibtisch. Dort in einer Ablage fand sie Papiere. Einfache Din-A4-Blätter, bedruckt. Bedruckt mit dem Text der Seiten aus ihrem Tagebuch; aus Ambrosius' Tagebuch, übersetzt ins Deutsche. Zitternd nahm Anne eines der Blätter und überflog die Zeilen. Sie las von Ambrosius und Giulia, von deren Reise mit einem Schiff auf dem Rhein. Als hätte sie sich verbrannt, warf sie die Seite zu Boden. *Wie ist Michael in meine Wohnung gekommen? Wie konnte er das Buch an sich nehmen? Unbemerkt?*
Panik erfasste sie. Zitternd machte Anne sich auf den Rückweg zum Esszimmer. Ist Jutta eingeweiht? Weiß sie von Michaels Machenschaften?, fragte sie

sich. Anne musste vorsichtig sein, unauffällig vorgehen.
Sie hörte Jutta und Hannes lachen. „Was hab ihr denn?“, fragte Anne mit einer viel zu hohen, flatternden Stimme.

Durch das Fernglas beobachtete er Hannes stummes Lachen. *Dieses Arschloch. Dieser unwürdige Mistkerl!* Jetzt kam Anne wieder ins Bild. Mit Hosenanzug und offenen Haaren. *Das werde ich ihr verbieten. Und auch das Ausgehen werde ich ihr verbieten. Sie hat zuhause zu bleiben, soll mir den Herd und das Bett wärmen.* Er lächelte, es war für ihn nur noch eine Frage der Zeit. Dann nahm er seine Kamera und schoss Fotos. Anne, wie sie sich hinsetzte, Anne, wie sie ihre Gabel nahm, Anne, wie sie sich einen Bissen in den Mund schob. Und Hannes; wie er immer noch lachte, Hannes von hinten, als er den Raum verließ, nachdem Anne ihm etwas zugeflüstert hatte.
Er fotografierte Anne, wie sie anscheinend mit Jutta in Streit geriet. Beide Frauen waren aufgestanden. Sie räumten den Tisch ab. Redeten, gestikulierten. Dann war der Raum leer. Hannes kehrte zurück, setzte sich an den leeren Tisch. Anne und Jutta betraten wieder den Raum, beladen mit Eisbechern. Er sah Anne Hannes‘ Hand halten. Er

wollte nicht länger zusehen, konnte es nicht mehr ertragen. Genug war genug. Er packte Fernglas und Kamera ein und stieg die knarrende Holztreppe vom Speicher des Nachbarhauses hinab.

Am nächsten Morgen hatte Hannes eine frühe Verabredung mit Kommissar Lenz. Wahrscheinlich dichten seine Kollegen uns schon eine Affäre an, so oft, wie wir uns in letzter Zeit getroffen haben, dachte Hannes. Erst vor ein paar Tagen hatte er hier die Goldkette samt beiliegendem Liebesbriefchen für Anne abgegeben. Die Kette hatte sich sehr bald als immens wertvoll herausgestellt. Wie nur hat jemand den Carove-Steinmetz-Schmuck ergattern können? Und vor allem, wer?, rätselte Hannes.

Aber er sagte nichts, er reichte Lenz lediglich den Fahrradschuh. Der Kommissar drehte das Objekt mit staunend geöffnetem Mund mit den Händen hin und her und betrachtete das teure Stück aus jedem erdenklichen Blickwinkel.

„Woher haben sie den …“, fragte Lenz und machte sich gleichzeitig an einem Stapel Akten zu schaffen.

„Mitgehen lassen“, murmelte Hannes. „Was?“ Der Kommissar schien nicht sonderlich geschockt und wühlte geschäftig in seinem Pulk von Papieren. „Ah, hier haben wir es ja … Marke *Cu-*

be … Marke *Cube*!“, schrie er freudig heraus und wedelte mit dem Schuh vor Hannes Nase herum. „Das heißt … wir haben ihn?“, fragte Hannes zögerlich. Er konnte es kaum glauben. Sein ungutes Gefühl im Bauch wollte sich nicht auflösen. „Ähm, nein“, gab Lenz verlegen zu, „erst einmal müssen wir die Abdrücke, Größe und so weiter vergleichen. Eine Marke heißt erst mal gar nichts, aber immerhin ist es ein Anfang.“

Chronik der Familie Steinmetz, Teil VII
Idar, 1687

Hier in Idar begann nun wahrlich mein neues Leben, denn hier erwachte meine Liebe zu den funkelnden, edlen Steinen, die, im Berg versteckt und schlafend, nur darauf zu warten schienen, von mir an die Oberfläche gebracht zu werden, um sie in der Schleifmühle zu hehrem Glanz erstrahlen zu lassen. Und diese Liebe hat niemals mehr aufgehört.
Das erste Gebäude, auf das ich traf, war erbaut aus rauem und grauem Stein mit einem gewaltigen Wasserrad an seiner Seite, welches sich beständig und mit ohrenbetäubendem Lärm durch große Mengen Wassers aus dem Bach antreiben ließ. Über eine kleine Brücke aus Holzbalken vermochte ich den strömenden Wasserlauf tro-

ckenen Fußes zu überqueren, um schließlich an einer niedrigen Tür zu klopfen.
Ein Kerl mit verstaubtem Gesicht und Haaren und ebenso grau gesprenkelter Kleidung öffnete mir.
In der Stube umfing mich eine Mischung aus Gerüchen, die ich so nicht deuten oder benennen konnte. Massige Räder aus Sandstein drehten sich geräuschvoll im Kreise, nach außen mit dem Wasserrad verbunden über ein ausgeklügeltes System von Bändern und Seilen, welches hier drinnen allerlei andere, fremdartige und geheimnisvolle Gerätschaften antrieb.
Einige ebenso verstaubte und schmutzige Männer lagen bäuchlings auf dafür vorgesehen Stühlen und schliffen farbig glänzende Steine an den Sandsteinrädern.
Dies sei die Rischenschleife, wie ich erfuhr. Die Schleife sei erst vor sieben Jahren erbaut worden und daher mit allen neuartigen Raffinessen ausgestattet, erklärte einer der Männer stolz. Wer ich sei und was ich wünsche?, wollte er von mir wissen.
„Ich möchte euer Handwerk erlernen“, bekannte ich atemlos und wanderte zielstrebig zu einer kleinen Holztheke. Darauf lag ein formvollendet glatter gerundeter, rötlicher Stein, durchsetzt mit Punkten in allerlei Farben. Zögerlich griff ich danach. „Was ist das? Habt Ihr das geschaffen?“
„Oh ja“, lachte der Schleifer stolz. Behutsam nahm er mir den Stein aus der Hand. „Dies“, er warf den Stein

in die Luft und fing ihn gekonnt mit der anderen Hand wieder auf, „ist ein Jaspis. Ich selbst habe ihn geschürft und zu dieser Form geschliffen."

„Wo?", wollte ich wissen. „Wo ich ihn gefunden habe, meint Ihr? Na, oben in den Stollen, in den Minen im Steinkaulenberg!"

Des Abends lud ich den Schleifer und seine Kumpanen ins Gasthaus zu Bier und Fleischeintopf ein. Sie sollten mir von ihrem Handwerk erzählen; über alles wollte ich Bescheid wissen!

Zunächst brauchte ich, wie ich erfuhr, eine Schürfgenehmigung von den Grafen von Oberstein. Dann benötigte ich eine Ausrüstung und ein gerüttelt Maß an Glück. Und dann, ja dann musste ich noch Bürger von Idar werden, denn kein Fremder durfte in die Zunft der Schleifer aufgenommen werden. Nichts von ihrem Wissen und ihrem Geschick würden sie mir ansonsten offenbaren können.

Vor lauter Aufregung tat ich in dieser Nacht in der kleinen Kammer des Gasthauses kein Auge zu. Fast sehnte ich mich nach meiner Lagerstatt auf weichem Waldboden und über mir die tief hängenden Äste eines alten Baumes als Dach.

Aber ich war kein wandernder Vagabund mehr. Nach einem kargen Frühstück am Morgen ging ich in Idar von Haus zu Haus und fand schließlich eine Bleibe bei der jungen Witwe eines Steineschürfers, der während seiner Arbeit von herabfallenden Geröllstücken erschlagen worden war. Ihr Name war Katharina, und sie war ein hübsch anzusehendes Ding. Ich bezahlte für ein Zimmer unterm Dach und Speis und Trank. Auch die Wäsche wolle sie mir machen. Dann wanderte ich nach Oberstein. Gegen eine geringe Gebühr hielt ich bald meine Schürfgenehmigung in der Hand.

Nun brauchte ich noch meine Ausrüstung. Die Schleifer hatten mir ausführlich erläutert, was ich bedurfte. Also suchte ich einen Eisenhändler auf. Dort kaufte ich eine Spitzhacke, einen Hammer, mehrere Meißel in grober, viereckiger Form geschmiedet. Bei einem Kerzenhändler besorgte ich mir einen Frosch; so nannten die Männer die kleinen Lampen, die aussahen wie eine Kröte, mit Talg befüllt wurden und an deren Zipfel ein Docht hervorlugte. Dieser Frosch sollte mir für einige Stunden Licht spenden im dunklen Stollen.

Nun sollte ich alles beisammen haben, was ein Steineschürfer benötigte. Nur eines besaß ich nicht mehr; meine Reisekasse war bis zum letzten Pfennig aufgebraucht. Doch an meinem Schmuck wollte ich mich nicht vergreifen. Seine Zeit würde noch kommen. Zuerst würde ich mit meiner Hände Arbeit Geld verdienen: Ich würde ein Achatschleifer werden!

Kapitel 25

Andreas machte sich auf den Weg. Seine Überlegungen hatten ihn zu dem Schluss gebracht, hier in Thalfang loszuwandern. *Ab Thalfang hat Jacob die Soldaten verlassen und sich allein durchgeschlagen. Der Berg, den er erklommen hat, kann nur der Erbeskopf sein.* Er parkte seinen Wagen auf dem Parkplatz des Ski- und Erholungsgebietes Erbeskopf, höchster Berg in Rheinland-Pfalz. Den Rest des Weges wollte er in Erinnerung an Jacob und als Zeichen seiner Anerkennung für das, was er erreicht hatte, zu Fuß zurücklegen. Das würde er wohl bewältigen, denn ab jetzt ging es den Berg hinunter.

Unendlich lange lief Andreas durch den Wald immer talwärts. Er hoffte, auf den Quell eines Baches zu stoßen, dem er folgen konnte. Aber wo soll ich danach suchen?, fragte er sich. Erneut schaltete er sein Handy ein und erfuhr, dass der Idarbach zwischen dem Erbeskopf, 816 Meter über NN, und seinem kleinem „Bruder" Kahlheid, 766 Meter über NN, entsprang, um dann über eine Strecke von 22 Kilometern über Kirschweiler und Tiefenstein nach Idar zu verlaufen. Die Quelle zu finden war entschieden zu kompliziert, beschloss Andreas. Er konnte sich glücklich schätzen, wenn er ir-

gendwann auf eine Straße träfe, die ihm die Richtung zeigen würde.
Entfernter Motorenlärm ließ diesen Wunsch bald Wirklichkeit werden. Andreas schmerzten bereits Blasen an den Füßen, obwohl er gerade mal etwas über zwei Stunden gelaufen war. Außerdem konnte er seine Prothese nicht mehr bewegen. Nutzlos und schwer hing sie an seinem Stumpf. Die Batterie war leer.
Andreas folgte nun dem Ruf der Motoren der Gegenwart, statt seiner nostalgischen Gefühle; zum ersten Mal in seinem Leben trampte er. Ein Lieferwagen hielt am Straßenrand, und der freundliche Fahrer bot ihm an mitzufahren. Andreas kletterte erschöpft und stöhnend auf den Beifahrersitz. Er konnte den Mann kaum verstehen, fragte sich, welche „Sprache“ das wohl sei könnte. Andreas lächelte einfach zurück und gab sein Wunschziel an. „Idar–Oberstein“, artikulierte er laut und besonders deutlich und sah seinem Gegenüber dabei in die Augen. „Ah, da kummen isch här“, lachte der Fahrer fröhlich. Mit brausenden Pferdestärken ging es zügig voran auf der deutschen Edelsteinstraße. Und Andreas hoffte inständig, dieser nette Mensch möge ihn auch verstanden haben.
Sie fuhren noch nicht allzu lange, als Andreas aufgeregt auf ein Schild am Straßenrand deutete und

gleichzeitig „Halt!“ brüllte. Hier war genau der Ort, wo er hinwollte.
Mit flauem Gefühl im Magen bedankte er sich und stieg an der „Historischen Weiherschleife“ aus. Andreas versuchte, sich zu beruhigen, er würde schon nicht Jacob Steinmetz persönlich hier antreffen. Und trotzdem, er fühlte sich seinem Vorfahren auf seltsame Weise nah. Zunächst brauchte er eine Rast. Was könnte besser geeignet sein als dieses Restaurant mit Außenterrasse direkt am Weiher, stellte er erleichtert fest.
Andreas bestellte die Idar-Obersteiner Spezialität, wie er von einer Werbetafel erfuhr: Spießbraten. Eigentlich war es schon zu spät. Es war bereits nach 14.00 Uhr und Spießbraten gab es nur bis zwei. Aber die Kellnerin wollte den Chef fragen. *Sie spricht wie der Lieferwagenfahrer.* Wohl der hiesige Dialekt, vermutete Andreas. Aber sie wechselte in ein verständliches Hochdeutsch, als sie seinem fragendem Blick begegnete. Touristen waren sie hier gewohnt. Außerdem erkundigte Andreas sich nach einer Möglichkeit, seine Batterie aufladen zu können, und die Kellnerin verwies ihn auf einen Nebenraum.
Nach den Strapazen des Tages gönnte er sich ein großes Bier, und sein Spießbraten wurde kaum 20

Minuten später serviert. Andreas fühlte sich fast wie im Urlaub.

Es war ein geradezu herrlicher, sogar recht warmer Herbsttag.

Die Kellnerin schnitt auf seine Bitte hin wortlos sein Fleisch in mundgerechte Stücke. Andreas war peinlich berührt, wusste sich aber nicht anders zu behelfen. Er war einfach dankbar und freute sich zum ersten Mal darauf, seine Prothese frisch aufgeladen wieder anlegen zu können.

Von seinem Platz auf der Terrasse aus las Andreas ein Schild auf der gegenüberliegenden Straßenseite. „Fußweg zum Steinkaulenberg", stand darauf.

Steinkaulenberg. Das hab ich doch schon mal gehört. Nein, gelesen! In Jacobs Geschichte. Im Steinkaulenberg waren die Stollen, in denen Jacob die Steine geschürft hatte. Dort musste Andreas unbedingt als Erstes hin. Denn zuerst kam das Schürfen, darauf folgte das Schleifen. Die historische „Weiherschleife" musste also noch ein wenig auf seinen Besuch warten.

Gewandert war er für heute eigentlich schon genug. Aber Andreas tröstete sich mit dem Gedanken, dass sein Vorfahr wohl jeden seiner Tage diesen Weg hier hatte erklimmen müssen. Andauernd ging es steil bergauf, und Andreas keuchte, als er nach einer Dreiviertelstunde endlich den Galgenberg erreicht hatte, einen mittelalterlichen Gerichts- und Hinrichtungsplatz, wie Andreas auf einem Hinweisschild las. Er mochte gar nicht an all die armen Seelen denken, die von diesem Ort aus in den Himmel aufgestiegen sein mochten. Er ließ diese Gedanken hinter sich und wanderte weiter Richtung Besucherstollen. *Ich werde selbst einen solchen Stollen sehen!* Eifrig beschleunigte Andreas seine wehen Füße.

Gekennzeichnet mit einem weißen Steinchen, demnach zugehörig zur weißen Besuchergruppe, stand Andreas schließlich vor dem Stolleneingang. Er setzte sich wie alle anderen einen gelben Schutzhelm auf den Kopf, und endlich ging es hinein in die Höhle.

Das obligatorische Erinnerungsfoto wurde geschossen, und Andreas erfuhr von dem Stollenführer, neben ein paar wissbegierigen Iren und Holländern, wie es zur Entstehung der Edelsteine durch Vulkanausbrüche, Lavaströme, Einschmelzung von allen möglichen Mineralien sowie Metamorphose vor Jahrmillionen in der Region gekommen sei. *Dies alles hat Jacob sicher nie gelernt.* Er hat einfach nur die Resultate dieser Naturereignisse aus der Erde geholt, sinnierte Andreas.

Und dann ging es tiefer hinab. Und der Stollenführer leuchtete mit seiner Taschenlampe den Fels aus. Andreas sah es überall funkeln und glitzern. Unter ihm, über ihm, neben ihm in der Steinwand. Er lernte Drusen kennen, graue Steinhüllen, die nicht vollständig von Edelsteinen ausgefüllt waren, und Mandeln, die vollkommen mit den glitzernden Steinen bestückt waren. Er sah Achate, Amethyste, Jaspis und Bergkristall. All diese Namen kannte Andreas bereits aus Jacobs Beschreibungen. Die Führung ging weiter, vorbei an unterirdischen Seen. Der Stollenführer wies auf einen Holzpflock hin, der in den Stein getrieben war. „Um das Gestein zu sprengen, wenn es sich mit dem Sickerwasser vollgesogen hat", murmelte Andreas unbedacht laut. Woher er das wisse, ob er schon mal hier gewesen sei?, wollte der erstaunte Stollenführer von ihm erfahren. „Oh nein", winkte Andreas ab, „nur … ein Verwandter … war schon mal vor mir hier und hat es mir erzählt." Andreas wurde schaurig zumute. Er blickte in einen kleinen Seitenstollen. *Nicht mal einen Meter im Durchmesser!* Er hörte den Führer nur noch in der Ferne referieren; dass die Männer hier nur noch kriechen konnten und darüber, wie mühsam und gefährlich die Arbeit in den Stollen gewesen sei. Wie sie überhaupt hier drin etwas sehen konnten, wunderte sich Andreas. *Heute ist die ganze Höhle mit elektrischem Licht ausgeleuchtet. Aber damals, damals haben die Männer „Frösche" benutzt. Kleine Lampen, mit Talg befüllt.* Andreas sah Jacob vor seinem geistigen Auge in diesem niedrigen Tunnel kriechen, schmutzig und überall mit Steinstaub bedeckt. Er sah ihn die Hacke schwingen, den Meißel ansetzen und mit dem Hammer darauf schlagen.

Heute würde er den Besuch der „historischen Weiherschleife" nicht mehr schaffen. Sie schloss bereits um 17.00 Uhr. Zum Ende der Führung erstand Andreas noch schnell ein Erinnerungsfoto und ein kleines Buch über die Edelsteinstadt Idar-Oberstein. Dann bat er die freundliche Verkäuferin am Kiosk, ihm ein Taxi zu rufen. Diese Nacht würde er in einem Hotel irgendwo in der Stadt verbringen, um gleich am nächsten Morgen seine Erinnerungstour fortzusetzen. Noch einmal wollte er heute Abend Jacobs Schriften studieren; und Andreas fühlte sich gut.

In der Nacht, als der Schlaf sich nicht einstellen wollte, konnte er es sich nicht verkneifen, sein Handy einzuschalten, um im Internet zu surfen.

Er forschte nach allem, was er heute gehört hatte und vielleicht morgen noch zu sehen bekommen sollte.

Chronik der Familie Steinmetz, Teil VIII

Idar, 1687

Gemeinsam mit meinen neuen Kameraden machte ich mich in aller Herrgottsfrühe auf zum Galgenberg. Fast eine Stunde kletterten wir den mühsamen Waldweg hinauf. Dann sah ich zum ersten Mal die Eingänge in die Stollen. Dunkle gähnende Löcher im Fels von nur geringer Höhe. Kein Mann konnte aufrecht dort hinein. Die anderen entzündeten mit Feuersteinen ihre Frösche, und ich tat es ihnen gleich. Die Ausrüstung hing schwer an meinem Gürtel. Wenigstens hatte ich das Gewicht meines Schatzes nicht mehr zu tragen; gewissenhaft versteckt ruhte er verborgen im Dielenboden unter dem Bett meiner Kammer.

Nach all den anderen kroch ich als letzter in die Höhle. Der Frosch spendete weiches, mattes Licht. Ich versuchte, mich zu orientieren. Langsam kroch ich auf einen einsamen Stollen zu. Mit der Lampe leuchtete ich die Steinwände rings um mich aus. Und dann sah ich es: Es glitzerte, ja es funkelte überall! Der Anblick war schier unglaublich. Ich stellte den Frosch zu meiner Seite und begann, mit der Spitzhacke in den rohen Fels zu schlagen. Ein grauer „Mantel" tat sich über mir auf, eine Druse, wie ich später lernen sollte, und in seinem Inneren glänzte es mir silbrig leuchtend entgegen. Ich setzte meinen Meißel an und schlug vorsichtig mit dem

Hammer darauf. Glitzerndes Gestein fiel von oben herab, und ich grabschte nach allem funkelnden und stopfte es in meine Taschen.

Bald meldete sich mein Bein ob der ungewohnten Haltung, und auch mein Rücken schmerzte höllisch. Als mein Frosch langsam, aber stetig zu flackern begann, kroch ich zurück nach draußen an die frische Luft. Ich hatte keinen Talg mehr, um meine Lampe nachzufüllen. Aber für den ersten Tag war es genug. Ich leerte meine Taschen. Steine in allen möglichen Farben und Formen kullerten heraus. Noch war es ein eher matter Glanz, unbearbeitet, nichtsdestotrotz wunderschön. Noch vermochte ich nicht zu benennen, was ich da geschürft hatte. Ich würde nicht umhinkommen, die andern um Rat zu fragen. Auch würden sie mich lehren müssen, wie man die Steine schleifen sollte, um ihnen Gestalt und Feuer zu entlocken; heute Abend in der Rischenschleife.

Plötzlich überkam mich ein Gefühl zutiefster Zufriedenheit; ich war glücklich. Ein Gefühl, welches ich in meinem bisherigen Leben nicht gekannt hatte.

Ich überlegte, ob ich diesen einen, besonders klaren, wenn auch jetzt noch unscheinbaren Stein, für Katharina schleifen sollte.

Nach kurzer Zeit konnte ich die Steine benennen, die ich schürfte. Ich fand rosafarbenen Rosenquarz, Achate in den zarten Farben Rot und Rosa sowie Braun und

Blassblau. Wunderschön anzusehen war auch der gelbe Achat. Ich entdeckte den seltener vorkommenden roten Jaspis mit seinen punktförmigen Einfärbungen von Grün über Gelb und Blau und auch den weißen Jaspis mit schwarzen Punkten. Ich schürfte grau-silbrigen Amethyst und Bergkristall. Den Bergkristall aber erklärte ich zu meinem Lieblingsstein. Zunächst grau und unscheinbar konnte ich ihm in der Schleife den höchsten Glanz und eine Transparenz bis zur buchstäblichen Unsichtbarkeit entlocken, so klar und rein war er. Ich schliff ihn mit immer größerer Perfektion, mit immer zahlreicheren Facetten. Ich war wie besessen, meine Kunst zu vollenden und unablässig neue Formen zu kreieren, noch kleinere Schliffflächen zu erschaffen, auf dass er im gleißenden Licht klarer und heller erstrahlte als je zuvor.

Noch heute trägt Katharina meinen ersten Versuch, einen Bergkristall zu schleifen, um ihren schlanken Hals. Ich schenkte ihn ihr damals, nach meiner ersten Woche bei den Schleifern. Zwei Tage später kam sie des Nachts in meine Kammer. Seither teilte ich Bett und Tisch mit ihr. Und tue dies noch heute.

Bald darauf heirateten wir in der Felsenkirche zu Oberstein, erbaut mitten in den Fels. Von einem Mann als Sühne dafür, dass er seinen eigenen Bruder ermordet hatte. Während der Trauung gingen seit Langem meine Gedanken wieder zurück zu Ambrosius, aber ich schob die Erinnerung an ihn beiseite, denn ich war so unsagbar glücklich. Und Ambrosius' Schmuck ruhte unversehrt im Fußboden unter dem Bett meiner alten Kammer. Niemals hatte ich an ihn gerührt.

Ich erlernte auch, die begehrten Steine aus dem Boden der Gruben zu sprengen. Dazu trieben wir Holz-klötze in den Fels. Durch das Sickerwasser, das fortgesetzt durch Spalten und Ritzen in die Höhlen gluckerte und sich mancherorts sogar zu unterirdischen Seen sammelte, wurde das Holz aufgeweicht. Dann hieß es, sich in Geduld zu üben; Wochen mussten wir warten, bis es genügend in seinem Umfange gewachsen und gequollen war, dass es den Stein zu sprengen vermochte.

Ich lebte nun schon den zweiten Sommer in Idar und genoss mein Leben, wie ich es mir eingerichtet hatte. Meine Arbeit, die mich erfüllte, meine Frau und mein kleiner Sohn Johann, der wuchs und gedieh, schenkten mir Glück und Zuversicht. Die Plagen der vergangenen kalten Jahreszeit hatte ich verdrängt. Aber unwiderruflich kam sie von Neuem über das Land.

Im Herbst wurde die Arbeit schlimm. Im Winter beinah unerträglich. Das Wasser, das am Sandstein ständig herunterlaufen musste, um den Stein während des Schleifens zu kühlen, war bitterkalt. Mit steif gefrorenen Händen hielt ich den Amethyst gegen das Rad. Ich musste all meine Kraft aufwenden, denn der Sandstein war ebenso hart wie die Edelsteine. Die Schleife war erfüllt von klammer Kälte und furchtbarem Staub. Bald hustete ich wie alle anderen. Seit ich hier war, waren zwei der Schleifer bereits gestorben. Zuletzt hatten sie sich die Seele aus dem Leib gehustet; wegen der schlechten Luft in den Minen und dem Staub beim Schleifen. Man erzählte mir, dass es das Schicksal der Schleifer sei, kaum vierzig Lebensjahre zu erreichen. Sie schufteten von jungen Jahren an, und der Husten raffte sie irgendwann alle dahin.

Nein, das wollte ich nicht. Ich wollte ein Leben haben, eine Zukunft. Mein Leben mit Katharina und mit meinem Sohn. ***Ihn*** *sollte nicht das gleiche Schicksal ereilen, das mich getroffen hatte: Er sollte nicht ohne Vater aufwachsen.*

Mittlerweile hatte ich einen Namen. Aus dem einfachen Jacob war Jacob Steinmetz geworden. Das Glück war mir hold beim Schürfen der Steine, und ich vervollkommnete meine Schleifkunst stetig. Inzwischen hatte ich feste Kundschaft, und ich hoffte, die Herren aus Düsseldorf würden mich alsbald noch einmal aufsuchen. Es waren Schmuckhändler und Goldschmiede aus der reichen Stadt am Rhein. Schon mehrfach hatten sie mich überreden wollen, mit ihnen zu kommen. In Düsseldorf liege meine Zukunft, mit meinem Geschick. Und dann erinnerte ich mich an etwas, das ich fast vergessen hatte; ich kletterte die Leiter zu meiner ehemaligen Kammer hinauf.

Ich hob die alte Diele an,Und da lag er. Mein uralter Schmuck. Wundervolle, klare Edelsteine, wunderschön in edles Metall gefasst. Erst jetzt erkannte ich die handwerkliche Kunst und den wahren Wert.
Wenn die Herren noch einmal kämen, und sie würden kommen, dessen war ich mir sicher, dann würde ich mit ihnen ziehen. Ich würde umsiedeln nach Düsseldorf, zusammen mit Katharina und Johann. Und dann würde ich dort Schmuckhändler werden. In Gedanken griff ich wahllos nach einem der Schmuckstücke.
Dies war ein Schwur. Während ich ihn für mich selbst leistete, hielt ich einen roten, in Gold gefassten Rubin so stark in meiner Faust gepresst, dass mich der Abdruck in meiner Hand noch lange daran erinnern sollte.
Nun wartete ich jeden Tag. Das Wetter ver-schlechterte sich immer mehr, die Wege wurden unpassierbar durch Regen, Schnee und Matsch.
Derweil schliff ich die Steine, die ich im Laufe des Sommers geschürft hatte. Aus den großen, bunten, deren vielfache Farben scheinbar ineinanderliefen, werkte ich hauchdünne, gläsern aussehende Schalen oder gar Kelche. Mehr als einmal war mir ein Stück kurz vor seiner Vollendung zersprungen. Dann war die mühevolle Arbeit von Wochen umsonst gewesen. Aber viele Stücke gelangen. Aus rotem Jaspis ent-standen Medaillons und wie Perlen aussehende Kugeln. Aus Bergkristall schliff ich die schönsten An-hänger, mit denen

Halsketten, Armreife und Ohrgeschmeide bestückt werden konnten. Ich wusste, auf was die Düsseldorfer Händler erpicht waren. Und jeden Morgen schaute ich sehnsuchtsvoll die Straße entlang; aber keine Kutsche aus Düsseldorf traf in Idar ein. Dennoch, meine Zeit war nicht vergeudet, denn ich verkaufte gut. Meine Hände waren gezeichnet von Frostbeulen und Schwielen, und es kam, wie es kommen musste; am Weihnachtsabend konnte ich das Bett nicht verlassen, so sehr schüttelten mich Husten und Fieberkrämpfe. Johann spielte neben meinem Bett mit dem glänzenden Ross, das ich tagelang nur für ihn geschliffen hatte.

Katharina bangte um mich und ließ eine Kräuterfrau stinkende und ganz und gar widerliche Sude kochen. Doch die bittere Medizin zeigte Wirkung: Mein Zustand besserte sich von Tag zu Tag.

Am Neujahrsmorgen klopfte es an der Tür. Ich saß am Tisch, nahe dem Ofen, gekleidet in ein leinenes Nachtgewand, zusätzlich warm gehalten von wollenen Decken. Katharina öffnete, und vor der Tür standen die lang herbeigesehnten Kaufleute aus Düsseldorf! Nervös sprang ich von der Bank auf, vergessend, wie ich gekleidet war, und wollte den Herren sogleich meine Arbeiten präsentieren.

Katharina schickte mich, ein passendes Gewand anzulegen und bewirtete die Händler derweil mit heißem, gewürztem Wein und süßem Kuchen.

Eine Woche später hatten meine Frau und ich all unsere Habe auf einem Wagen verstaut. Johann saß dick eingewickelt zwischen uns auf dem Kutschbock. Der Abschied von meinen Kameraden war schmerz-lich, aber ich versicherte ihnen, jedes Jahr wiederzukommen, um Steine und Schmuck von ihnen zu erwerben.

Unser altes kleines Haus hatten wir gegen ein mächtiges Zugpferd getauscht. Die anderen Kutschen und Wagen waren bereits in einer Reihe aufgestellt, und wir bildeten das Schlusslicht dieses Zuges. Endlich ging es los! Mit Bangigkeit und gleichzeitig in großer Erwartung ließ ich endlich die Peitsche über dem breiten Pferderücken knallen. Wir folgten den an-deren Wagen, den Händlern aus Düsseldorf, die vollbeladen mit Edelsteinen zurück zu ihren Geschäften fuhren. Auch ich hatte viel Wertvolles geladen, und ich war gespannt darauf, was ich in Düsseldorf alles damit erreichen würde.

Kapitel 26

Mit der ersten Besuchergruppe trat Andreas am nächsten Morgen endlich durch die hölzerne, knarrende Tür der „historischen Weiherschleife“. Empfangen wurde er von staubiger Luft, vermischt mit dem abgestandenen Geruch von altem Holz, Stein und Eisen sowie fremdartiger Chemikalien. Andreas musste für einen kurzen Moment den Atem anhalten; dann erst begann er sich umzusehen. Er fühlte sich tatsächlich wie ein Zeitreisender. Der Stollenführer erklärte und demonstrierte die alten Maschinen und die großen Sandsteinschleifräder, die, angetrieben über Seilläufe, mit dem Wasserrad an der Außenseite des Hauses verbunden waren. Er demonstrierte auch das Arbeiten am Schleifrad. Bäuchlings auf einem Schemel liegend, andauernd kaltes Wasser über die Hände rinnend, presste er den Achat mit aller Kraft gegen den Sandstein.

Andreas glaubte, Jacobs Anwesenheit zu spüren. Auch wenn es nicht diese Schleife war, in der Jacob gearbeitet hatte. *Seine „Rischenschleife" wird ähnlich ausgesehen haben.* Später hatte man diese Schleife aus unbekannten Gründen in „Untere Gurtenschleife" umbenannt. Das wusste Andreas dank seiner Recherchen. Nur widerwillig folgte er der Gruppe aus dem Gebäude heraus.

Andreas hatte beschlossen, der weiteren Führung nicht mehr zu folgen.

Er zog für sich allein weiter, um die Anlage auf eigene Faust zu erkunden. Er fand eine Darstellung aller früheren Schleifen, gelegen am Idarbach, auf einer großen Steintafel. Er suchte und entdeckte darauf ein Bild der „Unteren

Gurtenschleife“, erbaut im Jahre 1680. Jacobs Schleife.

Leider existiert sie heute nicht mehr.

Als Andreas sich umdrehte, sah er die übrigen Mitglieder seiner Gruppe aus dem Verkaufsraum für Edelsteine kommen. Er stöhnte. Seine Reise in die Vergangenheit sollte wohl hiermit beendet sein, denn er bemerkte zwei Polizisten, die die Gruppe am Ausgang erwarteten; einem jeden zeigten sie ein Foto.

Also gut. Andreas musste grinsen und erinnerte sich daran, dass sein Mietwagen ja ohnehin auf dem Parkplatz beim Erbeskopf stand.

Sollen die Beamten mich doch heim nach Düsseldorf fahren. Langsam trottete Andreas in deren Richtung. Schade, dachte er bedauernd, dass meine Reise schon vorbei ist.

Trotzdem würde er Jacobs Weg weiter folgen. Denn dessen Reise hatte auch ihn nach Düsseldorf geführt. Und die dort befindliche Steinmetz-Villa konnte Andreas auch ohne Eintrittskarte besichtigen; dort durfte er sogar alles anfassen.

Chronik der Familie Steinmetz, Teil IX

Düsseldorf ,1689

Wolfgang Lämlein, Goldschmied aus Düsseldorf, erwies sich als wahrer Freund und erfahrener Mentor. Begeistert von meinen Arbeiten erhoffte er sich mit mir als Partner an seiner Seite eine noch reichere Zukunft.

Solch eine Stadt hatten meine Augen niemals zuvor erblickt. Düsseldorf. Wundervolle Gebäude und breite Straßen vermittelten mir eine nicht gekannte Weitläufigkeit; weltoffene Menschen und Reichtum, wohin man nur schaute.

Ja, in dieser Stadt wollte ich leben und mich dazugehörig fühlen.

Ich schuf geschliffene Kostbarkeiten jeglicher Art. Unzählige Facetten und damit geheimnisvolles Feuer und Glanz zierten bald jene Ringe, Ohrgehänge, Medaillons und Armreife, die Wolfgang in filigraner und zarter Weise gezaubert hatte.

Wir ließen uns unbehandelte Steine aus aller Herren Länder kommen. Rohware von den Küsten Afrikas, aus dem fernen Orient, ja sogar aus der neuen Welt. Die wohlhabenden Bürger und Kaufleute rannten uns sprichwörtlich die Türen ein. Wir kamen kaum nach mit unseren Auftragsarbeiten und Bestellungen. Sogar der Adel gab sich bei uns die Klinke in die Hand, und so sollte es nicht lange dauern, bis Jan Wellem selbst uns zu sich rufen ließ: Johann Wilhelm von Pfalz-Neuburg und Kurfürst von der Pfalz, im Volksmund Jan Wellem genannt, lenkte die Geschicke und Geschäfte der Residenzstadt Düsseldorf. Und er persönlich hatte uns geladen, ihm eine Auswahl unserer besten Stücke zu unterbreiten.

Das Düsseldorfer Schloss raubte mir buchstäblich den Atem. Die prunkvolle Hofhaltung ließ mich glauben, an einem pompösen Königshof zu weilen. Die Wände waren verschwenderisch verziert mit kunstvollen Malereien und riesigen Wandteppichen. Lebensechte Steinskulpturen schmückten die Flure und Hallen. Aus entfernten Räumen erklang die zarteste und virtuoseste Musik, die meine Ohren jemals vernommen hatten.

Der Adel sowie Gebildete aus ganz Europa wandelten durch die Gänge. Ich vernahm französische, englische, italienische, selbst spanische Klänge.

Düsseldorf war eine Stadt von internationalem Flair. Eine Stadt der Künste; Malerei, Musik und Bildhauerei; all dies war Ausdruck und Zeugnis ihres Wohlstandes.

Und Johann Wilhelm war prächtig anzusehen. Sein langer Überrock, sein mit kostbarer Spitze verziertes Hemd waren ganz nach Art der französischen Mode. An seiner Hand trug er einen imposanten Siegelring. Lange und gründlich musterte er unsere Stücke. Zu guter Letzt entschied er sich für eine Kette mit dazu passendem Ohrgehänge und einen feinen Ring für seine

zweite Ehegattin Maria Anna Louisa Medici, die Tochter Cosmas III., Herzog der Toskana.
Von diesem Tag an waren wir zu Hoflieferanten ernannt worden.
Aber kein Glück währet ewiglich. Eines Morgens sollte Wolfgang Lämlein nicht mehr erwachen. Des Nachts war er friedvoll neben seiner ahnungslosen Frau entschlafen. Das Herz, hatte der Arzt achselzuckend gemeint, sei zu schwach gewesen.
Ich richtete ihm zu Ehren ein fürstliches Begräbnis aus. Wolfgang hatte mir seine Anteile am Geschäft vermacht, und ich hätte mich darüber mehr als glücklich fühlen müssen; dennoch verspürte ich in den ersten Monaten nach seinem überraschenden plötzlichen Tod nichts als Trauer und Verlust.
Durch seine Hinterlassenschaft war ich nun so wohlhabend, wie ich es mir selbst niemals hätte erträumen können. Ich ließ mir ein großes Haus im besten Viertel der Stadt erbauen. Ich hatte Bedienstete und Angestellte in den Geschäften. Für meinen Sohn Johann nahm ich einen Lehrer in Dienst, der ihn nicht nur in allen alltäglichen Dingen unterrichtete, sondern auch in diversen Sprachen, in Kunst, Musik und Literatur.

Düsseldorf, im Jahre 1696

Jacob hielt inne. „Und nun sind wir bereits an dem Punkt meiner Lebensgeschichte angekommen, an dem ich heute hier vor Euch sitze."

„Eure Geschichte hat mich aufs Beste unterhalten. Viel habe ich über Euch erfahren dürfen, einiges davon, so denke ich, konnte ich in Euer Bildnis einfließen lassen. Kommt nur und seht selbst!"

Jacob folgte der Aufforderung, erhob sich langsam und schritt würdevoll hinter die Staffelei, obschon er so aufgeregt und in gespannter Erwartung war wie ein kleines Kind.

Und Jacob staunte. De Largillière hatte ein vortreffliches Kunstwerk erschaffen. Er sah sich selbst in die Augen und hatte das Gefühl, in einen Spiegel zu schauen. In einen Spiegel seiner Selbst, in einen Spiegel seiner Seele. Jacob war gerührt und stolz zugleich. Fürwahr, dies hier war er, Jacob Steinmetz.

„Ich bin erfreut, dass es Euren Beifall findet. Nur, sagt mir noch eines: Was ist aus diesem alten Schmuck geworden? Habt Ihr die Stücke veräußert?"

„Oh nein, gottlob, niemals war ich in einer Notlage, die mich dazu gezwungen hätte! Dieser Schatz ist mein Privatbesitz und soll es immerfort bleiben,

auf dass ich mich daran erfreuen kann und er mich immer daran erinnern möge, wie alles begann."
„Aber vielleicht", der Maler redete zaghaft und leise, „vielleicht würde es Euer Gewissen beruhigen, wenn Ihr Ambrosius' Familie aufsuchen würdet und ihr den Schmuck zurückgäbet."
Jacob wurde schwer ums Herz. Vielleicht hatte der Künstler recht. Auch er selbst hatte schon des Öfteren daran gedacht. Vielleicht würde dieser Akt die schwere Last von seinen Schultern nehmen. Aber er konnte es nicht, würde es wohl niemals können. Zu sehr hing sein Herz an diesem Schatz.
„Nun, vielleicht eines Tages", erwiderte er ausweichend.

So endet denn nun die Geschichte meines Vaters Jacob Steinmetz. Die schrieb sein Sohn, Johann Steinmetz, im Jahre 1696 zu Düsseldorf.

Kapitel 27

Claire war außer sich. *Wie konnte denn so etwas passieren? Kann man sich denn auf niemanden mehr verlassen?*
Wie soll ich das nur Andreas beibringen?

Diese Anwälte! Baden in ihrem Geld, in ihren Honoraren, in Andreas Geld! Und wofür? Dafür, dass sie alles vermasseln, alles verschlampt haben.
Vor Wut schnaubend öffnete sie die Tür zur Villa. Sie fand Andreas im Kaminzimmer; er übte gerade mit seiner Unterarmprothese. Dieses kleine Wunder der Technik besaß an seiner Innenseite Elektroden, die die Energie der Muskelkontraktionen an die Prothesenmotoren übertrug. Inzwischen kam Andreas schon ganz gut damit zurecht, hatte gelernt, ein Glas zu greifen oder eine Tasse. Mit einer Gabel zu hantieren, fiel ihm allerdings noch schwer; an diese Bewegungen mussten sich die Nerven der verbliebenen Armmuskulatur erst gewöhnen. Andreas musste lernen, willentlich bestimmte Muskelgruppen anzuspannen, um so die gewünschte Bewegung der künstlichen Mechanik herbeizuführen. Dafür trainierte Andreas wie ein Besessener. Und er machte Fortschritte. Seine Reise in die Vergangenheit hatte ihm tatsächlich gut getan. Seit er sich darüber im Klaren war, was er wirklich wollte, zeigte er sich selbst gegenüber unerbittlich, übte stundenlang. Endlich hatte Andreas ein neues Lebensziel, doch Claire war nun gezwungen, ihm diese Hoffnung zu nehmen.
Sie hatte solche Angst davor, dieses Thema anzuschneiden, dass sie ihn behandelte, als wäre

er gerade drei Jahre alt. *Die Kindergartentante erklärt dem verwöhnten Sprössling aus reichem Hause, dass sein kostbares Spielzeug weg ist. Verschwunden, verschollen. Sein Schatz, von bösen Piraten geraubt.*
Die Anwälte hatten keine Erklärung parat; keine Erklärung dafür, wie angeblich einer von ihnen es geschafft haben sollte, dem Kunsthistorischen Museum in Wien den Steinmetz-Schmuck auf legalem Wege abzuschwatzen. Uralter Schmuck, der als Teil einer Wanderausstellung vertraglich für Jahre gebunden war. Die Trierer Kunstgesellschaft, die sich bereits seit Monaten vergeblich bemüht hatte, diesen Schmuck für die anstehende Konstantin-Ausstellung überlassen zu bekommen, war erfolglos geblieben. Keine Chance. Vertrag blieb Vertrag. Und trotz alledem hatte jetzt jemand diesen Schmuck erhalten, angeblich im Namen der Kunstgesellschaft Triers und der Anwälte von Andreas Steinmetz, dem Alleinerben von Bernd Steinmetz. Und Wien hatte den Schmuck herausgegeben. Ordentlich registriert und verschickt. Nur, der Schatz war nie in Trier angekommen, zumindest hatte niemand Kenntnis davon. Die Kunstgesellschaft zeigte sich entrüstet, die Direktorin beschämt.
Was geht hier nur vor? Andreas schluckte hörbar. Mühsam löste er die Prothese von seinem Stumpf

und warf sie achtlos auf das Sofa. Er schaute Claire mit wutentbranntem Blick an. „Aber wie soll ich ihm das jetzt erklären?“, brüllte er. „Ich habe Schönemann den Schmuck versprochen!“ Claire erschauerte und war glücklich zugleich. Ihr Mann war nicht mehr das hilflose Kind, unfähig, Entscheidungen zu treffen. Im Gegenteil, aus ihm sprach Kampfgeist und Wille. *Endlich wieder!*
„Das lassen wir uns nicht bieten. Wir werden alles tun, um diese Sache aufzuklären!“, bestimmte er entschlossen.
Dann klingelte das Telefon.
Die Anwälte hatten äußerst brisante Neuigkeiten mitzuteilen.

Kapitel 28

„Wir müssen mal irgendwas machen, um uns abzulenken.“ „Ja, ja“, murrte Hannes, „aber muss es denn ausgerechnet …?“
Hannes imitierte perfekt Paulas mitleiderregenden Blick, den sie regelmäßig an den Tag legte, wenn sie gelegentlich allein zuhause bleiben sollte. Anne ließ sich nicht beeindrucken und entschloss sich zum Konter. „Aber ich wollte das schon immer mal machen. Bitte Hannes, tu`s für mich!“ Jetzt war es an Anne, wie Paula

dreinzuschauen. „Außerdem kann ich mich jetzt nicht mehr drücken!“, erwiderte sie. „Ich habe es doch schon überall stolz herumerzählt, dass wir das heute machen wollen, auf der Arbeit, im Reitstall. Die werden mich alle für einen Angsthasen halten.“

Hannes seufzte aus tiefster Seele. „Na gut“, gab er nach. Letztendlich konnte er auch Paula bei diesem Blick niemals ein Stück Steak verwehren.

„Juhu“, jubelte Anne und fiel Hannes um den Hals. „Du wirst sehen, das lenkt uns ab. Da haben wir mal ein bisschen Adrenalinüberschuss und Todesängste ohne echte Bedrohung“, philosophierte sie aufgeregt und hätte am liebsten gleich losgelegt.

Geschlagene zwei Stunden später brausten die beiden auf der Autobahn Richtung Wittlich. So lange hatte Hannes gebraucht, um ein paar Turnschuhe und eine alte Trainingshose im hintersten Winkel seines Kellers aufzuspüren. Sportbekleidung zählte nicht unbedingt zu Hannes täglicher Garderobe. Aber nun war alles perfekt, auch wenn perfekt vielleicht nicht das passende Wort war; die Hose hatte leider keinen Knopf, und Hannes zermarterte sich das Hirn, wie er unauffällig den unverschämt zwickenden Gummizug durchtrennen könnte. *Allerdings, so ganz ohne Hose auf einer Plattform zu stehen, und das in neun Meter Höhe, ist viel-*

leicht doch keine so verlockende Aussicht. Also, Hannes, Bauch einziehen, Blutdruck unter 200 halten und ein freudiges Grinsen aufsetzen. Eine verschwendete Anstrengung, denn Anne beachtete Hannes ohnedies nicht. Unverwandt stierte sie auf den Zettel von Jutta und studierte eine Wegbeschreibung, welche die Freundin in ihrer Grundschul-Schönschrift notiert hatte. Jutta kannte diesen Kletterpark in Traben-Trarbach bereits. Zusammen mit Michael war sie hingefahren und hatte dort einen aufregenden Tag verbracht. Jutta hatte sich nur über den Kinderparcours getraut, während Michael sich schon am ersten Hindernis von Paul zurückbringen lassen musste, da er sich vom vielen Fahrradfahren Knieprobleme zugezogen hatte. Aber damit sei vorerst Schluss, irgendwo habe er einen seiner teuren Schuhe verloren. Jutta hatte unentwegt gekichert, als sie Anne davon berichtete. Eine Sportskanone sei ihr Michael ja nun mitnichten. Seine Stärken lägen eher im intellektuellen Bereich, hatte Jutta sinniert. Aber der Kletterpark, der habe ihnen beiden wirklich gutgetan. Diese Konfrontation mit den eigenen Grenzen, das habe schon etwas, das hätte sie nur noch mehr zusammengeschweißt. Und beim nächsten Mal würden sie sich auch mehr zutrauen. Jutta hatte sehr bedauert, Hannes und Anne nicht in den

Adventure-Park begleiten zu können, aber Michael musste leider auch samstags Dienst im Museum tun.

Anne beglückwünschte sich im Stillen zu Michaels Dienstplan. Misstraute sie ihm doch unendlich. Auch wenn sie ihm nicht wirklich zutraute, Hannes umbringen zu wollen. *Aber wer weiß?* Auf jeden Fall hatte Hannes ihn bei der Polizei angeschwärzt. Ein klein wenig verspürte Anne ein schlechtes Gewissen. Noch ahnte Jutta nichts davon. Und so betrachtet wäre es unter Umständen gar nicht schlecht gewesen, Michael heute dabei zu haben, hatte Anne detektivisch überlegt. *Zumindest könnte ich ihn und sein Verhalten dann leichter beobachten. Vielleicht würde mir ja etwas auffallen*. Dank Juttas schriftlichem Navigationsprotokoll fand Hannes die richtige Autobahnabfahrt, und sie tuckerten gemütlich über Bombogen, Ürzig, vorbei an der Abfahrt Kinderbeuren Richtung Mont Royal. Nachdem sie ein Feriendorf hinter sich gelassen hatten, das Hannes unweigerlich an bunt bemalte „Wohnklos“ der Holländer erinnerte, fuhren sie endlich auf den Parkplatz des von Anne begeistert ersehnten Adventure-Parks.

Es war ein herrlicher Herbsttag. Die Sonne schien warm vom azurblauen Himmel, die Temperatur war angenehm, und Anne sprang voller Vorfreude

aus dem Wagen, noch bevor Hannes die Handbremse richtig angezogen hatte.
Stolz erzählte sie ihm, dass hier früher einmal eine Festung angelegt war, die Festung Mont Royal, daher noch heute der Name.
Hannes hörte gar nicht zu, war mit seinen Gedanken ganz woanders. *Mist.* Insgeheim hatte er gehofft, der Park wäre im Herbst für Besucher geschlossen. Doch die zahlreichen Autos auf dem Parkplatz ließen das genaue Gegenteil zur Wahrheit werden. Während des Aussteigens durchforstete Hannes sein laienhaftes medizinisches Gedächtnis. *Welche Krankheit könnte mich vom Herumhüpfen zwischen Baumwipfeln befreien, ohne wie ein jämmerlicher Angsthase vor Anne dazustehen? Hämorrhoiden? Nein, peinlich. Bandscheibenvorfall? Unwahrscheinlich. Golferarm? Spiele ich etwa Tennis oder Golf? Kreislaufkollaps? Irgendwie unmännlich. Verstauchung des Sprunggelenks? Dazu müsste ich erst mal stolpern. Blinddarm? Ach, alles Quatsch …*
„Jetzt komm endlich!“, riss ihn Anne aus seinen Gedanken. Ohne es zu wissen einem Herzinfarkt bedrohlich nahe, folgte Hannes ihr zu dem hübsch anzusehenden Holzhaus.
Nicht, dass Hannes wirklich Höhenangst gehabt hätte, schließlich stand er als Winzer regelmäßig im Steilhang und als Jäger auf dem Hochsitz sei-

nen Mann. Doch in diesen Fällen hatte er wenigstens einen vernünftigen Grund!
Aber nur so zum Spaß an schlingernden Seilen herumhängen? Na, ich weiß nicht …
Anne stand bereits vor der Anmeldung und nahm von einem mit beiger Dschungelbekleidung „geschmückten" Mann einen Zettel in Empfang. Auch so ein armes Schwein wie ich, dachte Hannes noch, als er einen dunkelgrünen Kombi auf den Parkplatz einbiegen sah, bevor er um die Ecke kam und Anne freudig anlächelte.
Nachdem Hannes unterschrieben hatte, an keiner psychischen, geistigen oder körperlichen Störung zu leiden und sein Leib und Leben sowie ein möglicher Unfalltod absolut in seiner Verantwortung lagen, bekam er von einer hübschen Blondine eine Kletterseilausrüstung umgeschnallt. Zuvor aber hatte man die Besucher noch darüber informiert, dass alle männlichen Mitarbeiter des Kletterparks der Einfachheit halber auf den Namen „Paul" hörten; auf diese Weise garantiere man in Notsituationen schnellstmögliche Hilfe, da niemand sich unnötig Namen behalten müsse.
Anne war bereits auf dem Weg zum Einführungskurs, und Hannes folgte ihr nach. Paul, einer der Experten, zeigte ihnen nun, wie man die beiden Sicherungshaken in das Drahtseil einzuhängen

hatte. Niemals beide gleichzeitig lösen!, schärfte er ihnen ein. Dann unterwies er sie darin, wie man die Rollen für die Seilbahnen fachmännisch befestigte, erklärte ihnen die Farb-markierungen für Sicherheitsseile und Rutschseile. Zum Schluss demonstrierte er ihnen noch, wie man am Ende der Seilbahn laufen musste, um keine unsanfte Landung zu riskieren. Nachdem Hannes in 30 Zentimetern Höhe vorführen sollte, dass sein Hirn das Erläuterte auch verstanden hatte, löste er zu seiner Schande während der Übung beide Sicherheitshaken gleichzeitig, und zu allem Überfluss verlor Hannes auch noch die abgedrehte Rolle für die Seilbahn. Wenigstens durfte er trotzdem auf den Kinderparcours. Und Hannes' Ehrgeiz war geweckt. Immerhin war er inzwischen ein „Erleuchteter"; anders als der Mann, der sich eine „Angstzigarette" hatte anzünden wollen. Hannes wurde darüber aufgeklärt, dass Feuer das Nylonseil beschädigen könnte; daher war das Rauchen im Park absolut verboten. Gott sei Dank war er dem „Nikotingott" nie verfallen. Dass Rauchen tödlich sein konnte, erfuhr hier eine ganz neue Bedeutung.

„Oh, hallo!" Hannes entging der Wechsel von Annes Gesichtsfarbe von Herbstweiß in ein frühlingshaftes Zartrosa nicht. Erfreut, aber auch eine Spur verlegen hatte sie einen Mann in der Reihe

hinter ihnen am Eingang zum Übungsparcours begrüßt. Hannes spitzte die Ohren, um den Plausch der beiden zu belauschen und bekam mit, dass der gut aussehende Unbekannte offenbar eine Reitstallbekanntschaft von Anne war.
Nach mehrmaligem hartnäckigen Räuspern seitens Hannes bequemte sich Anne, ihm endlich Robin vorzustellen. Robin helfe ihr unglaublich viel mit Micky. „Mit wem?“, wunderte sich Hannes und wurde deshalb von seiner Freundin mit einem ungläubigen Augenschließen und tiefem Einatmen bedacht. Mist, hab schon wieder für große Enttäuschung gesorgt, dachte Hannes und ärgerte sich über Robins dummes Grinsen. Hatte er doch abermals etwas verdrängt, was in Annes Leben eine große Rolle spielte. *Schon wieder Punktabzug für mich in Sachen Beziehungstauglichkeit.* „Ach, ja, Micky“, rief Hannes aus und klopfte sich mit der Hand vernehmlich gegen die Stirn, „dein neues Fohlen! Wie macht sich eigentlich der Kleine?“
„**Die** Kleine ist mittlerweile eingeritten“, zischte Anne zurück und wandte ihm demonstrativ den Rücken zu. Unterdessen hatten sie die erste Leiter erreicht. Professionell hakte Anne ihre Sicherungen ein und kletterte die hölzerne Treppe bis zur ersten Plattform hoch. Hannes versuchte, es ihr gleichzutun und blickte bald stolz herunter von

seinem ersten erklommenen Hindernis in der „schwindelerregenden" Höhe von etwa einem Meter. Er schaute Anne nach, die leichtfüßig wie ein Frosch über Stahlseile, wackelnde Holzbalken, Strickleitern und unglaublich widerspenstige Seilschlingen hüpfte. Natürlich, ohne auf ihn zu warten. *Nur, weil ich kurzfristig Micky vergessen habe. Als hätte Anne nicht genug mit ihrem Pferd Pam, nein, sie musste sich ja unbedingt noch ein dreijähriges widerspenstiges Stütchen zusätzlich aufhalsen!* Wie Hannes wusste, war sie mit der Erziehung dieses Pferdes überfordert. Aber Hannes hatte im Moment eben genügend andere Sorgen. Außerdem hat Anne ja nun Robin, dachte er. Bei dem Gedanken hörte er sich mit den Zähnen knirschen. Unauffällig hielt er Ausschau nach dem tollen Kerl. *Wo ist der eigentlich?* Zumindest nicht in Annes Nähe, wie Hannes erleichtert feststellte. Er hatte Robin auf einem anderen Kurs entdeckt. Ein Kurs, der weitaus höher lag. Sehr viel höher sogar, dachte Hannes mit einem mulmigen Gefühl im Bauch. „Ist wohl Profi, der Idiot", murmelte er und krempelte die Ärmel hoch. Wenigstens den Übungsparcours wollte er erfolgreich abschließen. Anne war ohnehin sauer auf ihn und würde gar nicht mitkriegen, wo er danach herumkraxelte. Vielleicht sollte ich mich zukünftig doch mal öfter im Reitstall blicken lassen, dachte er noch, als er sich mit weichen Knien auf das erste Drahtseil begab. Nach einer halben Stunde war Hannes schweißgebadet und mit seinen Nerven am Ende. Nie wieder, schwor er sich, als er die Seilbahnrolle für die Abschlussfahrt fertig machte; *Sicherheitshaken eindrehen, Augen geschlossen halten.* Hannes rutschte vom Balken, plumpste in den Haltegurt und ab ging es. Irgendwann brannte ihm unangenehm der Hosenboden. „Autsch!", rief Hannes aus und öffnete augenblicklich die Augen. In ziemlich lächerlicher Attitüde lag er auf dem Waldboden und schaute in lachende Kinderaugen rings um ihn. Hannes wusste zwar nicht, wie er dreingeblickt hatte, aber er musste Eindruck gemacht haben, denn das Lachen hörte schlagartig auf. *Geht doch!* Mühsam rappelte er sich auf, prellte sich dabei den behelmten Kopf am Sicherheitsseil, pfriemelte zitternd die Rolle ab und machte sich mit einem erleichterten Aufstöhnen auf in Richtung Terrasse.

Ist mir doch egal, wo Anne sich rumtreibt, oder dieser Robin. Sollen sie doch Spaß haben! Spaß. Hannes hatte keinen. *Ein blöderes Hobby ist ja wohl kaum möglich, also, nie wieder werde ich …* „Hey, Schatz, tut mir leid!" *Oh, nein!* Anne hätte für Hannes' Geschmack ruhig noch ein wenig länger beleidigt sein können. Bis zur Heimreise beispielsweise.

Aber sie umarmte ihn einfach, als wäre nichts gewesen, und küsste ihm zart die Wange. „War ungerecht von mir", flüsterte Anne ihm ins Ohr, „ich weiß doch, dass du im Moment den Kopf nicht frei hast. Wir wollten uns eigentlich hier ablenken, und ich streite stattdessen mit dir. Mit einem unschuldigen Augenaufschlag blickte sie ihn an. „Und, hat das nicht richtig Spaß gemacht?" „Äh, ja ...", stammelte Hannes. „Super", rief Anne erfreut, „dann können wir ja jetzt auf den Kurs für die großen Jungs!"

Überrumpelt und mit fahrigen Fingern nestelte Hannes an seinem Sicherheitsgurt. „Blöde Erfindung", schimpfte er und versuchte, ein Bein aus der Schlaufe zu balancieren. „Will man einmal für kleine Jungs, muss man sich erst mal als Entfesselungskünstler betätigen. Bin ich denn Houdini?" Endlich rasselte das Gurtzeug zu Boden, und Hannes ließ die Ausrüstung einfach vor der geschmackvollen Holztoilette liegen. Wenigstens ein kleine Verzögerung hatte ihm diese Aktion gebracht. Anne stellte sich derweil dem roten Parcours. Hannes hätte liebend gern auf Rot, Schwarz, Braun und alle sonstigen Farben der Welt verzichten können, solange sie den Schwierigkeitsgrad irgendeines Hochseilgartens kennzeichneten. Okay, dann eben Rot, entschied Hannes grimmig, als er

sich die Hose wieder zurechtzog. *Dann verstauch' ich mir halt das Knie …*
Doch vor der Tür erwartete ihn eine strahlende Anne mit Robin im Schlepptau. Mürrisch hob Hannes seine Ausrüstung auf und wusste beim besten Willen nicht, wie er dieses Gewühl von Seilen und Gurten anlegen sollte. „Komm, ich helfe dir", erbot sich der ritterliche Robin lächelnd, und Hannes hätte ihm am liebsten ins Gesicht gespuckt. Fachmännisch zog dieser Hannes die Gurte zwischen den Beinen und um die Hüften herum und befestigte alles mit einem herablassenden Grinsen.
„Wir nehmen jetzt Schwarz", bestimmte Anne stolz und machte sich auf den Weg die Treppe hinauf. Hannes blieb gar nichts anderes übrig, als hinterherzutrotten. Mit Argwohn beobachtete er Anne und Robin, wie sie eine völlig unkontrolliert schaukelnde Strickleiter zur ersten Baumplattform in neun Metern Höhe hinaufkletterten. Hannes versuchte fieberhaft, sich auf etwas anderes zu konzentrieren. Von hier aus hatte man einen uneingeschränkten Blick auf den Parkplatz. Na, der hat es ja schnell hinter sich gebracht, dieser Glückspilz, dachte Hannes fast ein wenig neidisch, als er den dunkelgrünen Wagen, der doch nach ihm angekommen war, wieder davonfahren sah.
„Du bist dran!", rief Anne ihm von der Plattform

zu, auf der der gut aussehende Robin den Arm um Annes Hüfte gelegt hatte. „Na, warte“, knurrte Hannes und hakte sich beherzt in das Sicherungsseil ein. Die ersten drei hin und her schwingenden Sprossen gingen noch. Die vierte und fünfte waren fast unmöglich. Die sechste entglitt ihm andauernd, und Hannes sah das Unglück kommen, bevor es geschah. Er spürte, wie er fiel, wie der Gurt ihn auffing, er hörte das Reißen, er fühlte die Lockerung des Gurtes und dann erneutes Fallen. Mit einem unglaublichen Krachen registrierte er den Aufprall. Und dann schrie er; ein stechender Schmerz schoss durch seinen Körper, er glaubte, sein Hintern müsse zerbersten. Binnen zwei Sekunden waren mindestens drei „Pauls“ zur Stelle. Er solle unbedingt liegen bleiben, falls etwas mit dem Rücken sei ... „Hannes!“ Anne war da. Und selbstverständlich Robin. Hannes setzte sich unter Protest aller Anwesenden auf. Er bewegte seine Arme und Beine. Alles war in Ordnung. Aber das Gesäß tat ihm weh. Es war nicht hoch genug!, schoss es ihm unwillkürlich durch den Kopf. Ich bin zu früh gestürzt, bereits auf der sechsten Stufe. *Nicht auszudenken, was passiert wäre, wenn ich schon ganz oben gewesen wäre!* Hannes hatte die Nase gestrichen voll. *Endgültig!* Er wollte endlich diesen Kerl zu fassen kriegen. *Dieser verdammte Kerl, der*

mir andauernd und überall das Leben zur Hölle macht! Woher hat der gewusst, dass ich heute hier bin? Nur meine Kletterkünste hat dieser Mistkerl überschätzt. Von der sechsten Stufe bin ich gefallen! Hannes lachte bitter auf, er hatte die Angst in Annes Gesicht bemerkt. Doch Robins ausdruckloses Gesicht machte ihn stutzig. Wirkt der enttäuscht?, fragte er sich.
„Was hast du mit meinem Gurt gemacht?" Hannes war urplötzlich auf die Beine gesprungen und sah, wie seine Hände Robins Kragen umklammerten.
„Angekokelt, würde ich sagen", meinte einer der Helfer mit dem Gurt in der Hand.
Hannes ließ den empörten Robin wieder los. „Wir müssen Kommissar Lenz informieren", sagte er und dachte an den grünen Wagen.

Kaum eine Stunde später wimmelte es im Kletterpark vor Männern in weißen Anzügen und Latexhandschuhen. Lenz war mit großem Aufgebot aufmarschiert. Die Spurensicherung verfolgte akribisch Hannes wenig ruhmreichen Weg durch den Kletterwald. Hannes selbst hockte derweil mit schmerzendem Gesäß auf einer unbequemen Holzbank. Eine Ruhebank weiter verhörte Lenz den arglosen Robin. Angestrengt spitzte Hannes die Ohren. „Nein", hörte er ihn sagen, „ich rauche nicht, ich habe auch den Gurt nicht angesengt, der lag einfach herum, der Gurt, da hinten, vor der Toilette." Hannes beobachtete aus den Augenwinkeln, wie sein Rivale mit der Hand in diese Richtung wies. „Der lag da einfach rum, keine Ahnung wie lang und wer sich daran zu schaffen gemacht hat ... oder auch nicht", folgte Hannes weiterhin Robins ausschweifenden Ausführungen. „Oder auch nicht", äffte Hannes nach, „was soll es denn sonst gewesen sein?", murrte er zu Lenz herüber, „der Typ hat mir jedenfalls den Gurt wieder angelegt, wüsste nicht, wer sonst noch dran gewesen sein sollte. Und außerdem, wieso ist ihm eigentlich nicht aufgefallen, dass der Gurt angesengt war, wo er sich doch so gut auskennt, dieser, dieser Kletterprofi", rief Hannes triumphierend aus. „Jetzt mach mal halblang, Hannes", mischte Anne sich ein, „Robin kennt dich doch gar nicht! Und außerdem war ich die ganze Zeit mit ihm zusammen."

Stimmt, dachte Hannes argwöhnisch. Aber was heißt das schon? Er besann sich wieder des dunkelgrünen Wagens. Er hatte Lenz davon berichtet. Aber er wusste nicht viel zu erzählen, nicht einmal die Marke, geschweige denn die Autonummer hatte er angeben können. *Außerdem war das wahrscheinlich sowieso nur Zufall.* Ständig fahren Autos auf den Parkplatz und auch wieder weg, hier geht es doch zu wie im Bienenstock, dachte Hannes

resigniert. Jedoch, seit der letzten Stunde, seit die Polizei hier das Regiment führte, durfte niemand mehr den Park betreten, geschweige denn verlassen. Jeder einzelne Kletterer wurde befragt. Niemandem war etwas Ungewöhnliches aufgefallen.
„Die Anmeldebögen!"
„Wie bitte?" Lenz schaute die aufgeregte Anne fragend an. „Alle müssen doch einen Anmeldebogen ausfüllen, Name, Adresse und so weiter!", sprudelte es aus ihr heraus, und Lenz klappte unwillkürlich die Kinnlade runter. „Hat das jemand überprüft?", fragte er seine Leute mit so viel Würde und Autorität wie möglich. Die angesprochenen Beamten blickten, einer Schweigeminute gleich, gemeinschaftlich betreten zu Boden. „Ich kümmere mich darum, Chef!", meldete sich ein besonders beflissener junger Beamter mit zartblonden Haaren und Ziegenspitzbart zu Wort; sogleich machte er sich auf in Richtung Anmeldung. Hannes und Anne folgten ihm voller Neugierde.
„Als ob der Typ hier seinen richtigen Namen angegeben würde", murrte Hannes vor sich hin, als er die einzelnen, zum Teil ziemlich unleserlichen Bögen durchsah.

„Das gibt's nicht ...", Anne fixierte ungläubig den Zettel in ihrer Hand. „Was?", kam es von Lenz und Hannes wie aus einem Mund.
„Michael Kimmlinger", stotterte Anne, wobei ihre Stimme mit ihren Händen um die Wette zitterte, „ich dachte, der hat Dienst im Museum!" Lenz riss den Zettel an sich. „Aber der Schuh, der Klickschuh, meine ich, hat nicht mit dem Profil übereingestimmt, welches wir am Tatort Bekond gesichert haben. Das Ergebnis erreichte mich heute in der Früh." „Nun, vielleicht hat er sich neue gekauft?", sinnierte Anne und setzte ein aufgeklärtes Gesicht auf, „immerhin hat er gewusst, dass wir heute hier sein würden."
„Ich werde Michael Kimmlinger noch heute vorladen", bestimmte Lenz und sah Hannes entschlossen an, „vielleicht ist der Spuk bald vorbei."
Dein Wort in Gottes Innenohrschnecke, dachte Hannes und erhob sich unter Schmerzenslauten von einem Stuhl, auf den er sich zwischenzeitlich gesetzt hatte. Anne packte ihn mehr oder weniger sanft am Arm. „Wir haben einen Termin im Krankenhaus, zum Röntgen." Hannes stieß einen Seufzer aus und ließ sich willig abführen.

Kapitel 29

Er saß an seinem Computer. Das neue Fotoverarbeitungsprogramm war kompliziert. Aber er würde es bewerkstelligen. Er würde die Fotos so bearbeiten, dass sie ihm glauben würde, einfach glauben musste. Er wusste genau, er hatte schon einmal gelebt. Und sie, davon war er felsenfest überzeugt, auch sie hatte schon einmal gelebt, zusammen mit ihm. Vor fast 400 Jahren. Er war sich sicher, sie gehörten auch in diesem neuen Leben zueinander. Er musste es ihr nur verständlich machen, und sie würde fühlen wie er, sie würde sich erinnern und erkennen, dass es die Wahrheit war. Auch er erinnerte sich bis ins kleinste Detail; wie er sie kennengelernt hatte, wie sie begonnen hatten, sich zu lieben, er entsann sich seines ganzen Lebens, nicht zuletzt an den schlimmen Moment des Abschieds. In ihrem Blick hatte er damals ihre Angst, ihre Sorge lesen können, nicht ahnend, dass er sie niemals wiedersehen würde. Er lachte. Lange hatte er gewartet, das stimmte, aber, und nur das zählte, er hatte sie wiedergesehen. Sie sah heute anders aus, moderner, sie trug eine andere Frisur, andere Kleidung, aber unzweifelhaft, sie war es. Er würde schon alles wieder zurechtbiegen. Er würde sich ihr zu erkennen geben, und

dann würde sie begreifen. Und endlich, endlich würden sie wieder vereint sein.
Er hatte seinem Therapeuten davon erzählt. Von seinem früheren Leben, von seiner Liebe; dass er dies nun endlich erkannt hatte.
Der Therapeut hatte ihn nicht verstanden, ihn nicht unterstützt, verlangte, dass er darüber nachdachte, wollte mit ihm an dieser neuen „Idee“, wie er es nannte, arbeiten, sie analysieren. Sie auseinanderpflücken, dachte er erbost, mir alles kaputt machen! *Zu diesem Scharlatan gehe ich nicht mehr!* Er würde sein Leben nun allein in die Hand nehmen. Jetzt, wo er endlich ein Ziel hatte.
Er konzentrierte sich wieder auf die Fotos. Hunderte hatte er von seiner Digitalkamera auf den Computer übertragen. Alles Fotografien von Anne. *Nein, von Giulia.* Alle heimlich geschossen, manche undeutlich und verschwommen, andere einfach wunderbar. Er wählte eine gezoomte Großaufnahme aus und entfernte alles bis auf ihr Gesicht. Er zauberte ihr eine andere Frisur; eine Hochsteckfrisur mit eingeflochtenen Perlen. Dann „zog“ er ihr ein cremeweißes Kleid an, weit ausladend mit überlangen Ärmeln, unter denen er nur angedeutet die makellos weiße Haut ihrer Hände herausschauen ließ. Er betrachtete sein Werk. Etwas stimmte nicht. Sie hatte früher nicht so

gebräunte Gesichtshaut. Damals hatte sie eine edle Blässe gehabt, höchstens einen Hauch von Zartrosa auf den Wangen. Er veränderte ihre Gesichtsfarbe. Noch weißer, als das Kleid, fast gespenstisch. *So ist es perfekt.* Minutenlang betrachtete er zufrieden das Bild und streichelte es zärtlich mit den Fingerkuppen. „Giulia, meine Giulia", hauchte er ihr zu. *Auf diesem Bild musst du dich einfach wiedererkennen!*
Zufrieden betätigte er zweimal den Drucker.
Schwierig wird es allerdings, sich endlich dieses Bauern zu entledigen. Dieser verdammte Harenberg, der sich einbildet, sie besitzen zu dürfen. Der ist doch unter ihrer Würde! Aber dieser Typ ist auch hartnäckiger, als ich dachte. Bislang ist er mir immer davongekommen. Zuerst diese dämliche Verwechslung mit dem armen Schwein Krischel. Dabei hatte ich alles bis ins kleinste Detail geplant: das Einschleichen bei den Treibern, die Informationen über die Aufstellungen. Und dann das Desaster. Alles umsonst. Wer hätte denn ahnen können, dass die beiden auch so kurzfristig ihre Positionen tauschen? So was Idiotisches! Ansonsten wäre schon längst alles in trockenen Tüchern. Und dann die Aktion mit dem Grab; zuerst fand ich das Ganze ja zu gewagt, aber ich hatte mir ausgerechnet, der Harenberg würde sich vor lauter Angst nicht mehr vor die Tür trauen. Aber weit gefehlt! Der turtelt weiterhin fröhlich mit

meiner Giulia in aller Öffentlichkeit herum, und mittlerweile wohnt sie sogar bei ihm. Nicht auszuhalten! Ich muss diesem Zustand ein Ende setzen, sehr bald, ansonsten werde ich noch verrückt. Aber Achtung! Kein Fehler darf mir unterlaufen, man darf mich nicht als Mörder entlarven. Auf gar keinen Fall! Giulia würde mich als Mörder bestimmt nicht mehr lieben können.
Ja, es muss wie ein Unfall aussehen. Die Gelegenheit im Kletterpark war schon hervorragend. Es war so einfach, die Ausrüstung vor der Toilette liegend anzuzünden. Aber dieser Vollidiot ist ja gerade mal bis zur sechsten Stufe gekommen. Den Steiß hat er sich geprellt, das ist alles, was er davongetragen hat. Und jetzt wird er auch noch von Giulia gepflegt! Nein, das geht so nicht mehr weiter, ich werde … Er überlegte. Wenn Harenberg jedem Unfall zu trotzen schien, dann brauchte er eine vollkommen neue Idee. „Genau", rief er triumphierend. „Ein Suizid!" Das wäre viel besser, einfach genial, dachte der Mann und lachte in sich hinein. *Und ich weiß auch schon wie.*
Dann werde ich Annes Retter und Tröster sein. Und sie wird mich erkennen und lieben.

Aber zuerst musste er sich absichern. Es gab jemanden, der ihn verraten und alles zunichtemachen konnte. Er sah auf die Uhr. Ein Stöhnen entfuhr ihm. Es war viel zu spät geworden. Er würde erst morgen zu ihm fahren können.

Sein Besuch bei ihm war seit Langem überfällig. *Nicht, dass der Alte noch misstrauisch wird.* Er stand auf und rieb sich die müden Augen. Giulias Bild trug er zu seinem Nachttisch und versteckte es in der Schublade. Er würde ihr später einen Gute-Nacht-Kuss geben.

Kapitel 30

Anne versuchte vergeblich, Jutta zu besänftigen. Diese lief aufgebracht in Hannes' Wohnzimmer auf und ab. Hannes war nicht anwesend, verbrachte seine Zeit in der Jägerkneipe, nachdem Anne ihn gebeten hatte, zu gehen. Sie wollte mit Jutta allein sprechen.

„Jutta, jemand versucht, Hannes umzubringen", brachte Anne in möglichst ruhigem Tonfall hervor.

„Aber doch nicht Michael!", schrie Jutta ihre Wut hinaus. „Warum sollte er denn? Wie kommst du überhaupt auf diesen absurden Gedanken? Er hat heute den halben Tag bei der Polizei verbracht, dank dir!", heulte Annes Freundin.

„Nun, nicht meinetwegen, vielmehr wegen des Fahrrads, wegen des Klickschuhs, wegen des gestohlenen Tagebuches ...", versuchte Anne ihr zu erklären.

„*Er* hat das Tagebuch aber nicht gestohlen!" Jutta schaute Anne in die Augen. „Das war ich."
„Was?" schrie Anne verblüfft. „Ja, ich war das", erwiderte Jutta, „ich habe es mitgenommen, als ich letzten Sommer mal bei dir war. Sollte eine Überraschung werden. Für dich. Eine Übersetzung des Tagebuches. Als Buch gedruckt. Als Weihnachtsgeschenk von deiner besten Freundin. Übersetzt von meinem Freund, dem Altphilologen."
Anne stockte der Atem. Warum hat Jutta denn nicht schon längst was gesagt?, fragte sie sich.
Unvermutet klingelte es an der Tür. Stöhnend erhob sich Anne von ihrem Sessel. Eigentlich wollte sie die weinende Jutta jetzt nicht mit irgendwelchem Besuch konfrontieren. Sie würde jeden vor der Tür abwimmeln. Paula, die zunächst in aufgeregtes Bellen ausgebrochen war, hatte sich schon wieder in ihr Körbchen zurückgezogen. Na, so schlimm kann es also eigentlich nicht sein, dachte Anne und öffnete zögerlich die Tür. Niemand war zu sehen. *Seltsam.* Dann blickte sie zu Boden. „Oh nein!" Für einen kurzen Moment hielt Anne den Atem an. Vor der Tür lag wieder ein Päckchen, eingepackt in goldenes Papier. Anne bückte sich und hob es auf. Verunsichert und vorsichtig trug sie es ins Wohnzimmer.

„Und von wem ist das schon wieder?“, fragte Anne mit bebender Stimme. Jutta wusste nichts darauf zu erwidern und schaute zu, wie ihre Freundin mit zitternden Händen die Schachtel öffnete. Heraus zog diese ein Schmuckstück; eine goldene Anstecknadel in Pferdeform, dazu ein Foto. Anne erkannte sich selbst wieder, nur mit blasserer Gesichtsfarbe und in historischer Gewandung. Angewidert warf sie beides Jutta vor die Füße. Dann las sie den beiliegenden Zettel. ***Von Ambrosius für Giulia. Für Immer.***

„Und wo ist dein Michael jetzt?“ Anne blickte ihre Freundin vorwurfsvoll an.

„Er wollte zeitig schlafen gehen. Hat morgen früh einen Termin in Köln“, antwortete Jutta, und ohne Luft zu holen fügte sie hinzu:

„Und außerdem ist er wieder zuhause, weil sein Fahrradschuh nicht mit dem Abdruck von dem in Bekond übereingestimmt hat.“ Jutta setzte einen trotzigen Blick auf, „Und im Übrigen, die Schriftprobe hat zweifelsfrei ergeben, dass nicht er selbst es war, der seinen Namen auf den Anmeldebogen des Kletterparks geschrieben hat. Irgendjemand will ganz bewusst den Verdacht auf Micha lenken!“

„Na ja, Schuhe kann man wechseln, weißt du?“, entkräftete Anne die Beweisführung Juttas. Wie viele dieser netten Geschenke soll ich denn noch zur Polizei chauffieren, bis die mal in die Pötte kommt?, fragte sie sich. „Und übrigens, Jutta, eine Schrift lässt sich locker fälschen!"

Kapitel 31

Schönemann war erleichtert, ihn wiederzusehen. Also hatte er ihn doch nicht im Stich gelassen. Allerdings, er musste auf der Hut sein, zu viel Misstrauen hatte ihm die Polizei ins Herz gesät.

Ohne Umschweife und so harmlos wie möglich sprach er seinen Besucher an, was er denn da draußen so treibe, ob es für ihn gut laufe und wie es seinem Freund ergehe. Genauer konnte er sich nicht ausdrücken, der Wärter hatte seine Ohren permanent in der Nähe.

Aber der Mann verstand. Alles sei bestens, antwortete er ihm, alles entwickele sich zu seiner vollen Zufriedenheit. „Hier", er legte ein paar Fotos auf den Tisch. Mit zitternden Händen griff Schönemann nach den Aufnahmen. Er traute seinen Augen kaum. Tränen füllten seine Augen, als er flüsterte: „Sie haben es tatsächlich geschafft?"

Der Mann räusperte sich. „Nun, zum Teil, alles habe ich noch nicht, aber es wird gut werden."

Schönemann entging nicht, dass eines der Bilder auf der Rückseite beschrieben war. Demütig, fast kriecherisch fragte er den Wärter, ob er die Bilder behalten dürfte. Dieser überflog die Abbildungen mit einem kurzen Blick und nickte.

Beide Männer erhoben sich. Schönemann drückte seinem Besucher zum Abschied fest die Hand, und dieser sah ihm eindringlich in die Augen. „Es ist sehr, sehr wichtig, dass wir uns gut verstehen."

„Oh ja, ja ...", stammelte Schönemann beflissen.

Er hatte diesen Mann unterschätzt.

Allein auf seinem Zimmer las Schönemann die Nachricht auf der Rückseite des Bildes. Es handelte sich um die Personenbeschreibung eines Mannes, der ihm vollkommen unbekannt war. Was soll ich damit?, wunderte er sich.

Doch wenig später ging ihm ein Licht auf; ihm wurde klar, er sollte diese Beschreibung der Polizei weitergeben, um sie auf eine falsche Fährte zu locken. So würde sie die wahre Identität seines mysteriösen Besuchers niemals in Erfahrung bringen.

Genau so werde ich es machen! Schönemann studierte die Fotos. Immer und immer wieder. Trotzdem erkannte er die darauf abgebildeten Schmuckstücke nicht wieder. Nichts passte. Seine Erinnerung an die Beschreibungen der Stücke im Tagebuch war eine andere.

Vielleicht ist das hier ja gar nicht mein Schmuck. Vielleicht spielt der Kerl doch ein doppelzüngiges Spiel. Am Ende ist er nur zu seinem eigenen Vorteil unterwegs und benutzt mich, um mit heiler Haut davonzukommen. „Was tun?“, fragte sich Schönemann und las noch einmal die Personenbeschreibung. *Etwa einen Meter siebzig groß, eher mager, schmales, längliches Gesicht, blasse, unreine Haut. Längeres blondes, feines, zum Fetten neigendes Haar.* Schönemann geriet ins Stocken; dies war die Beschreibung eines Typen, den er nicht unbedingt beneidete, den er aber auch beim besten Willen nicht kannte.
Im Vergleich dazu stellte er sich nun seinen Besucher vor und versuchte, ihn sich so exakt wie möglich ins Gedächtnis zu rufen.

Kapitel 32

Kommissar Lenz fühlte sich in dieser piekfeinen Umgebung unwohl. Fast schämte er sich ein wenig wegen seiner abgetragenen Lederjacke und der Turnschuhe.
Aber nun ist es nicht zu ändern, dachte er, heute hatte er in der privilegierten Gesellschaft zu ermitteln. Sein Gesprächspartner zeigte sich offen und kooperativ, auch wenn er nicht viel zur Aufklärung beitragen konnte, wie Lenz schmerzlich be-

wusst wurde. Im Grunde war dieser Besuch beim Notar Dr. Joachim Mezza vertane Zeit, das hatte Lenz sich gleich gedacht. Aber er musste nun einmal jedem noch so unbedeutendem Hinweis nachgehen.

Der tatverdächtige Michael Kimmlinger hatte die Polizei auf diese kalte Spur geführt. Er hatte behauptet, keineswegs der Einzige gewesen zu sein, der Einblicke in das Tagebuch von Ambrosius Carove gehabt hatte. Er habe das alte Buch Dr. Mezza überlassen, damit dieser ihm bei der Übersetzung behilflich sein konnte.

Von seiner Freundin Jutta sei er darüber informiert worden, dass der Notar auf diesem Gebiet versiert war, schließlich hatte er vor geraumer Zeit bereits die Besitzurkunden für Anne bearbeitet.

Dr. Mezza brachte sein Bedauern darüber zum Ausdruck, was Anne Seifert und ihr Lebensgefährte zurzeit durchmachen mussten.

Natürlich vergaß Lenz nicht, nach Alibis für die entsprechenden Tatzeiten zu fragen.

Umständlich setzte Mezza seine Hornbrille auf und blätterte in seinem Terminbuch.

„Also", legte der Kommissar pflichtbewusst los, „wo waren Sie am Samstag, den 10. Oktober, in der Zeit von 16.00 bis 19.00 Uhr? Dies war der Tag, an dem Martin Krischel ermordet wurde."

„Warten Sie“, murmelte Mezza und versenkte seine Nase in die Seiten. „Ha! Da haben wir es“, rief er erfreut und hielt Lenz die entsprechende Notiz unter die Nase. „Juristenkongress in Koblenz. Ich schätze mal so etwa 180 Teilnehmerinnen und Teilnehmer. Ich hielt einen Vortrag in Erbrechtsfragen.“

Der Kommissar brummelte zufrieden und nannte ihm den nächsten Termin; Krischels Beerdigung.

Mezza blätterte einige Seiten vor.

„Golf“, erwiderte er mit einer Spur Genugtuung in der Stimme. „Zusammen mit den Rechtsanwälten Lehnertz und Gerber sowie Amtsrichter Teckel.“

„Ich denke, das reicht“, antwortete Lenz seufzend. Mezza nahm die Brille ab. Lenz lächelte und bat um Entschuldigung für die unnötige Störung. „Ach, das macht doch nichts, macht doch nichts, mein junger Freund. Wir alle müssen ja unserem Beruf auf korrekte Weise nachgehen.“

Zum Abschied schüttelte Dr. Mezza dem Kommissar gut gelaunt die Hand und bat ihn darum, Grüße an Frau Seifert auszurichten, er wolle sich bei ihr melden, sobald seine Zeit es zuließe.

„Uff“, stieß Lenz erleichtert aus, als er aus der noblen Kanzlei wieder draußen war. „Den Punkt können wir wohl abhaken.“

Kapitel 33

„Komm schon, Anne, das ist total witzig!“
„Na ich weiß nicht, ausgerechnet zum Zitronenkrämerkreuz?“, murmelte sie für sich.
Anne betrachtete Mickys gescheckten dicken Hintern, wie er sich vor Pams Nüstern den Wald „hinaufschaukelte“. Anne und Robin ritten zusammen aus. So kam auch die junge Stute Micky in den Genuss eines Geländerittes. Robin wollte unbedingt zum Zitronenkrämerkreuz reiten, doch Anne hatte eigentlich nur eine gemütliche Runde durch den herbstlichen Wald geplant. Robin aber war vom Jagdfieber gepackt, andauernd stierte er auf sein GPS-Handy und erwartete die nächsten Informationen. Er fand diese neuartigen Schatzsuchen, genannt Geocaching, einfach phänomenal; geleitet von irgendeinem Navigationssystem per GPS führte einen die Route zu Dosen und Kästchen mit geheimen Schätzen, versteckt an x-beliebigen Orten.
„Ich weiß genau, dass es einen Schatz am Zitronenkrämerkreuz gibt“, rief er entschlossen, steckte das Handy in seinen Regenmantel und trieb Micky zu einem leichten Trab an. Mit einem hilflosen Stoßseufzer machte sich Anne mit Pam auf den Weg hinterher.

Am Kreuz angekommen regnete es einen zarten Nieselregen, und Anne schnürte sich den Jackenkragen noch etwas fester um den Hals. Robin schien das unangenehme Wetter nichts auszumachen, er war bereits von Mickys breitem Rücken gesprungen und suchte den Boden rund um das Kreuz ab. „Na, komm schon, hilf mir suchen, Anne. Das macht Spaß!“

Anne ließ sich widerwillig von Pam gleiten und betrachtete lustlos den nassen Grund.

Während die beiden Pferde es sich nicht nehmen ließen, ein paar vom Sommer übrig gebliebene Grashälmchen zu vertilgen, bemerkte Anne es zuerst; ein Kästchen aus Plastik, nur wenige Schritte hinter dem Kreuz, nahezu im Boden verborgen. Einen Jubelschrei ausstoßend stürzte sie sich darauf, dicht gefolgt von Robin. Anne ließ ihm den Vortritt, und er öffnete stolz die Dose. Zum Vorschein kamen alle möglichen Schatzstücke: ein paar Steine, ein Plastikfigürchen, ein Ring aus einem Kaugummiautomat, sogar ein toter Mistkäfer.

„Sinn des Ganzen ist es, etwas von sich hineinzulegen, dann darf man einen anderen Gegenstand mitnehmen“, erklärte Robin die Vorgehensweise.

Anne überlegte. Was wollte sie von diesen Dingen haben, und womit sollte sie bezahlen? Robin

schlug Annes Halstuch vor, da es ohnehin nicht ihr auserkorenes Lieblingsstück war. Also tauschte sie es gegen einen Stein mit ungewöhnlich blauer Färbung. Robin griff nach dem Halstuch und hielt es sich an die Nase.
„Das riecht gut", flüsterte er mit auf den Boden gerichtetem Blick.
„Ach Robin", seufzte Anne, komm, lass uns endlich zurückreiten, der Regen wird allmählich ungemütlich."
Robin zögerte einen Moment, nachdem Anne sich umgedreht hatte, um die beiden Pferde wieder einzufangen. Dann gab er sich kurz-entschlossen einen Ruck und legte das Tuch in die Dose. Sorgfältig verschloss er die Schatztruhe, nichts, was darin versteckt war, schon gar nicht Annes Tuch, sollte vom Regen in Mitleidenschaft gezogen werden.

Kapitel 34

Schönemann hatte den Kopf in beide Hände gestützt und hielt die Augen krampfhaft geschlossen. Er konnte diese ständigen Verhöre kaum mehr ertragen.

Immer und immer wieder. Immer und immer wieder das Gleiche erzählen. Er stöhnte und begann erneut.

„Der Mann ist bereits im Sommer zu mir gekommen. Da war ich gerade mal eine Woche hier in der Klinik, und der Mann hat sich mein Vertrauen erschlichen, er wolle mir helfen, hat er behauptet …"

Kommissar Lenz räusperte sich auffällig. „Das wissen wir alles schon“, bemerkte er knapp. Lenz dachte zurück an den heutigen Vormittag. Sein Kollege Bersin hatte ihn aufgesucht. Dieser war betraut mit dem mutmaßlichen Diebstahl des Steinmetz-Schmucks, immerhin war ein großer Teil davon verschwunden. Nun gab es endlich eine heiße Spur. Michael Kimmlinger hatte sich als Hauptverdächtiger erwiesen; in jener Nacht, als die Ware aus Wien angeliefert werden sollte, hatte er Nachtdienst gehabt und somit den Schlüssel zum Tresor. Nach Aussagen seines Kollegen habe er die Ware schlampig in Empfang genommen. Auch hatte er berichtet, der Schmuck sei gegen 2.00 Uhr nachts, also erheblich verspätet, angeliefert worden. Die Ehefrau des Kollegen hatte bestätigt, dass ihr Mann bereits gegen 2.30 Uhr selig neben ihr geschlafen habe.

Jutta Hütten dagegen hatte erst kurz nach 3.00 Uhr ihren Freund Michael Kimmlinger zuhause begrüßen können. Demnach war Kimmlinger mehr als eine halbe Stunde Zeit geblieben, sich nochmals in das Museum zurückzuschleichen, einen Teil des Schatzes zu entwenden und zu verstecken und sich dann seelenruhig nach getaner Arbeit ins Bett zu legen.

Nicht nur die kleinen Fische wolle man haben, hatte Bersin lachend gegluckst, nein, dem großen Fisch sei man nun ebenfalls auf den Fersen, oder besser gesagt auf den Flossen. Man sei schließlich doch auf eine heiße Spur gestoßen, denn die Anwälte der Familie Steinmetz hätten ein äußerst interessantes Dokument vorlegen können. Dieses Dokument sei der Auslöser dafür gewesen, dass das Wiener Museum den Schatz nach monatelangem Ringen letztendlich freigegeben hatte. Jedoch, und das sei das eigentlich Interessante daran, bei dem Dokument habe es sich um eine Fälschung gehandelt.

Wenn dieser wahnsinnige Kerl doch endlich reden würde, dachte Lenz verdrossen. *Schönemann ist der Schlüssel zu allem.* Lenz brauchte unbedingt eine Bestätigung. Er stellte sich Schö-nemann wie Hannibal Lector hinter einer Gittermaske aus Sicherheitsstahl vor. *Mensch, jetzt habe ich auch noch einen*

Wahnsinnigen nötig, um einem anderen Verrückten auf die Fährte zu kommen! Bin ich denn Agent Sterling? Kopfschüttelnd schob Lenz den unangenehmen Gedanken beiseite. Ich muss Schönemann nun endlich knacken!, motivierte er sich. Ein bisschen Drohen hier und gleichzeitig ein wenig Ködern da, das hat noch keinem Verhör geschadet, überlegte er listig.

„Wann genau haben Sie ihn denn als Killer engagiert?" Lenz' Frage kam vollkommen unerwartet. Schönemann sprang so abrupt auf, dass sein Stuhl nach hinten wegkippte. „Das habe ich nicht!", entrüstete er sich. „Welches Interesse sollte ich daran haben, Harenberg umzubringen?" Lenz raufte sich die Haare. „Nun, vielleicht, weil er damals ihren tollen Plan vereitelt und sie im Stollen kampfunfähig geschlagen hat", trumpfte der Kommissar auf. Schönemann druckste. Da ist was Wahres dran, überlegte er. *Vielleicht hat der Harenberg wirklich den Tod verdient. Ohne ihn wäre alles anders ausgegangen. Ich hätte schon längst meinen Schmuck und wäre immer noch ein freier Mann.*

Wenn ich jetzt kooperierte, würde ich vielleicht wieder auf freiem Fuß sein; nein, abstruser Gedanke. Ich hätte noch immer den Mord an Bernd Steinmetz an der Backe und würde weiterhin als verrückt und allgemeingefährlich gelten. Nee, nee, irgendwann werde ich hier schon wieder rauskommen. Dann habe ich wenigstens etwas, auf das ich mich freuen kann. Außerdem habe ich dann ausgesorgt und muss nie wieder in einem Laden nervige Kundschaft bedienen.

Also, vielleicht ist es doch besser, dem da draußen zu vertrauen und so wenigstens den Schmuck einzukassieren, schlussfolgerte Schönemann.

Genau, ich sollte ihn einfach machen lassen. Eine andere reelle Chance habe ich nicht, und das mickrige Leben von diesem Harenberg ist mir doch egal.

Lenz stoppte Schönemanns verzweifelte Überlegungen.

„Und wissen Sie was, so ein Auftragsmord ist ebenfalls eine Straftat; auch wenn Sie nicht selbst Hand angelegt haben, wird Sie die volle Härte des Gesetzes treffen. Dafür werde ich schon sorgen! Dann kommen Sie niemals mehr hier raus, das verspreche ich Ihnen, auf meine Kommissars-Ehre!“

Schönemann gewann den Eindruck, der Beamte wolle ihn gleich fressen.

„Es ist Gefahr im Verzug“, fuhr Lenz fort, es geht um ein Menschenleben. Sagen Sie uns endlich, wer dieser Kerl ist, und ich verspreche ihnen, alles Menschenmögliche für Sie zu tun.“

Lenz sah Schönemann auffordernd in die Augen.

Eben hatte der Kommissar die Peitsche eingesetzt, jetzt war also das Zuckerbrot an der Reihe. Schönemann überlegte, er schwankte hin und her. *Was soll ich nur tun? Wem soll ich vertrauen? Der Kerl dort draußen ist mir schließlich schon ein bisschen unheimlich. Aber deswegen gleich der Polizei helfen?* Schönemanns Gedanken schienen im Zickzack zu springen. Er schüttelte den Kopf. Er musste sich entscheiden. Jetzt. Tief atmete er ein und aus, dann hatte er einen Entschluss gefasst. *Also gut.*
Schönemann konzentrierte und erinnerte sich, er überlegte gut und lieferte Lenz zuletzt eine exakte Personenbeschreibung.
Überrascht deutete er dann zielsicher auf eines der Fotos, die der Kommissar aus der Tasche gezaubert hatte.

Der Fall war sonnenklar, die Zeit der faulen Ausreden vorbei. Kommissar Lenz stieg zufrieden in seinen Wagen. Er funkte nach Trier. Der Mistkerl sollte auf dem Revier sein, wenn er selbst dort ankäme.

Kapitel 35

Michael wusste nicht mehr ein noch aus. Er quälte sich mit der Frage, wohin er nun gehen sollte. An

die Wand gedrängt wie ein Zirkuslöwe gegen die Manegenabsperrung, überlegte er, ob Flucht oder Angriff die bessere Strategie wäre.
Der Job im Museum ist futsch. Man verdächtigt mich des Diebstahls. Der Schmuck, dieser antike Schmuck aus Wien, dessen Empfang ich in vollem Umfang bestätigt habe, war nicht vollständig gewesen. Und ich Idiot habe geglaubt, der Auftraggeber wäre ein Offizieller vom Museum, so *ver-trauenswürdig und souverän wie er rübergekommen ist am Telefon. Aber was nützt mir das?* ***Ich*** *hatte die Verantwortung in dieser beschissenen Nachtschicht,* ***ich*** *hatte die Schlüsselgewalt. Jetzt bin ich schuld. Teure 200 Euro für eine Extra-Nachtschicht. 200 Euro gegen meine Karriere.* Michael spuckte auf den Bürgersteig. Er erinnerte sich noch genau an den Fahrer aus Wien. Er war ihm arrogant erschienen. Michael biss sich auf die Lippe. Warum habe ich nicht alles kontrolliert?, fragte er sich zum wiederholten Male. *Dann hätte ich beweisen können, dass bereits bei Lieferung nicht alles vollständig war.* Seinen Auftraggeber hatte Michael erst erkannt, als dieser ihm den Extra-Lohn überreichte. Ich habe doch schon genügend Ärger mit der Polizei, dachte er verzweifelt, dem Weinen nah. *Wegen dieses blöden Fahrradschuhs, wegen der Anmeldung im Kletterpark, wegen des dämlichen Tagebuches.*

Nun war es Michael zu viel geworden, er hatte sich einfach auf und davon gemacht während einer Besprechung im Lagerraum des Museums. Die Direktorin der Trierer Kunstgesellschaft hatte ihn vor allen anderen bloßgestellt; vor einem seltsamen Typ mit Armprothese und dessen wunderschöner Frau. Angeblich waren sie die Besitzer des Schmucks, die von ihm Auskunft haben wollten, wo der Rest abgeblieben war.
Michael hatte sich daraufhin auf die Toilette entschuldigt und das Weite gesucht. Jetzt rannte er ziellos durch Trier.
Ihm war klar, so konnte es nicht weitergehen. Er musste etwas unternehmen, Nägel mit Köpfen machen. Michael blieb stehen. Er würde nicht länger davonlaufen. *Ich nehme die Dinge jetzt endgültig selbst in die Hand. Ich habe ein paar Sachen zu regeln. Und zwar ein für alle Mal.*

Kapitel 36

Hannes wartete mit zunehmend schlechter werdender Laune im Reiterstübchen. Von Barbara Leuchtbach, der Reitstallbesitzerin, ließ er sich erzählen, dass Anne wirklich dankbar für Robins Hilfe sein konnte. Er sei ein so feiner Reiter, immer gepflegt, immer adrett. Allerdings zeigte sie sich

ein wenig darüber verwundert, dass er sich mit Annes Traber und der Tinkerstute überhaupt abgab. Anscheinend sei er aber ein sehr hilfsbereiter Mensch. Hannes runzelte missmutig die Stirn und dachte über mögliche andere Gründe für Robins Hilfsangebote nach. Diese Gedanken gefielen ihm ganz und gar nicht. Barbara entging Hannes' Gesichtsausdruck nicht, und sie beeilte sich festzustellen, Micky sei ja nun wirklich ein freches Pferd mit gehöriger Sturheit, das hin und wieder eine harte Hand brauche. Dass die beiden bei diesem schlechten Wetter ausreiten waren, fand aber auch die Reitstallbesitzerin merkwürdig. Hannes leerte sein Bierglas und beschloss, höchstes noch eine Viertelstunde auf seine Freundin und ihren edlen Retter zu warten. Ich habe es nur gut gemeint, wollte sie einfach überraschen, dachte er verstimmt, dass sie ihre Zeit im Stall mit Turteln verbringt, kann ich ja nicht voraussehen.
Endlich vernahm er Hufgetrappel im Hof. Doch seine Laune war ihm gründlich verdorben, und auch Anne zersprang nicht unbedingt vor Freude, als sie ihn durch den Nieselregen auf sich zulaufen sah. Sie begrüßte ihn überrascht, aber kurz und machte sich erst einmal daran, die Pferde ins Trockene zu bringen. *Wie vertraut Anne und Robin miteinander umgehen.* Hannes hatte genug. Kurz ange-

bunden verabschiedete er sich von den beiden und gab noch mürrisch bekannt, auf die Jagd gehen zu wollen.

Seinen Hut tief ins Gesicht gezogen, die Waffe auf dem Schoß liegend, eine Decke über den Knien saß Hannes im Hochsitz. Er atmete tief durch, hier konnte er abschalten. Seine Hündin Paula hatte er im Auto gelassen. Er wollte nicht jagen. Er wollte nur dasitzen und nachdenken. Vielleicht ein paar Säue beobachten, einfach nur Ruhe finden. Kein Handy, keine Polizei, keine Anne, kein Mörder. Hannes lehnte sich entspannt zurück.

*

Anne genoss die heiße Dusche, die sie von ihrem Ärger mit Hannes ablenkte. Wieder einmal hatte er es fertiggebracht. *Was sollte dieser Auftritt vorhin im Stall? Monatelang hat er sich null für meine Pferde interessiert, und dann soll ich alles stehen und liegen lassen, nur weil er sich einmal bequemt dort aufzutauchen?*

Anne ärgerte sich über sich selbst. Sie drehte das Wasser ab, stieg aus der Dusche und griff sich ein Handtuch. Langsam trocknete sie sich ab. Ein unbestimmtes Gefühl kam in ihr hoch. Sie wollte nicht hier sein, hier in seinem Haus. Anne fühlte sich unwohl so allein, selbst Paula war nicht da-

heim. Anne zog einen kuscheligen Schlafanzug an und verließ das Bad.
Draußen war es mittlerweile dunkel geworden, nass und ungemütlich. Immer heftigere Windböen pfiffen ums Haus und ließen Bäume und Büsche hin und her schwanken. Sie ging ins Wohnzimmer und schloss das Fenster. Anne konnte sich kaum vorstellen, dass Hannes noch lange auf seinem Hochsitz ausharren würde. Sie beschloss, eine Kleinigkeit zum Essen vorzubereiten, da sie mit Hannes' baldiger Heimkehr rechnete. Anne verspürte nun keine Lust mehr, länger zu streiten.

*

Ruckartig wollte er aufspringen, doch der raue Strick um seinen Hals hinderte ihn daran, die scharfe Klinge an seiner Kehle schnitt fast in sein Fleisch. „Endlich hab ich dich“, hörte er die flüsternde Stimme sprechen.
Er musste eingeschlafen sein. Aber nun träumte er nicht mehr. Hannes spürte den Hochsitz im Sturm gefährlich schwanken. Er konnte sich nicht rühren, so lähmte ihn seine Angst. Laut schluckend fühlte er das Messer am Hals.
Er unternahm den Versuch, den Kopf zu drehen, um sehen zu können, wer da hinter ihm saß. Der

schmerzhafte Ruck am Strick belehrte ihn eines Besseren; der unangenehme Druck auf seinem Kehlkopf ließ ihn seinen Kopf dabehalten, wo er war; starr geradeaus gerichtet.

„Warum wollen Sie mich umbringen?", brachte Hannes krächzend hervor. „Oh, ich will Sie nicht umbringen", meinte sein Besucher fast fröhlich. „Ich habe da eine viel bessere Idee: Das werden Sie selbst erledigen."

Hannes schluckte erneut. „Warum sollte ich das tun?"

„Keine Sorge, die Nachwelt wird wissen, warum", der Mann schob ihm einen Umschlag in die Manteltasche. „Ihr Abschiedsbrief", erklärte er ungefragt.

Dann stieg Hannes plötzlich ein bekannter Duft in die Nase. *Annes Parfum.* Der Unbekannte hielt ihm ein Tuch vor die Nase. Er blinzelte und erkannte das Halstuch von Anne.

Die Angst umklammerte sein Herz wie eine Kralle. „Keine Sorge", erwiderte der Mann, „ deine Anne ist meine Giulia, und sie wird zukünftig dort sein, wo sie hingehört. Sie hat mir ihr Halstuch geschenkt, als Beweis ihrer Liebe. Und bald, sehr bald, werde ich sie zu mir nehmen, denn du wirst mir nicht länger im Wege sein."

Damit stieß er Hannes den Hochsitz herunter. Alles passierte derart unvermittelt, dass er nicht einmal mehr die Zeit zum Schreien fand. Sein freier Fall wurde noch vorher abgefangen. Die mächtigen Äste einer großen Tanne scheuerten an seinem Körper. Er glaubte sogar, unter seinen Füßen einen der Äste gefühlt zu haben.

Doch mit einem entsetzlichen Ruck zog sich der Strick um seinen Hals zusammen. Hannes meinte, sein Kehlkopf müsse jeden Augenblick zerbersten. Instinktiv ließ er die Arme nach oben schnellen und griff den Strick mit verkrampften Händen. Er merkte, wie er hin und her baumelte. Verzweifelt versuchte er, seine Beine ruhig zu halten, aber er konnte nicht. Zappelnd und zitternd registrierte er, wie seine Zunge aus dem Mund quoll, seine Augen zu platzen drohten. Verschwommen nahm er noch einen Schatten wahr, der die Hochsitzleiter herunterhuschte und in der Dunkelheit verschwand. „Anne“, hauchte Hannes mit letzter Kraft, vermeinte noch zu spüren, vom dichten Geäst des Baumes gehalten zu werden. Schließlich konnte er den Krämpfen in seinen Armen und Beinen nichts mehr entgegensetzen; Hannes ergab sich seinem Schicksal, die Welt um ihn herum wurde dunkel.

*

Lenz freute sich auf seinen wohlverdienten Feierabend. Gemütlich fuhr er gen Trier. Heute noch ein Verhör, dann, so hoffte er, eine Inhaftierung, und die Sache wäre aus der Welt.

Sein bimmelndes Handy zwang ihn, rechts ranzufahren. „Wer stört?“, meldete er sich.

„Schlechte Nachrichten, Chef“, tönte es aus dem Apparat, „Zielperson ist nirgendwo aufzufinden.“

Klar, irgendetwas musste ja noch schiefgehen! Lenz schaute auf seine Uhr. *Bis morgen warten oder zuschlagen und mögliche Beweise sichern?*

Im Grunde war alles sonnenklar, hieb und stichfest. „Was du heute kannst besorgen, verschiebe nicht auf morgen!“, tönte er ins Telefon. Der Beamte am anderen Ende legte eine Bedenkpause ein. „Äh … Wohnungszutritt, Chef?“ „Zutritt zur Wohnung!“, bestätigte Lenz und trat auf das Gaspedal.

*

Anne machte sich Sorgen. Das Wetter draußen war ebenfalls nicht dazu angetan, sie zu beruhigen. Hannes war noch immer nicht nach Hause zurückgekehrt, und vor ihrem geistigen Auge spielten sich Schreckensszenarien ab; sie sah ihn von irgendwelchen Ästen oder ganzen Bäumen erschlagen oder im Sturm vom Hochsitz geweht. Anne versuchte vergeblich, ihre aufsteigende Panik zu bekämpfen. Eben noch hatte sie sich eingebildet, einen dunklen Schatten über die Terrasse schleichen gesehen zu haben. So ein Gewitter weckt eben die Urängste in uns Menschen, analysierte sich Anne. *Archaische Gefühle, tiefsitzende Furcht, Fluchtinstinkte. Genau wie beim Steinzeitmensch, der vor dem Säbelzahntiger flieht.* Aber Hannes ist ein erfahrener Jäger und schon öfter bei solchem Wetter im Wald gewesen, beruhigte sie sich. *Außerdem, er ist sauer auf mich und lässt mich mit aller Sicherheit extra zappeln. Vielleicht sitzt er auch schon lange mit seinen Kameraden in der Jägerkneipe.*

Sie nahm die Pfanne mit den mittlerweile dunkelbraunen Bratkartoffeln in dem Moment vom Herd, als das Licht kurz flackerte, um dann gänzlich zu erlöschen.

Oh, Mann, auch das noch! Anne hielt Ausschau nach Kerzen samt Streichhölzern und fand beides in einer Schublade. Damit beleuchtete sie notdürftig Wohnzimmer und Küche.

Ein Auto fuhr auf den Hof, eine Tür wurde zugeschlagen, der Bewegungsmelder im Hof klickte,

blieb aber vollkommen dunkel. Endlich!, dachte sie erleichtert, das muss Hannes sein.
Anne war im Begriff, zur Haustür zu laufen, als es auch schon laut klopfte.
Warum hat Hannes denn keinen Schlüssel?
Sie öffnete die Tür. „Oh, hallo, das ist ja eine Überraschung!" Anne freute sich in der Tat. „Welch eine Freude, Dr. Mezza, wie komme ich denn zu dieser Ehre?", fragte sie ihn und bat ihn herein.
Der Notar winkte fröhlich mit einem Buch in der Hand. Stolz berichtete er, es nun endlich fertig zu haben. Leider habe er es nicht rechtzeitig zu ihrem Geburtstag geschafft, so wie ihre liebe Freundin dies ursprünglich geplant hatte.
„Hier bitte", sagte Dr. Mezza feierlich und überreichte ihr das in teures Leder gebundene Buch. Behutsam nahm Anne es in die Hände und schlug die erste Seite auf. Es war das Tagebuch, Ambrosius' Tagebuch, ins Deutsche übersetzt und in wundervoller Schrift gedruckt.
„Vielen Dank", hauchte Anne ergriffen, um noch im selben Moment die Stirn zu runzeln. „Aber was war denn mit Michael? Sollte er nicht das Buch für mich zu Weihnachten ...?"
„Ach, Sie meinen diesen kleinen Studenten?", fiel Mezza ihr ins Wort und winkte lächelnd ab. „Der war mit dieser Aufgabe doch leicht überfordert,

heimlich hat er das Tagebuch zu mir gebracht." Mezza zwinkerte Anne vielsagend zu. „Nur seine kleine Freundin durfte davon nichts erfahren. Sie sollte doch stolz auf ihren angehenden Altphilologen sein."

Anne schmunzelte. „Kommen Sie, Herr Dr. Mezza, ich mache noch schnell die Tür zu, und dann setzen wir uns gemütlich ins Wohnzimmer und trinken hierauf eine Flasche Wein!"

Rasch verschloss Anne die Haustür und drehte den Schlüssel einmal um. Dabei fiel ihr Blick aus dem Dielenfenster. Seltsam, ging es ihr durch den Kopf, alle anderen Häuser der Straße haben Licht. Sie verwarf den Gedanken aber schnell wieder und wandte sich ihrem Besucher zu, der wartend hinter ihr gestanden hatte. „So", lächelte sie ihn freundlich an, „jetzt können wir!"

„Sehr gern", strahlte Mezza und hakte sich bei Anne unter. „Und nun", begann er das Gespräch, „müssen Sie mir alles erzählen, was bei Ihnen in letzter Zeit so los war und was ihnen auf dem Herzen liegt!"

Und Anne erzählte, es sprudelte aus ihr geradezu heraus wie ein Wasserfall. Sie berichtete von Hannes und ihren Problemen, von den Anschlägen und Morddrohungen gegen ihn, dass die Polizei im vollkommenen Dunkel tappe und dass ledig-

lich nach einem Radfahrer gefahndet würde. Auch von den Nachstellungen auf sie selbst erzählte sie ihm, von den seltsamen Geschenken und Zetteln, die man ihr vor die Türe gelegt hatte, jedoch das Allerschlimmste aber sei, wie sie ihm eindrücklich schilderte, dieses widerliche, unheimliche Gefühl, verfolgt zu werden. Dr. Mezza lauschte aufmerksam und interessiert und versuchte, so gut es ging, Trost zu spenden. Von alledem habe er ja bis vor Kurzem keine Ahnung gehabt, ansonsten hätte er doch schon längst seine Unterstützung angeboten.
Anne sah ihn dankbar an. Sie freute sich, endlich jemanden gefunden zu haben, der Verständnis für sie aufbrachte und nicht alles nur herunterspielen wollte. Sie prostete ihm zu.

*

„Komplette Mannschaft schon angerückt?“, meinte Lenz erstaunt und beobachtete die Spurensicherung im Hauseingang.
„Es lohnt sich, Chef, wir sind hier eindeutig richtig.“
Lenz ließ seinen Zigarettenstummel vor der Tür und trat ein. Ein Beamter lotste ihn in ein Hinterzimmer.

Er hatte in seiner Karriere schon vieles erlebt, aber dies hier war schlimmer als jede Fantasie. Hunderte und Aberhunderte von Fotos. Fotos von Anne Seifert. Alle offenbar heimlich auf-genommen, fotografiert überall und in allen erdenklichen Situationen. Eine komplette Wand war mit Bildern dieser Frau tapeziert.
Ein Beamter rief Lenz zu sich. Er hatte den Computer hochgefahren und alle Programme öffnen können. Kein Passwortschutz. Lenz besah sich eine Datei aus einem Schreibprogramm, niedergeschrieben heute, vor wenigen Stunden. Er las:

Auf diese Weise kann ich nicht weiterleben. Ohne Deine Liebe möchte ich nicht weiterleben! Anne, Du hast Deine wahre Bestimmung gefunden und hast mich verlassen. Ich beende mein Leben aus freien Stücken und hoffe auf eine bessere Welt im Jenseits.
Anne, ich wünsche Dir nur das Beste. Ich wünsche Dir, dass Du in Deiner wahren Liebe glücklich wirst.
Liebste Anne, genieße dein Leben und trauere nicht um mich, es ist mein eigener Wille.
Hannes

„Sofort Kontakt zu Hannes Harenberg aufnehmen!", befahl Lenz panisch. „Schon mehrfach ver-

sucht", erklärte einer der Polizisten, „das Festnetz ist tot. Sturm und Gewitter über Bekond. Das Handy ist ausgeschaltet."
„Und warum steht ihr dann hier noch rum? Sofort eine Streife zu Harenbergs Haus", brüllte Lenz außer sich vor Zorn und spuckte dabei Speichelbläschen auf den Computerbildschirm.
Ein anderer Beamter zeigte ihm eine Schublade, gefüllt mit einigen antiken Schmuckstücken. Lenz rollte mit den Augen. *Klar, das hatte noch gefehlt!*
Dann wandte er sich an seinen Assistenten. „Und Sie leiten mir sofort eine Fahndung ein: Dringend gesucht wird Dr. Joachim Mezza, Notar."

*

Gritzfeld, der Jagdpächter des Reviers und Hannes Chef in seiner Funktion als Jagdaufseher, fluchte wie vom Affen gebissen. *Bei einem solchen Mistwetter eine Rotte Sauen aus einem Test-Maisfeld zu vertreiben, das ist ja die reinste Schweinerei!* Klitschnass bis auf die Unterhose jagte er seinen großen Geländewagen den Waldweg hinauf. *Und Hannes ist mal wieder nicht zu erreichen. Wenn man den einmal braucht!* „Verdammter Mist", brüllte er laut, als er nur knapp einem herabgestürzten Ast ausweichen konnte. „Das hätte jetzt noch gefehlt", rief er

grimmig und dachte an seinen schönen teuren Wagen. Er sah aber auch fast gar nichts. Der Wind peitschte Blätter und Äste gegen die Windschutzscheibe, der Starkregen tat sein Übriges.
Die Scheibenwischer des Wagens zeigten sich vollkommen überfordert, obwohl sie wirklich alles gaben.
Ein ungeheures Scheppern ließ Gritzfeld gehörig auf die Bremse treten.
Was war das? Gritzfeld war so erschrocken, dass er für einige Sekunden starr und wie gebannt auf seine Windschutzscheibe stierte. *Was war das? Ein Baumstamm? Eine Wildsau, die ich auf die Hörner genommen habe?*
Irgendetwas Großes, Dunkles lag quer auf seiner Windschutzscheibe.
Ein Blitz erhellte den Wald für Sekunden. Gritzfeld schrie auf.

*

Anne hatte etwas zum Knabbern bereitgestellt, bereits die zweite Flasche Wein geöffnet und unterhielt sich mit Mezza über Gott und die Welt.
Er zeigte sich ihr als ein geistreicher Gesprächspartner, und Anne konnte sogar hin und wieder über eine witzige Bemerkung lachen.

Wenn nicht die wachsende Sorge um Hannes in ihrem Bauch gewühlt hätte, wäre es für sie ein gelungener, schöner Abend gewesen. Doch ihre Gedanken schweiften oftmals ab.
Mezza war Annes Besorgnis keineswegs entgangen. Er war ein aufmerksamer, empathischer Mensch. Letztlich hatte sie ihm ihre Angst um Hannes anvertraut, und er vermochte sie zu beruhigen, indem er Anne darüber aufklärte, Hannes säße zurzeit in der Kneipe. Mezza habe nämlich dessen Geländewagen auf dem Parkplatz an der Kahlbach im Vorbeifahren gesehen und sich schon gefragt, ob er Anne überhaupt zuhause antreffen würde. Na dann, kein schlechtes Gewissen mehr, nur vielleicht ein wenig Zorn, dachte sich Anne beruhigt und setzte sich entspannt zurück aufs Sofa, um nach ihrem Weinglas zu greifen. Eine kleine Weile saßen sie so da und schwiegen. Anne ließ derweil Mezzas Worte noch einmal in Gedanken Revue passieren. *Ich habe den Geländewagen von Ihrem Hannes im Vorbeifahren auf dem Parkplatz gesehen … habe den Geländewagen von Ihrem Hannes … den Geländewagen …* Geländewagen?!, laut hallte es in ihrem Kopf wider. Woher sollte Mezza Hannes' Auto kennen?, fragte sie sich. Die beiden sind sich doch meines Wissens nie begegnet! Anne wurde es unangenehm warm, und ihr Magen zog

sich zusammen. „Bitte was?“ Verstört blickte sie Mezza an, der sie aus ihren Überlegungen gerissen hatte. Offensichtlich erwartete er eine Antwort auf eine Frage, die er ihr zwischenzeitlich gestellt hatte. Annes Gedanken überschlugen sich förmlich; konfus, wie sie war, wusste sie doch ganz sicher, dass hier etwas nicht mit rechten Dingen zuging.
Dr. Mezza lächelte sie an, um sogleich wieder mitfühlend dreinzublicken. „Alles in Ordnung mit Ihnen?“, fragte er sie leicht beunruhigt. „Doch, doch“, antwortete Anne so souverän wie möglich. „Und Hannes Kia stand wirklich auf dem Parkplatz der Kneipe?“, fragte sie ihn leicht dahin.
„Ja, ja,“, gab Mezza knapp und mit kaum wahrnehmbarer Verzögerung zurück. Auf seiner Stirn hatten sich winzige Schweißperlen gebildet.
Anne schluckte, ihr Hals war jetzt staubtrocken. *Das kann doch alles nicht wahr sein! Nicht Mezza!* Jetzt hatte sie den Beweis; ihr Gefühl hatte sie nicht getrogen. Mezza log, aus welchem Grund auch immer, denn Hannes besaß keinen KIA. *Was weiß er von Hannes? Was?* Alles schrie in ihr, doch sie musste sich zusammennehmen. Sie täuschte vor, zur Toilette zu müssen und entschuldigte sich für einen kleinen Moment. *Überleg', Anne, denk gefälligst nach!* Im Badezimmer angekommen, hatte Anne für kurze Zeit das Gefühl, alles um sie wür-

de sich drehen, ihre Gedanken fuhren Karussell mit ihr. Reiß' dich gefälligst am Riemen, befahl sie sich und klopfte sich an die Stirn. Mezza war ihr so nett und hilfsbereit erschienen, hatte damals für sie innerhalb einer einzigen Nacht die alten Besitzurkunden von Ambrosius Carove übersetzt. *Ja, warum eigentlich?* Jetzt stellte sich ihr sein damaliges Verhalten in einem gänzlich anderen Licht dar. Weshalb hatte sich dieser Mann solch eine Arbeit aufgebürdet?, fragte sie sich. Sie war für ihn doch eine Unbekannte, eine Fremde gewesen. Mit einem Mal hatte sie wieder sein lächelndes und stolzes Gesicht vor Augen, als er ihr die bearbeiteten Carove-Dokumente im Golfplatzrestaurant überreichte. Irgendwann im Verlauf des Abends hatte Mezza schließlich begonnen, von Beziehungen und Gefühlen zu sprechen und darüber, wie allein er sich fühle. Jetzt erinnerte sie sich wieder ganz deutlich, und ein eiskalter Schauer lief ihr dabei über den Rücken. Mezza hatte sie an jenem Abend mit Macht überreden wollen, zu ihm ins Auto zu steigen. Sie hatte dankend abgelehnt, er jedoch hatte insistiert, zwar freundlich, aber dennoch aufdringlich. Erst als sie ihn darüber aufklärte, einen Freund zu haben, hatte er mit enttäuschter Miene aufgegeben. Wie befremdlich diese Situation gewesen war, erkannte sie erst jetzt. *Und wenn einer von Ambrosius und Giulia alles wusste, dann ist das Dr. Mezza. Schließlich hat er mir den alten Text übersetzt!*

Anne atmete tief ein und aus. Schweiß stand auf ihrer Stirn, ihre Beine waren weich wie Pudding. *Jetzt nur nicht die Nerven verlieren!*

Krampfhaft überlegte Anne, was sie unter-nehmen könnte. *Am besten, ich spiele das Spiel erst mal weiter mit.* Aber habe ich auch den Nerv dafür, das durchzuhalten?, fragte sie sich beklommen. *Um zur Haustür zu gelangen, müsste ich erst am Wohnzimmer vorbei; an ihm. Er würde mich sehen. Andererseits, wenn ich einfach rennen würde? Einfach zur Tür hinaus, um dann bei irgendwelchen Nachbarn zu klingeln?*

Anne betätigte die Klospülung just in dem Moment, in dem sie die Badezimmertür öffnete. Das Herz klopfte ihr bis zum Hals, als sie durch den Flur in Richtung Haustür spurtete.

Im Haus war es vollkommen dunkel, nur der flackernde Schein der Kerzen im Wohnzimmer und der Küche erhellte die Diele.

Sie erkannte den Körper zu spät. Sie rannte direkt in ihn hinein. Er hatte sich vor der Haustür postiert und hielt den Schlüssel in der Hand.

Sie riss sich von ihm los. Sie vernahm nur seine Stimme in der Dunkelheit.

„Giulia! Geliebte Giulia. Eigentlich wollte ich es dir schonend beibringen. Nach und Nach. So, dass du Zeit gehabt hättest, es zu begreifen. Aber nun soll es eben anders sein. Du und ich, wir haben schon einmal gelebt. Gewaltsam wurden wir voneinander getrennt. Und nun haben wir eine Chance, unser beider Leben zu vereinen, wieder gemeinsam zu verbringen! Bist du nicht auch glücklich darüber?"
Anne zermarterte sich das Hirn. Wenn ich dieses absurde Spiel mitmachte, überlegte sie, hätte ich vielleicht noch am ehesten eine Chance.
„Oh ja, doch, natürlich", sie räusperte sich, „mein lieber Ambrosius. Ich muss mich nur erst daran gewöhnen."
„Aber selbstverständlich, meine Liebste", antwortete er galant. Anne glaubte, ihn in der Dunkelheit selig lächeln zu sehen.
Mezza führte sie zurück ins Wohnzimmer. Er zwinkerte ihr mit den Augen zu, bat sie, sich zu setzen und zog anschließend ein kleines Päckchen aus der Tasche. Dann überreichte er es ihr und platzierte sich neben Anne.
Anne nahm das Päckchen mit zitternden Händen entgegen und hoffte, er würde ihre Angst nicht bemerken. Sie zerriss das Goldpapier und öffnete

das Schächtelchen. Zum Vorschein kam ein goldener Ring, verziert mit einem großen Rubin.
Mezza nahm ihr zärtlich den Ring aus der Hand und steckte ihn ihr an den Finger. „Dies ist mein Verlobungsring für dich!“, erklärte er feierlich und lächelte glücklich.
Er beugte sich vor, um sie zu küssen. Annes Handy rettete sie. Klingelnd und brummend tanzte es über den Wohnzimmertisch.
Mezza war der Erste, der die Hand am Telefon hatte. Er schaute auf das Display; zornig, sehr zornig blickte er Anne in die Augen.
„Wer ist das? Was hast du mit diesem Typen zu schaffen?“, fragte er drohend. Anne konnte nichts darauf erwidern und sah hilflos herüber zu dem Telefon, auf dem eine ihr unbekannte Nummer aufleuchtete. Dann schlug Mezza sie jäh ins Gesicht. „Hast du vorhin versucht, jemanden anzurufen?“, brüllte er sie an.
„Aber nein“, stammelte Anne, „wie denn, das Handy lag doch die ganze Zeit hier!“
Mezza beruhigte sich. Diese Erklärung leuchtete ihm ein. „Glaub nur ja nicht“, zischte er leise, „ich hätte dein Spielchen von eben nicht durchschaut, denn so eine gute Schauspielerin bist du nicht, liebste Giulia.“ Er zwang Anne aufzustehen. Mezza wollte mir ihr verschwinden.

Augenblicklich. Instinktiv spürte er, dass die Zeit drängte. „Du brauchst nichts einzupacken“, herrschte er sie an, „ich werde dich ohnehin neu einkleiden!“
„Aber was ist mit Hannes?“, warf Anne ein, „er wird mich suchen, wenn ich nicht zuhause bin.“
Mezza sah sie erbarmungslos an. „Hannes Harenberg wird nie wieder zwischen uns stehen. Er lässt sich … ja, wie soll ich mich ausdrücken … er läßt sich gerade ein wenig hängen.“
Annes Magen krampfte, eine böse Vorahnung nahm Gestalt an. Mezza gab ihr mit seiner Antwort letzte Gewissheit.
„Hannes Harenberg ist tot.“

*

Endlich schaffte Gritzfeld es, seine erstarrten Hände vom Lenkrad zu lösen. Mit schlotternden Knien verließ er den noch laufenden Wagen. Auf seiner Windschutzscheibe lag ein mensch-licher Körper. Obwohl das Gesicht an die Scheibe gequetscht lag, konnte Gritzfeld ihn nicht identifizieren, so aufgeschwemmt und blau verändert war es. Eine riesige Zunge hing aus dem Mund, große hervorquellende Augen hatten ihn durch die Scheibe angestiert.

Doch dieser Anblick sollte noch nicht das Grauenvollste sein. Gritzfeld wollte seinen Augen kaum Glauben schenken: Der Mann trug eine Schlinge um den Hals. Als ein weiterer Blitz die Dunkelheit vertrieb, folgte er dem Strick mit den Augen und sah das Seil oben am Hochsitz festgebunden. Gritzfeld mühte sich ab, die Schlinge zu lösen. Er hatte keine Chance. Er hetzte zum Kofferraum und suchte sein Jagdmesser. Mit klammen Händen schnitt er den Strick durch, und der Körper rutschte von der Windschutzscheibe. Klatschend landete er im Matsch. Nun machte sich Gritzfeld daran, mit dem Messer die Schlinge zu durchtrennen, irgendwie kam er zwischen Seil und Hals und schnitt und schnitt.

Endlich geschafft! Gritzfeld atmete einmal tief durch. Nun erkannte er den armen Teufel. Er legte die Finger an den Hals des Mannes. „Komm schon, Hannes, atme!", flehte er seinen leblosen Freund an.

Gritzfeld glaubte, einen schwachen Puls zu ertasten. Sofort begann er mit Wiederbelebungsmaßnahmen. Dazwischen nestelte er sein Handy aus der Hosentasche und wählte die Notrufnummer. Er weinte vor Erschöpfung, Gram und Schreck. Fassungslosigkeit hatte sich seiner bemächtigt. *Warum nur hat Hannes sich erhängt?*

Mit dem Mut der Verzweiflung beatmete er weiter.

*

Lenz hatte niemanden erreichen können. Anne Seifert ging nicht an ihr Handy, Hannes Harenbergs Mobiltelefon war offensichtlich ausgeschaltet. Das Festnetz war tot, sein Haus vollkommen dunkel, während alle anderen Häuser im Ort erleuchtet waren.

Vor dem Haus parkten zwei Wagen, derjenige von Anne sowie ein dunkelgrüner Kombi. Lenz erinnerte sich an die Beschreibung eines solchen Fahrzeuges von Harenberg im Zusammenhang mit der Aktion im Kletterpark auf dem Mont Royal. Ausgerechnet dieses Datum hatte er nicht wegen eines Alibis bei Mezza überprüft.

Jetzt befand er sich offenbar zusammen mit Frau Seifert in Harenbergs Haus. Von Harenberg selbst fehlte jede Spur.

Lenz hatte das SEK angefordert. Er hoffte, dass sich in Bälde schwarz gekleidete Männer mit schwerer Bewaffnung lautlos um das Haus postieren würden.

Einer seiner Beamten hatte vorhin einen Blick durch die Terrassentür werfen können. Er berichtete Kommissar Lenz, Frau Seifert und Dr. Mezza im Wohnzimmer bei Kerzenschein sitzen gesehen zu haben. Daraufhin habe er versucht, Frau Seifert mit einem Anruf auf ihr Handy retten zu können. Doch Mezza habe das Gerät an sich genommen. Unmittelbar danach habe Mezza sie geohrfeigt und Hektik sei ausgebrochen.

Lenz vernahm immer lauter werdendes Martinshorndröhnen. Inständig hoffte er, nicht missverstanden worden zu sein. Er brauchte jetzt kein lautes Klimbim, er brauchte den Überraschungseffekt. Gott sei Dank, der Tatütata-Zug zieht an Bekond vorbei; war bestimmt ein Sturmschaden, dachte er erleichtert.
Ein Klicken im Ohrmikrofon riss Lenz aus seinen Gedanken. „Beide sind jetzt wieder im Wohnzimmer, anscheinend vom Martinshorn erschreckt", teilte ihm sein Kollege mit.
Gut, dachte Lenz, schließlich ist das SEK noch nicht da.
Um keinen Preis wollte er ein Risiko eingehen und fröhlich an der Haustüre klopfen. Vielleicht würde er damit eine Katastrophe auslösen. Sie wussten noch nicht einmal, ob er eine Waffe bei sich trug. *Diesem Kerl ist alles zuzutrauen.*

*

Zögerlich betrat Michael den Besprechungsraum des Museums. Neben dem Ehepaar aus Düsseldorf waren jetzt noch zwei Polizeibeamte sowie ein junger arroganter Mann im schwarzen Designeranzug vor Ort.
Michael atmete erleichtert auf. Er hatte nicht gewusst, was ihn erwarten würde, und so stellte er beruhigt fest, dass *er* nicht anwesend war; Michael fürchtete Dr. Mezza. Schließlich würde er gleich die Neuigkeit verkünden, der Notar sei derjenige gewesen, welcher ihm den Auftrag für diese Extranachtschicht erteilt hatte. Jene Nacht, in der der Carove-Schmuck aus Wien angeliefert worden war. Michael hatte von sich selbst nicht mit Gewissheit sagen können, ob er den Mut dazu aufgebracht hätte, wenn der Notar anwesend gewesen wäre.
Michael wurde postwendend von den beiden Beamten umstellt, kaum dass er den Raum betreten hatte. Ganz offensichtlich war er direkt in eine lebhafte Diskussion geplatzt, da alle wild durcheinandersprachen. Der junge Mann im Anzug stellte sich als Vertreter Dr. Mezzas heraus; sein Sekretär, ein gewisser Robin Böse. Michael teilte mit, was er zu sagen hatte, beschuldigte also Dr. Mezza. Die Beamten ihrerseits interessierten sich brennend dafür, weshalb der Notar zu einem solch wichtigen Termin nicht selbst erschienen war. Herr Böse

meinte, der Doktor habe sich um wichtigere Angelegenheiten zu kümmern. Schließlich sei er ein unbescholtener Bürger und habe für die Kunstgesellschaft immens viel erreicht. Auch sei er es gewesen, der den Schmuck nach fruchtlosen, monatelangen Verhandlungen für die Konstantin-Ausstellung hatte sichern können.

Die Direktorin nickte zustimmend.

„Und wie hat er das geschafft?", warf Andreas Steinmetz aufgebracht ein. „Er hat eine notarielle Urkunde ausgestellt, die jedweder Grundlage entbehrt", konstatierte er wütend. „Als würde mein Bruder Bernd diesen für ihn so wichtigen Schatz an irgendeine unbedeutende Kunstgesellschaft vererben! Lächerlich!" „Ich muss doch sehr bitten", regte sich die Direktorin auf. „Zunächst einmal fehlt jeder Beweis, dass dieser Testamentszusatz überhaupt eine Fälschung ist."

Andreas schnaubte vor Wut.

Michael hatte gar nicht richtig zugehört. Er überlegte unablässig. *Woher kenne ich diesen Mann? Ich weiß genau, ich habe diesen Typen im Anzug schon mal irgendwo gesehen.* Er betrachtete die schwarzen Haare, die braunen Augen, seine vom regelmäßigen Besuch des Solariums gleichmäßig gebräunte Gesichtshaut. Er stellte ihn sich dabei mit einer

Schirmmütze vor, dazu einen dunklen Jeansanzug, seine dunkle Stimme gefärbt mit Wiener Akzent.
Michael sprang wie von der Tarantel gestochen auf und zeigte mit dem Finger auf den Mann: „Das ist der Fahrer!"
Alle blickten Michael konsterniert an. „Das ist der Fahrer des LKWs aus Wien", wiederholte er mit Nachdruck, „dieser Mann hat den Schmuck hier angeliefert und mich zu der schnellen Unterschrift gedrängt! Und, wie es aussieht, vorher einige der Stücke abgezweigt."

*

Mezza hatte beschlossen, noch ein wenig zu warten. Das Tatütata hatte ihn verunsichert. Dazu der Anruf des Unbekannten. Er fragte sich, ob irgendetwas herausgekommen war, irgendetwas schieflief. Ich darf keinen Fehler machen, bloß keinen Fehler, wiederholte er einem Mantra gleich in Gedanken. *So kurz vorm heißbegehrten Ziel darf ich mir nicht noch alles kaputt machen!*
Anne saß zusammengekrümmt auf der Couch und heulte still vor sich hin. Mezza konnte diesen mitleiderregenden Anblick kaum ertragen. Sie hatte unbedingt erfahren wollen, wie Hannes ums Leben gekommen war. Völlig aufgelöst schnäuzte

sie bereits in das dritte Taschentuch, während Mezza ihr schilderte, Hannes habe sich umbringen wollen, als er erfahren hatte, Anne wolle zu ihm, Mezza, gehen. Er berichtete von Hannes' Abschiedsbrief, in dem er Anne angeblich freigab. Er unterließ es auch nicht zu erwähnen, wie er Annes Halstuch Hannes vor die Nase gehalten hatte.
Anne blickte verwundert auf. „Mein Halstuch?"
„Ja. Robin hat es für mich aus der Schatztruhe geholt, war noch mal kurz mit dem Fahrrad vorbeigefahren nach eurem netten Ausritt im Regen. Das Ganze war seine geniale Idee. Wirklich sportlich, der gute Junge."
„Aber woher kennen Sie denn Robin?" Die Fassungslosigkeit stand Anne ins Gesicht geschrieben.
Mezza lachte in sich hinein. „Irgendwie ist es andersherum. Du kennst Robin durch mich. Er ist mein Angestellter, mein Sekretär, meine rechte Hand. Völlig skrupellos, nur auf seine Karriere bedacht. Für Anerkennung und Ruhm tut der wirklich alles. Und natürlich für Geld. Kluger Kopf, hat bisher zu wenig aus seinem Leben gemacht. Aber ich verschaffe ihm die entsprechenden Kontakte, beim Golfen, bei Geschäftsessen, bei Meetings, wo auch immer. Glaubst du wirklich, ein solcher Mann hätte sich mit deinen billigen Gäulen beschäftigt, wenn ich ihn nicht dafür bezahlt hät-

te?“ Mezza registrierte Annes bestürzten Gesichtsausdruck. „Nein, nein“, er schüttelte verneinend den Kopf, „Robin ist kein böser Mensch, auch wenn er so heißt.“ Mezza lachte. „Er ist einfach nur gerade heraus und lässt sich nicht von irgendwelchen Emotionen hemmen; so wie ich das tue. Dafür beneide ich ihn.“

„Aber sie haben doch diese Menschen auf dem Gewissen“, warf Anne ein.

„Martin Krischel und … Hannes …“

„Oh nein“, unterbrach er sie, „... ich stehe mit sauberen Händen vor dir. Ich wasche sozusagen meine Hände in Unschuld. Weißt du, die Welt da draußen ist grausam und die menschliche Seele unergründlich. Aber alles sollte wohl genau so sein. Robin hat Krischel erschossen. Er war es, der sich bei diesen jungen Burschen, den Treibern, eingeschlichen hat; ein Stadtjunge, der mal eine richtige Jagd erleben wollte. Hätte Harenberg damals seine Position nicht getauscht, wäre schon lange alles mit Gras überwuchert. Ein dämlicher, gewöhnlicher Jagdunfall. Aber das Schicksal wollte es komplizierter. Also musste ich weiter kämpfen für mein Glück. Auch ich habe verdient, ein erfülltes Leben zu führen. Mit dir."

Anne blickte ihn mit ausdrucklosen Augen an, unfähig, auch nur ein Wort zu erwidern.

„Ach, übrigens", fuhr Mezza ungerührt fort, „die Aktion während der Beerdigung von Krischel hat Robin zu seinem eigenen Spaß abgezogen. Ich hatte noch versucht, ihn davon abzuhalten. Dass Polizei vor Ort sein würde, war klar. Aber wenn er es unbedingt riskieren wollte?
Also habe ich ihm seinen Spaß gegönnt.
Im Kletterpark war ich allerdings genötigt, selbst Hand anzulegen, schließlich sollte Robin während der ganzen Zeit bei dir sein. Aber auch hier hat Harenbergs Unfall leider nicht den gewünschten Effekt gehabt.
Aber heute, heute war das Schicksal mir endlich freundlich gestimmt. Ich trage keine Schuld an Hannes' Tod. Alles ist höhere Macht. Du wirst es verstehen, wenn du den Abschiedsbrief gelesen hast. Dann wirst du wissen, dass alles, alles seine Richtigkeit hat und wir beide endlich unser gemeinsames Leben haben dürfen."

Mezza schaute auf seine Armbanduhr. So, als würde er die Wettervorhersage analysieren, spekulierte er nüchtern, ob Hannes nun wohl tot sei. Seit beinahe zwei Stunden hing Harenberg bereits am Strick. Mezza hatte ihm höchstens 15, vielleicht 20 Minuten gegeben. *Dann ist es in der Regel für alle Galgenvögel vorbei.* Manchmal konnte es sich aber auch länger hinziehen. Wenn der Strick nicht richtig geknüpft war, sich nicht vollständig zuziehen konnte, oder, im Falle nicht ausreichender Länge des Stricks und somit ungenügender Fallhöhe, der Sturz nicht ausreichend heftig war. Falls der Erhängte sich irgendwo abstützen konnte, würde es langsam gehen. Der Tod beim Erhängen trat bei hinreichend langem Strick meist rasch durch das Brechen des Genicks ein. Wenn dies nicht der Fall war, starben die Opfer einen langsamen, qualvollen Tod. Die Luftwege wurden eingeschnürt, der Kehlkopf zerdrückt, die Blutgefäße, die das Gehirn versorgen, zugequetscht, was bedeutete, dass der lebenswichtige Sauerstofftransport ins Hirn unterbunden war. Das Resultat, bedingt durch den Sauerstoffmangel, war tiefe Bewusstlosigkeit und ein Hirnschaden. Ein eher langsamer Tod. Das Genick hatte er bei Harenberg nicht brechen hören. *Dann wäre es sofort vorbei gewesen. Aber Hannes hat gezuckt und gekrampft. Das spricht eher für den langsamen Erstickungstod.* Mezza betete für ihn um die Gnade eines raschen Todes.

Anne würgte. Ruckartig sprang sie vom Sofa auf und lief in die Küche. Mezza folgte ihr unmittelbar nach. Sie setzte sich rittlings auf die Arbeitsplatte und wischte sich den Mund mit Papier von der Küchenrolle ab. Mezza stand in der Tür. Anne leg-

te die Arme hinter ihren Rücken und stützte sich auf; sie griff mehrfach ins Leere, dann endlich fühlte sie den Messerblock. Lautlos zog sie das scharfe Fleischmesser heraus.
Nun musste sie all ihre schauspielerischen Fähigkeiten aufbieten. Im schwachen Schein der Kerze schaute sie Mezza mit liebestollem Blick direkt in die Augen. Wenn ich jetzt handele, dann hat Hannes vielleicht noch eine Chance, dachte sie. Ich muss ihn bedrohen, vielleicht sogar verletzen, handlungsunfähig machen, irgendetwas. *Ich muss zustechen!* Anne seufzte ergeben und blickte ihn mit lasziv gesenktem Blick an. Sie musste nun eine perfekte schauspielerische Leistung an den Tag legen.
„Komm her, mein Ambrosius“, lockte sie ihn verführerisch, „ich spüre es doch auch.“
„Was?“, erwiderte Mezza mit hoffnungsfroher Stimme. „Dass … dass du mein Ambrosius bist, meine einzige Liebe. Komm zu mir, mein Ambrosius …“
Mezza ließ sich nicht zweimal bitten und stürzte auf sie zu. Anne riss, ohne zu zögern, das Messer in die Höhe und hielt es Mezza vor das erstaunte Gesicht. Anne spürte, wie sie am ganzen Leib erschauerte. *Jetzt bloß nicht schwach werden!* Das

Messer lag fast lose in ihrer Hand, so sehr zitterte sie; als hätte man sie unter Strom gesetzt.
Und dennoch, sie war zu allem entschlossen.
Überrascht war Mezza kurz vor ihr stehen geblieben. Dann lachte er schallend. *Ich bedrohe ihn mit einem Messer und er steht einfach da und lacht!* Erschüttert musste Anne sich von ihm mit sanfter Stimme belehren lassen, sie habe noch viel zu lernen.
Dann wollte er nach ihren Händen greifen, doch Anne wehrte seine manikürten Pranken mit dem Messer ab. Leise fluchend hielt er sich die rechte Hand. Blut tropfte zu Boden.
Anne konnte geradezu fühlen, wie bemüht er war, sich zusammenzureißen.
Er trat ein paar Schritte zurück. Gemächlich und sich seiner selbst sicher zog er ein Taschentuch aus der Hosentasche und begann, sich die Hand zu umwickeln.
Ein leises Geräusch aus dem Wohnzimmer, fast wie ein Knacken, ließ Anne aufhorchen. Sie vermutete die Terrassentür, denn deutlich war ein kalter Windzug, der durch das Haus zog, zu spüren.
Auch Mezza war es nicht entgangen; fassungs-los drehte er sich zur Tür.

Ein greller weißer Lichtstrahl erhellte von einer Sekunde zur anderen die Küche. Anne musste gegen ihren Willen die Augen schließen. Männer brüllten. Sie versuchte zu blinzeln. Dann ging alles unglaublich schnell. Sie erkannte Mezza auf dem Boden liegend, alle viere von sich gestreckt. Über ihm drei Männer in schwarzen Kampfanzügen und Sturmhauben, die ihre Waffen auf Mezza gerichtet hielten.

Lenz stand im Türeingang. Aus seinem Gesicht wich nur allmählich die Anspannung.

Anne rutschte von der Anrichte.

Lenz sprang zu ihr und half ihr hoch. „Ich fürchte, es ist vielleicht noch nicht vorbei."

Er sprach ernst. „Oder haben Sie eine Ahnung, wo sich Hannes Harenberg derzeit aufhält?"

Jetzt ging Anne endgültig in die Knie. *Dann hat er also nicht gelogen. Hannes ist wirklich etwas zugestoßen!* Niemals glaubte Anne an einen Suizid. Nicht bei Hannes.

Mit gehetztem Blick schaute sie auf zu Lenz. „Dieses Schwein hat ihn aufgehängt!", rief sie voller Wut und Verzweiflung aus.

Jegliche Farbe wich aus dem Gesicht des Kommissars. Er kniete sich neben Mezza und riss dessen Kopf am spärlichen Haar in die Höhe. „Wo ist Harenberg?", brüllte er ihn an.

Mezza ließ sich davon nicht beeindrucken, hielt den Blick starr auf den Boden gerichtet. „Ach wissen Sie, das ist jetzt sowieso zu spät. Außerdem hat er sich selbst aufgehängt, sie werden einen Abschiedsbrief finden."

„Den habe ich schon gelesen, vorhin auf ihrem Computer. Sie sagen mir jetzt sofort, wo Harenberg steckt, oder ..."

„Oder was, Herr Kommissar? Erschießen sie mich? Bitteschön ..." Lenz ließ wortlos von ihm ab, und Mezzas Kopf schlug unsanft auf dem Boden auf. Er wandte sich Anne zu, die ihm von Mezzas Komplizen Robin Böse erzählte, der noch irgendwo frei herumlief. „Daher also die wasserdichten Alibis", ärgerte sich Lenz.

Dann klingelte das Handy. Der Kommissar ging dran; sein Gesichtsausdruck wechselte von erleichtert auf freudig, um dann wieder Sorgenfalten auf der Stirn zu zeigen. Anne hielt es fast nicht mehr aus. Endlich beendete Lenz das Gespräch und stöhnte laut.

„Wir haben ihn! Er wurde schon vor einer Weile gefunden. Jetzt ist er unterwegs auf die Intensivstation des Ehranger Krankenhauses. Sein ... Zustand ist mehr als kritisch. Kommen Sie Frau Seifert, ich nehme Sie mit."

Kapitel 37

Andreas erinnerte sich daran, dass auf dem Kaminsims eine alte steinerne Pferdeskulptur stand. Sie hatte dort ihren Platz, seit er denken konnte. Andreas hatte sich immer über dieses seltsame Dekorationsstück gewundert, passte es doch so gar nicht zu Bernds Geschmack und der sonstigen mondänen Einrichtung. Er schlich zum Kamin, als dürfe ihn niemand hören. Dabei war er ganz allein in der alten Familienvilla, die Bernd zuletzt bewohnt hatte. Schon immer war sie dem Sohn vererbt worden, der die Schmuckgeschäfte führte. Nun war Andreas als einziger Steinmetznachkomme übrig geblieben. Nun gehörte die Villa ihm, mit allem, was sich darin befand.

Andreas nahm die alte Skulptur in seine Hände. Er spürte genau, dass er jenes Weihnachtsgeschenk in den Händen hielt, das Jacob seinem Sohn Johann einst gefertigt hatte; zum Weihnachtsfest 1688.

Jacob nahm die Skulptur mit zur Bildergalerie und hielt inne vor Jacobs Porträt. „Dein Gewissen kann nun befreit sein", murmelte er in Gedanken, „der Schatz ist wieder in Ambrosius Familie. Ich hoffe, du kannst endgültig in Frieden ruhen, so wie ich jetzt in Frieden leben kann." Andreas bedankte sich im Stillen vor dem Bildnis Johanns dafür, dass er die Geschichte seines Vaters aufgeschrieben hatte. Ansonsten hätte Andreas all dies nie erfahren.

Dann machte er Halt vor Bernds Abbild. Auch mit ihm hatte er seinen Frieden geschlossen. Woher hätte er auch wissen sollen, was dieser Schönemann uns antun würde?, dachte er.

Schönemann ist ein Wahnsinniger. Ein Verbrecher, Entführer und Mörder. Ohne mit der Wimper zu zucken, hat er meinen Bruder erschossen und mir nach wochenlanger Gefangenschaft unter elendigen Bedingungen den Finger abgeschnitten. Und trotzdem. Der Schmuck gehört rechtlich ihm, das habe ich jetzt eingesehen, und aus diesem Grund habe ich dir, Schönemann, den Schatz zugestanden; weil du im Recht warst und meine Familie nicht … nur deshalb. Trotzdem fühlte Andreas eine große innerliche Erleichterung, diesen Ballast los zu sein. Wut und Hass waren gewichen, was blieb, war Wehmut; jetzt vermisste er einfach nur noch seinen Bruder.

Seufzend zerstreute er seine Gedanken und verließ die Villa. Er würde hier viel verändern müssen, wenn Claire und er sich in diesem Haus wohlfühlen wollten.

Kapitel 38

Anne spazierte mit Paula durch die Weinberge. Dies war eine schreckliche Zeit für sie beide. Es fühlte sich an, wie in einem dunklen Tunnel. Ein dunkler Tunnel ohne erkennbares Ende. Ohne Ausgang. Einfach nur Schwärze und Nichts.

Anne meinte, überhaupt nicht mehr richtig zu leben.

Wie in einem bösen Traum erlebte sie alles in unwirklichen, irrealen Szenen. Ein Albtraum, in dem sie nun seit drei Wochen gefangen war.

Sie verrichtete ihre Alltagsgeschäfte mechanisch, ohne darüber nachzudenken. Die normalen Dinge des Lebens hatten ihre Bedeutung verloren.

Auch Paula schien ähnlich zu empfinden. Lustlos streifte sie durch den Weinberg, schnüffelte teilnahmslos mal hier, mal dort. Paula trauerte.

Anne kümmerte sich viel um die sensible Hündin, die ihr Herrchen schmerzlich vermisste.

Kein Wunder, dass sie verstört ist, dachte Anne. Ganze zwei Tage hatte Paula in Hannes' Auto verbracht, damals, nach dieser schrecklichen Nacht.

Erst dann hatte man sie aufgefunden, ausgetrocknet und apathisch. Sie war daraufhin zum Tierarzt gebracht worden, und Anne hatte sie schließlich mit nach Hause nehmen dürfen. Sie

war nach Bekond gezogen. Paula zuliebe, aber auch, weil Anne sich hier Hannes am nächsten fühlte.
Auf der Intensivstation aber spürte Anne momentan die reale Welt.
Hier konnte sie Hannes sehen, durfte ihn streicheln, mit ihm sprechen. Auch wenn er kein Wort davon mitbekam. Aber der Pfleger hatte ihr erzählt, dass solche Patienten sehr wohl etwas wahrnehmen könnten, das hätten Studien bewiesen. Also, so tröstete sich Anne, kann es sein, dass Hannes meinen Duft riecht, meine Berührungen spürt und meine Stimme hört. *Vielleicht, vielleicht verleiht ihm das die nötige Kraft. Die Kraft, wieder ins Leben zurückzufinden.*
Seit drei Wochen lebte Hannes nun durch Maschinen, war zur Stabilisierung seines Zustands in eine tiefe Narkose versetzt worden. Anne wartete seitdem sehnsüchtig auf den erlösenden Moment, wo die Ärzte ihr Okay für einen Aufwachversuch gäben. Doch bisher schien er nicht auf die Therapie anzusprechen. Wenn sie ihn so betrachtete und beobachtete, wie sein Brustkorb sich hob und senkte, konnte sie kaum glauben, dass er das nicht mehr selbst schaffte.
Ob er wohl jemals wieder aufwachen wird?
Niemand konnte ihr diese Frage beantworten.

Auch nicht, wie oder besser gesagt, wer er dann sein würde. Sein Hirn konnte irreversibel geschädigt sein, hatten ihr die Ärzte erklärt. Das hieß, niemand konnte Anne sagen, welche bleibenden Schäden Hannes davontragen würde. Falls er überlebt und überhaupt nochmal aufwacht, überlegte Anne bitter. *Ob er dann noch weiß, wer ich bin?*

Hannes' Gesicht und Zunge waren wenigstens nicht mehr so schrecklich entstellend geschwollen und blau verfärbt wie in den ersten Tagen. Anne hatte ihn anfangs kaum wiedererkannt. Dies war die Folge des venösen Rückstaus, wie die Ärzte ihr erläutert hatten. Das Blut hatte durch die Strangulation nicht mehr aus dem Hirn abfließen können, hatte sich gestaut und war letztlich in das Gewebe übergetreten. Hannes hatte ausgesehen wie ein viel zu stark aufgeblasener Luftballon. Völlig grotesk.

Es grenzt überhaupt an ein Wunder, dass Hannes überlebt hat!, dachte Anne. Laut Aussage der Ärzte verdankte er dies wohl zwei glücklichen Umständen; einerseits hatten dichte Äste den freien Fall verhindert, andererseits hatte die Kälte der regenreichen Sturmnacht zu einer Verlangsamung von Hannes' Stoffwechsel geführt, sodass die lebenswichtigen Organfunktionen mit deutlich weniger Sauerstoff ausgekommen waren. Dennoch war sein jetziger Zustand die Folge einer sogenannten Hypoxie mit nachfolgendem Hirnödem.

Anne seufzte.

Nachts wurde sie von den Geräuschen verfolgt. Das pumpende Brummen des Beatmungsgerätes, das ständige Piepsen irgendwelcher Alarmfunktionen, die Spritzen und Infusionen, die das Zurneigegehen akustisch anmeldeten, ließen sie kaum zur Ruhe kommen.

Das einzige Fernsehprogramm, das Anne noch kannte, waren die Anzeigen der Vitalfunktionen auf Hannes' Überwachungsmonitor.

Langsam machte Anne sich mit Paula wieder auf den Heimweg. Sie wollte noch ins Krankenhaus.

Anton Schönemann ist der einzige Gewinner in dieser Geschichte, resümierte Anne. *Ob er das wohl geahnt hat, als er mit all dem anfing?* Das würde sie wohl nie in Erfahrung bringen.

Auf jeden Fall ist er jetzt der rechtmäßige Besitzer des antiken Carove-Schmucks, er hat sein Ziel erreicht. Auch wenn er immer noch in der Psychiatrie sitzt, irgendwann wird er wieder rauskommen und dann seinen geliebten Schmuck endlich in den Händen halten. Andreas hat ihm ja alles geschenkt.

Schönemann hatte nicht gezögert und großzügig alle Exponate leihweise der Trierer Kunstgesell-

schaft für die Konstantin-Ausstellung zur Verfügung gestellt.
Robin verbüßte ebenfalls seine Strafe hinter Schloss und Riegel ab, während Andreas Steinmetz seinen Frieden gefunden hatte und derzeit, zusammen mit Claire, auf Mauritius sein neues Leben feierte.
Nach seiner Auszeit wollte er frisch gestärkt die Geschäfte der Steinmetz-Juwelierkette weiterführen.
Und Hannes? Und ich? Wo bleiben wir in der ganzen Geschichte? Wir beide waren eigentlich Außenstehende gewesen, am wenigsten beteiligt an der ganzen Sache und sind doch so schwer getroffen. Tränen stiegen ihr in die Augen. Im Grunde hatten sie nur helfen wollen. Damals, als Andreas entführt und Claire bei ihnen aufgetaucht war. Resigniert nahm Anne Paula an die Leine und streichelte ihr zärtlich über den Kopf. Sie betete zu Gott. Zum tausendsten Mal.
Das Handy klingelte in ihrer Hosentasche. Anne schaute ängstlich auf das Display. Es war tatsächlich die Nummer der Intensivstation.
Ihr „Hallo“ klang ängstlich.
Es war der Pfleger. Er bat Anne, sofort zu kommen.

Kapitel 39

Marie Leuchtbach, Barbaras Tochter, nutzte den schönen und ersten regenfreien Herbsttag, um mit den Reitschülern einen Ausritt zu machen. Kinder und Pferde waren dankbar für die Abwechslung und das Abenteuer. In einem leichten Galopp fegte die ganze Abteilung den Wald-weg hinauf. Die Kinder hatten zum Ziel das Zitronenkrämerkreuz gewählt. Sie wollten die mysteriöse Schatztruhe sehen.

Oben angekommen war die Aufregung groß.

Marie drängte zum baldigen Aufbruch, es wurde bereits früh dämmerig um diese Jahreszeit.

Die Mädchen wühlten freudig und wild durcheinanderschnatternd in der Plastikkiste.

Aufgeregt kam eines von ihnen zu Marie gerannt, die die Pferde hielt. Es hielt ihr mit gerötetem Gesicht ein golden glänzendes Medaillon mit einem grünen Stein in Pferdekopfform unter die Nase.

„Sieh mal, was ich gefunden habe! Meinst du, ich kann das behalten?“

Marie lachte. „Klar, Lisa, da ist eh nur wertloses Zeugs darin, du musst aber irgendetwas anderes dafür hineinlegen“, bestimmte die Reitlehrerin.

Lisa wühlte in ihren Taschen. Sie „bezahlte“ den Schatz mit einem Kaugummi.

Auf dem Rückweg wog das Ding schwer und unangenehm in der Tasche der Reithose. Das Mädchen überlegte, ob es diesen komischen schweren Stein Anne schenken sollte, dann dürfte es vielleicht mal die süße Pammy dafür reiten.

*

Pam hatte sich im Schlamm gesuhlt und sah aus wie ein zu dick paniertes Schnitzel. Anne verdächtigte ihre lebenserfahrene Stute tatsächlich, dies aus Arglist zu tun, damit sie nicht geritten werden konnte. Schon mehr als einmal hatte Pam mit dieser Taktik Erfolg gehabt. Seit einer halben Stunde mühte sich Anne bereits mit einer harten Stahlbürste an ihr ab, als das Mädchen freudig um die Ecke gelaufen kam.
Lisa hielt Anne glücklich ein Schmuckstück unter die Nase. „Schau mal, dieses tolle Ding habe ich extra für dich aus der Schatztruhe genommen; darf ich dafür einmal auf Pammy reiten?
Anne blieb der Atem weg. *Hört denn das nie auf?* Mit zitternden Händen nahm sie den Stein entgegen und drückte dem Mädchen im Gegenzug die Bürste in die Hand. „Erst mal ist Putzen angesagt“, kommandierte sie geistesabwesend und ließ den Stein wie eine sehr heiße Kartoffel zu Boden fallen,

nachdem sie die Rückseite betrachtet hatte. Dort waren zwei Buchstaben eingraviert: *A* und *G*. Ambrosius und Giulia. Anne überlegte fieberhaft, was sie nun machen sollte. *Wer hat diesen verdammten Stein in die Kiste gelegt? Es sind doch alle im Knast! Ich muss dieses Teil loswerden. Unbedingt! Micky!* Vielleicht kann Micky hier Abhilfe schaffen, überlegte sie. Anne sah Micky in Gedanken mit ihren riesigen Hufen, die in ihren Dimensionen einer Tellermine gleichkamen, den Stein in tausend Stückchen zertreten. *Aber nein, halt! So ein Edelstein ist härter als jeder Pferdehuf. Viel zu gefährlich! Micky könnte sich dabei verletzen, sich ein Hufgeschwür zuziehen oder noch schlimmer, sie könnte denken, der Stein wäre was Fressbares, erfolglos kauend das Stück im Ganzen schlucken und sich dabei noch eine tödliche Schlundverstopfung zuziehen.*

Nein, Micky ist keine Lösung. Aber ich habe dermaßen die Nase voll; gestrichen voll! „Endgültig!“, rief sie aufgebracht. *Von Schmuck, von Steinen, von Ambrosius, von Giulia, von Schönemann, von Mezza. Endgültig.*

Seufzend überließ Anne ihre Stute Pam in des Mädchens glückseliger Obhut.

Sie setze sich mitsamt Stein in ihren Wagen. Eigentlich müsste das Auto diese Strecke mittlerweile allein kennen, ging es ihr durch den Kopf. Anne fuhr nach Trier, zum Polizeipräsidium, zu Kommissar Lenz. *Mal wieder. Hoffentlich zum allerletzen Mal.*

Epilog

Trier, Juni 2007

Michael Kimmlinger war so stolz, dass er schier zu platzen drohte. Jutta tat es ihm gleich und lief mit rotem Kopf aufgeregt neben ihm her. Der kleinen Besuchergruppe war es zumute, als habe der Museumsführer ganz allein und in mutiger „Indianer-Jones-Manier" jedes einzelne dieser Exponate eigenhändig und unter größter Lebensgefahr aus dem Dschungel für die Nachwelt errettet.

Hannes, Anne, Claire und Andreas bildeten die Gruppe. Michael führte sie versiert durch die Konstantin-Ausstellung im Rheinischen Landesmuseum. Er gestaltete die Führung interessant und kompetent, wie selbst Anne zugeben musste. Michael, vollkommen rehabilitiert und aller Vorwürfe enthoben, ließ sie zu guter Letzt eine Vitrine voller Schmuckstücke bestaunen. Der Steinmetz-Schmuck, jetzt wieder der Carove-Schmuck. Anne suchte das goldene Medaillon mit dem grünen Stein in Pferdekopfform in seiner Mitte. Das Fundstück aus der Schatztruhe, das Letzte, was sie davon in Händen gehalten hatte. Lenz hatte recherchiert, dass Robin Böse es hineingelegt hatte, wohl im Auftrag von Mezza, sozusagen als Dankesopfer am Zitronenkreuz abgelegt. Wahrscheinlich, als er Annes Halstuch herausgenommen hatte. Damals, an jenem schicksalhaften Tag.

„Hätte nicht gedacht, dass er so umfangreich ist. Na, wenn ihr mich fragt, ein schönes „Schnitzel Waldgeheimnis" wäre mir jetzt lieber, als einer dieser Klunker!"

„Das kann nur von Hannes stammen!", lachte Anne und schüttelte den Kopf. Hannes war gesundet und wieder bei Kräften. *Gott sei Dank ist er wieder der Alte!* Außer ein paar Gedächtnisproblemen, also ungefähr so wie früher, dachte Anne schmunzelnd und hakte sich glücklich bei ihm unter.

Andreas stand still vor der blinkenden und glitzernden Vitrine. Dermaßen umfangreich und wertvoll hatte auch er sich den Schatz nicht vorgestellt. Es war das erste Mal, dass er sein altes Familienerbe zu Gesicht bekam.

Sein Blick fiel auf den kleinen Zettel, ganz rechts unten.

Freundliche Leihgabe des Besitzers Anton Schönemann.

Andreas verspürte einen klitzekleinen Stich in seinem Herzen. Was war das jetzt?, fragte er sich. Plötzlich aufkommender Neid? Eifersucht? *Dies alles hat mal mir gehört. Meiner Familie, seit Generationen, seit Jacob. Und ich habe es leichtfertig aus der Hand gegeben. Einfach so.* Andreas zweifelte, überlegte, ob er damit unter Umständen einen Fehler begangen, gar seine Familie verraten hatte.
Nein. Jacob sprach in seinem Kopf. *Nein. Du hast Recht getan.*
Widerwillig drehte Andreas dem Schatz schlussendlich den Rücken zu. Dennoch freudig schaute er seine Frau Claire und seine Freunde Anne und Hannes an. „Na, los, lasst uns jetzt was essen gehen!"

Nachwort

Alle Personen dieses Romans sind - bis auf eine - frei erfunden.

Die Existenz dieser einen Person, des Ambrosius Carove, ist jedoch historisch belegt. Als ehemaliger Zitronenhändler vom Comer See in Italien hatte er sich vor mehr als 300 Jahren in Trier niedergelassen und das Haus Venedig, Ecke Brückenstraße/Johannisstraße erbauen lassen.
Im Jahre 1687 wurde er am Moselhöhenweg erschlagen. Heute steht genau an dieser Stelle zu seinem Gedenken das Zitronenkrämerkreuz, errichtet von seinen Nachfahren.
Geschmückt wird das Kreuz von einem Wappen, welches zwei Vögel darstellt; einen Wappenadler sowie eine auf einem Karren sitzende Taube. Beider Vögel Blick geht in dieselbe Richtung. Das gleiche Wappen findet sich auch auf der Fassade des Hauses Venedig.
Wer Caroves Mörder war, ist bis heute ungeklärt und wird es auch immer bleiben.
Man verdächtigte seinen Diener …
„Jacob" in meiner Geschichte beruht zwar auf jener Begebenheit, ist aber meiner Fantasie entsprungen.

Die einzigen real existierenden, noch lebenden Figuren dieses Romans sind die Traberstute Pam Double und die Tinkerstute Micky Blue Eye.
Beide waren nach einem kurzen Gespräch und dem Honorar von jeweils sechs Möhren, vier Äpfeln und zwei Bananen gerne bereit, als Paten für Annes Pferde zu fungieren.

September 2011, Johanna Kirchen

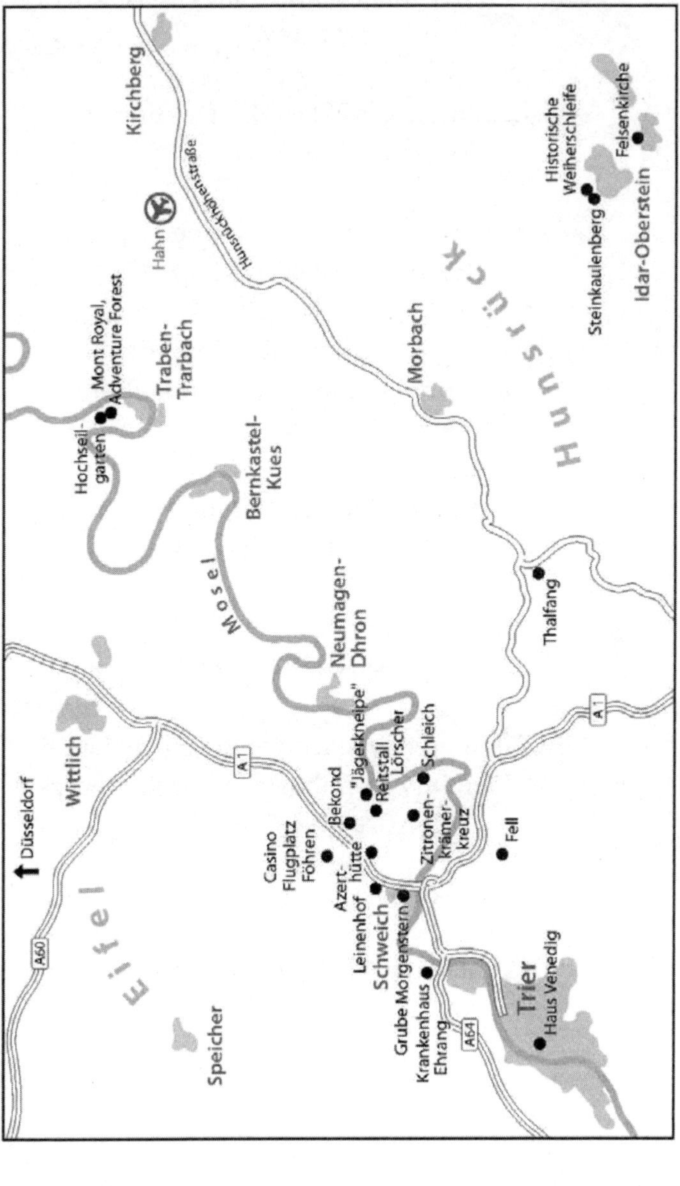
Kirchberg
Hunsrückhöhenstraße
Hahn
Mont Royal, Adventure Forest
Traben-Trarbach
Hochseil-garten
Bernkastel-Kues
Morbach
Hunsrück
Historische Weiherschleife
Felsenkirche
Steinkaulenberg
Idar-Oberstein
Mosel
Neumagen-Dhron
Thalfang
Düsseldorf
Wittlich
A1
A60
Eifel
Casino Flugplatz Föhren
Bekond
"Jägerkneipe"
Reitstall Lörscher
Schleich
Azert-hütte
Zitronen-krämer-kreuz
Fell
Leinenhof
Schweich
Grube Morgenstern
Trier
Haus Venedig
Krankenhaus Ehrang
A64
Speicher

Folgende Titel sind ebenfalls im Verlag S.MO erschienen:

Geheimnisvolles Trier: Das Dokument
ISBN: 978-3-940760-19-7

Geheimnisvolles Trier: Rauch über Treveris
ISBN: 978-3-940760-25-8

Lustige Dorfgeschichten - Rund um die Trier-Irscher Burg in Platt und Hochdeutsch
ISBN: 978-3-940760-26-5

Der Eifelsteig-Vorfall
ISBN: 978-3-940760-23-4

Unter Trierern: Der zweite Dom
ISBN: 978-3-940760-11-1

"... ihr Bilder, die lang ich vergessen geglaubt!"
Eine Kindheit im Luxemburg der Nachkriegszeit
ISBN: 978-3-940760-22-7

www.verlag-smo.de